きのうのオレンジ

藤岡陽子

集英社文庫

目次

きのうのオレンジ

第一章

診察室の前に並ぶ待合席からは、外の景色を眺めることができた。長椅子が置いてある廊下のつきあたりが窓になっていて、そこから大きな樹木の枝が見える。冬枯れの枝に葉は一枚も残っていなかったが、あれはきっと桜の木だ。枝の先に付いている涙の雫《しずく》のような冬芽が、木枯らしに吹かれて揺れていた。

「あれ……もしかして笹本《ささもと》くん？　あなた、笹本遼賀《りようが》くんじゃないですか」

ぼんやり窓のほうに目を向けていると、突然自分の名前を呼ばれた。顔を上げると白衣姿にマスクをつけた看護師らしき女性が遼賀を見下ろしている。とっさのことで遼賀が唖然《あぜん》としていると女性はマスクをずらして顔を見せ、

「私のこと、憶《おぼ》えとらん？」

と訊《き》いてきた。語尾に故郷、岡山の訛《なま》りがある。

「えー、ひょっとして忘れちゃった？　私、矢田《やだ》です。高校で一緒だった矢田泉《いずみ》」

正直なところ顔はすっかり忘れていたけれど、「矢田泉」という名前には記憶があった。たしか一年から三年まで同じクラスで、部活はたぶん……。

「ああ、美術部だった矢田さんだ」

「そうそう、美術部で下手な絵を描いてた矢田泉です。部活まで憶えていてくれてありがとう」

目を細めて笑うその顔を見て、高校生だった頃の矢田泉が鮮明に思い出された。特別に仲が良かったわけではないが、心底楽しそうなこの笑顔は憶えている。

「ところで、遼賀くんはなにしてるの？　ってそりゃ受診だよね。病院に遊びに来てるわけないよね」

「今日は消化器外来に予約取ってて」

遼賀は『12月10日　午前10時20分』と印字された予約伝票を矢田に見せた。予約の時間からもう、一時間以上も過ぎている。職場には「ランチタイムのピークまでには戻るから」と伝えて出てきたのに、このぶんだと大幅に遅れてしまいそうだ。

「十時二十分？」

矢田は予約伝票を確かめた後、「ずいぶん待たされてるねぇ」と顔をしかめた。

パンツタイプの白衣を身に着けた矢田は、学生時代の印象とはまるで違い、すらりとした美人になっていた。考えてみれば高校を卒業して十五年近く経《た》っているのだ。別人のように見えても不思議はない。

「矢田はここで働いてるの？　あ、いまも矢田……でいいのかな」

「うん、ナースしてる。名字も変わってない、矢田のまま。いヤダけど、矢田のまんま。いまの駄洒落《だじやれ》、気づいた？」

　当時もこんなキャラだったかと高校時代の記憶をたどっていると、「遼賀くん、東京に出てきてたんだね。じゃあ恭平《きようへい》くんもこっちにいるの？」と訊いてくる。

「恭平は地元で高校の体育教師してるんだ。いまは盆と正月くらいしか会ってなくて」

「えー、そうなんだ。双子っていつでもどこでも一緒っていうイメージあるのに」

「そんなの子供の頃だけだよ。三十三にもなって一緒にいたらおかしいって」

　本当のことを言えば、恭平と自分は同じ学年だが双子ではない。二人の生年月日を見比べればすぐにわかるのだが、誰もそんなことをしなかったおかげで同級生の間では二卵性の双子として通っている。

「恭平くん、体育の先生になったのかぁ。野球は？　もうやめたの？」

「さすがに引退したよ。大学で右肘を故障したんだ。でもいまは野球部の監督してる」

「監督かあ。格好いいね」

　恭平の話題が出る時、女の子たちはいつもこんな顔をする。スイーツを食べた時と同じ、幸せそうな笑み。そういう遠い記憶までが芋づる式に蘇《よみがえ》ってくるのと同時に、マイク越しの声が遼賀の名前を告げた。

「あ、ごめん、呼ばれた」

椅子に置いていたリュックを持ち上げると、矢田が「担当、松原《まつばら》先生か」と呟《つぶや》き、ほんの一瞬複雑な表情を見せた。その口調が気にはなったが立ち話をしている余裕はなく、「じゃあ」と手を上げ診察室に向かった。矢田がさっきと同じ笑顔で、「お大事にね」と手を振ってくれる。


「笹本さん、お待たせしました。どうぞお座りください」

診察室に入ると、パソコンの画面を見ていた松原が顔を上げた。その表情を窺《うかが》いながら、丸椅子に腰を下ろす。部屋の空気が張りつめているように感じるのは、自分が緊張しているからだろうか。

「この部分、見えますか」

松原が手元のマウスを滑らせ、パソコンの画像を拡大した。

「先日の胃カメラではこの辺りの粘膜の組織を採って検査に出しました。それで、生検の結果ですが……」

松原の口元にほんの一瞬、躊躇《ため》いが浮かぶ。

「悪性でした。悪性腫瘍です」

度の合わない眼鏡をかけた時のように松原の顔がぼやけて見え、つい数秒前まではっきりと聞こえていたはずの声もこもって聞こえる。悪性腫瘍……。それは、がんということだろうか。頭の中いっぱいに、普段聞き慣れない悪性腫瘍という言葉が拡《ひろ》がってくる。

「笹本さん、大丈夫ですか」

「あ……はい」

いますぐダウンジャケットのポケットに入っている携帯電話を取り出して、それが本当にがんなのかどうか検索したい。

「精密検査を受けていただきたいと思っていて、できれば明日にでも入院を――」

ひと言、ふた言、松原に問われるままに言葉を返し、いつの間にか診察が終わっていた。これほどの衝撃を受けているのに椅子から立ち上がったり、頭を下げたり、「ありがとうございました」と口にしたりしている。

診察室を出るとひどい眩暈《めまい》に襲われた。その揺れは独楽《こま》の軸にでもなったかのように烈《はげ》しく、近くにあった椅子の背もたれに手をかけ、そのまま倒れ込むようにして腰を下ろす。耳の奥で鼓動の音が大きく響く。無性に喉が渇いていた。

ふらつきが少し落ち着いてくると、遼賀はダウンジャケットのポケットに入れていた携帯を引き抜いた。電話をかけたい、と思う。だが電話をかける相手が思い浮かばない。

震える指先を、ガラスフィルムの上に置いて固まっていると、「すみません、この場所での携帯の使用は控えていただいているんですよ」と肩を軽く叩《たた》かれた。顔を上げれば、母と同じ年くらいの女性が困惑顔で遼賀の顔を見つめている。制服を着ているので職員なのだろう。

「携帯は、院外で使ってもらうことになってるんです。ごめんなさいね」

すまなそうにそう言われ、

「すみません」

と慌てて電源を切る。

まだなにか言おうとしている女性に会釈し、受付カウンターのほうへ歩いていく。今日中に入院の予約を済ませるようにと松原から言われていたが、仕事のことを考えればすぐに入院なんてできるわけがなく、会計だけを済ませて病院の外に出た。

「乗るんですか」

病院の玄関先に停《と》まっていたタクシーの運転手が、窓を半分だけ下ろして声をかけてくる。ほとんど無意識に歩いているうちに、タクシー乗り場に来ていたようだ。

「……乗ります」

緩慢な動きでシートに滑り込むと、新車特有の臭いに吐きそうになる。

「お客さん、行き先は？」

「五反田《ごたんだ》にある『トラモント』って店、わかりますか」

港区にある大学病院から店までなんて、普段ならもったいなくてタクシーになど乗れない距離だった。だが今日はとてもじゃないが、混雑した地下鉄に耐えられる気がしない。

「五反田？　虎ノ門《とらのもん》？　どっち」

「あ、いいです。ＪＲ五反田駅のほうへお願いします」

老舗《しにせ》の料亭でも、ミシュランガイドに載っているような高級店でもないレストランを、タクシー運転手が知っているわけもない。洒落た名前がついているが、遼賀の勤める店はカジュアルなイタリアンだ。手頃な価格とメニューの豊富さが売りの、学生や家族層をターゲットにしたチェーン店だった。

タクシーが走り出すと、遼賀は窓の外の景色に目を向けた。時間はちょうど正午を過ぎたところで、ＯＬやサラリーマンがランチを取る場所を求めて財布片手に闊歩《かっぽ》している。風が強いのだろう。女性たちの長い髪が風になびいていた。ありきたりのなんでもない光景を見ていると、苦く酸っぱいものが胃の中からせり上がってきそうになる。

胃の調子が悪いなと感じ始めたのは、もう半年ほど前のことだろうか。だが悪いと言っても時々痛むというくらいで、市販の胃腸薬を飲めばおさまる程度の痛みだった。

それがこのひと月ほど前からは薬を飲んでも痛みが消えなくなった。眠っている時も自分の呻《うめ》き声で目が覚める。気がつけば鳩尾《みぞおち》を両手で押さえ込み、布団の中で小さく丸まっているということが連日続いた。胃袋を錐《きり》で突かれたような、経験したことのない強い痛みを感じるようになって、さすがにこれはまずいと思い近所の内科クリニックを受診したのだ。

クリニックではおそらくストレスからくるものだろう、と鎮痛剤を処方された。だが念のために胃カメラの検査を勧められ、紹介状を持ってこの大学病院に来たのが一週間前のことだ。受診した翌日には検査を受け、今日はその時に採取した組織診の結果を聞きに来たのだが……。

車が赤信号で止まり、目の前の横断歩道を大勢の人が渡っている姿を見ていると、松原の言葉が暗く蘇る。

悪性でした。悪性腫瘍です。精密検査を受けていただきたいと思っていて、できれば明日にでも入院を——。

大学病院で医者をやっていたら、がん患者なんて珍しくもないだろう。それは十分にわかっている。それでも、あのいきなりの告知はあまりにも非情ではないだろうか。どう告げられても悪性は悪性だが、でももう少し違う言い方があったんじゃないのか。それに明日入院しろというのも無茶な話だ。こっちは定年退職して隠居している身じゃないのだ。仕事の引き継ぎもしないまま入院なんてできるわけがない。

怒りをぶつける相手が他にいないのでひとしきり松原を恨んだ後、それは違うぞ、と自分に言い聞かせる。がんの告知をする直前に見せた、松原の表情。あの医者も悪い結果の告知をしたかったわけではないのだ。あの人はなにも悪くない。自分が病気になったのは、誰かのせいではない。

「お客さん、そろそろ五反田駅ですけど……。ここから先の道順、教えてもらえますか」

いつしかシートにもたれて、目を閉じ黙り込んでいた。そんな遼賀に気を遣ってか、運転手は駅に着くまでいっさい話しかけてこなかった。顔を上げて窓の外を見れば、知った風景が目に飛び込んでくる。

「あ、ここでいいです。降ります」

ダウンジャケットの袖を両目に強く押し当て、瞼《まぶた》の熱を吸い取る。ずっと泣くのを我慢しているせいか頬が火照《ほて》り、目の奥が熱かった。

遼賀が財布から五千円札を抜き出し運転手に渡すと、

「元気出しなさいよ」

釣銭を差し出しながら、運転手が小声で言ってきた。はっとして、車に乗り込んで初めて運転手と目を合わせる。

「病院で客待ちしてるとね、おたくみたいなお客さんを時々乗せますよ」

運転手の脂も水気もないかさかさとした指の先が、遼賀の手のひらをかすめる。

「事情はよくわかりませんけどね、元気出してください。ご乗車ありがとうございました。お気をつけて」

たったそれだけの声かけだったが、言葉以上の気持ちをもらった気になり、丸まった背を伸ばすくらいの力は戻った。


遼賀がイタリアンレストラン「トラモント」で働くようになって、今年で十三年目になる。

もともとは地元の岡山で就職するつもりで、高校を卒業してからは観光関係の専門学校に二年間通った。だが企業や公社を回った就職活動は思うようにいかず、結局、地元にも工場がある食品メーカーで働くことを決めた。自ら選んだというより、そこの会社しか内定をとれなかったので、それはそれで運命だと受け入れたのだ。

ただその食品メーカーへ就職してすぐに、東京勤務の内示が出た。できれば地元に残りたかった遼賀にとってはショックだったのだが、それも運命。もしかしたら都会で新しいことが待っているかもしれないと、自分を納得させた。

会社はピザやパスタの冷凍食品を製造販売する企業だった。入社前に熟読した会社案内のパンフレットには、マーケティング部やイタリアに食材を買い付けに行く輸入部などのことも書かれていて、東京で働くのならそうした部門で活躍したいとも考えていた。その願いが叶《かな》った時のために、イタリア語の勉強をしていたこともある。だが配属されたのは会社の商品を使った直営レストラン。レストランは都内に四店舗あり、これまで新宿店、池袋店と回り、この五反田店は三店舗目になる。店のコンセプトやメニューの内容に多少違いはあるけれど、業務内容はどの店もほとんど変わりはない。店長の遂行が主にすべきことは、毎月会社が提示してくる売り上げ目標の数字に一円でも近づける、アルバイトを効率的に回して人件費を削る、この二点だ。

入社して五年目くらいまでは、これが本当に自分のやりたいことだろうかと、迷いもあった。だが三十を過ぎた頃からは、せっかく店を任されているのだから、トラモントを故郷の海のように、光ある穏やかな空間にすると覚悟を決めた。覚悟を決めた、のに……。

「あ、すいません」

地面ばかり見て歩いていたせいで、サラリーマン風の男性とぶつかりそうになった。ビジネスコートを着込んだ男性は「失礼」と口にし、足早に通り過ぎていく。その迷いのない足取りに羨望を通り越し、萎縮した。自分はこれからどうなってしまうのだろう。入院から退院までの間、仕事はどれくらい休めばいいのか。職場復帰はすぐにできるのだろうか。そもそも職場は、休ませてくれるのか。解雇だと言われやしないか。

有給休暇の残り日数を指折り数えていると、雑居ビルの一階に入る店舗が見えてきた。白い看板に青色のアルファベットで「ｔｒａｍｏｎｔｏ」と書かれている。トラモントは「夕焼け」という意味で、イタリア語を習っていた時に初めて辞書で調べた単語だ。

店の前まで来ると、職員用の出入り口がある雑居ビルの裏側に回る。表から見ると真っ白な外壁も、裏に回るとかなり黄ばんでいる。裏口のドアも錆《さ》びついていてドアノブがぐらぐらと取れそうになっていた。そうだ、このドアノブ、ビルの管理人に言って修理してもらわないとな……。やらなければいけない雑用をひとつひとつ思い出しながらドアを開けると、遼賀の出勤を待ち構えていたのか、アルバイトの高那裕也《たかなゆうや》が青白い顔をして走り寄ってきた。

「店長」

よほど慌てているのか、トレーとダスターを手に握りしめたままだ。

「悪い、遅くなった」

「店長、来て早々に悪いんですけど、すぐホール出てもらえますか。新しく入ったバイトの女が無断欠勤して」

「え？　戸川《とがわ》さんのこと？」

戸川佐和子《さわこ》は、半月ほど前に採用したアルバイトだ。面接の時も、気分にむらのありそうな子だという印象はたしかにあった。だが飲食店はどこも人手不足に喘《あえ》いでいる。

トラモントにしても例外ではなくて、せっかく応募してきてくれたアルバイトを第一印象だけで不採用にすることはできなかった。まして彼女は夜間の専門学校に通っているというので、人手の足りないランチタイムに入ってもらえる。高那は一見強面《こわもて》で、自分の手には負えないかもと危ぶみながら採用したが、いい意味で第一印象を裏切った。だから戸川もなんとかなると思い込んでしまった。

「いますぐ着替えてくる」と高那に告げて、男子更衣室に飛び込む。更衣室といっても大人ひとりがぎりぎり通れるくらいのスペースにロッカーが並んでいる薄暗い部屋だ。その部屋で白いワイシャツに黒い細身のパンツを穿《は》き、黒のベストと臙脂《えんじ》色の蝶《ちょう》ネクタイを着ける。ウエイターの制服は、都内の有名店のを参考にしたらしい。

駆け足でホールに出ると、ランチタイムも終盤だというのに店内は客で溢《あふ》れていた。待っている客もまだ五組ほどいる。食器が下げられていない空席があちこちにあり、客の回転を止めてしまっていた。

「高那、おれはとにかくテーブルを片付けるから、注文取るのに専念してくれるか」

順番待ちをしている客はともかく、すでに席についている客を待たせるのはいけない。『あの店は接客が悪い』『客を放置する』などとSNSに書き込まれる恐れがある。

ホールの担当は、遼賀を含めた三人だった。通常は戸川も入れて四人で対応するところを二人で回していたのだからこの状況もしかたがない。客席はカウンターを含めて全部で百二十席あり、トラモント四店舗の中では二番目に広い。

あちらこちらのテーブルから、呼び出しブザーが鳴らされる。「早く注文を取って」「新しい取り皿を」「水、零《こぼ》しちゃったんだけど」「子供用のスプーンとフォークを持ってきて」客の要望にそれぞれ笑顔で対応しながら、出来上がった料理をテーブルまで運んでいく。どれも単純な仕事ではあるけれど、ひとつでも忘れようものなら、店の評判はいっきに下降する。

客への対応を他の二人に任せて、遼賀は客が食べ終わった皿を片っ端から片付けて回った。ワゴンでホールを回り、汚れた皿を回収していく。ダスターでテーブルを拭いて新しいフォークやナイフの入ったカゴをテーブルの上に置けば、セット完了。厨房《ちゆうぼう》の人数は足りているから、客を席に案内し注文を取ることさえできれば料理を待たせることはない。


ランチタイムのピークがいつもより長引き、ようやく客足が落ち着いた時にはもう、午後三時を回っていた。

「高那、ありがとう。今日はほんとに助かったよ。おまえがいなかったらどうにもならなかった」

二時上がりのはずだった高那に、ようやく声をかけることができた。高那は都内の定時制高校に通っているので、本当は勤務時間通りに上がらせてやらないといけないのだが、甘えてしまった。

「いや、いいすよ。授業は五時からだし、余裕で間に合います」

三時に出勤してきたバイト二人にホールを任せ、遼賀はバックヤードの事務所に、高那は更衣室に向かった。事務所といっても更衣室と繋《つな》がっていて、カーテンで仕切りをつけてあるだけだ。事務所にはノートパソコンを置くための机と椅子、スチール書庫が設置され、ベッド代わりにもなる二人掛けのソファが置いてある。

書庫から勤務管理表を取り出し夜勤帯のシフトを確認していると、

「笹本店長」

高那の声がカーテン越しに聞こえてきた。そういえばもとは白かったこのカーテンもずいぶん黄ばんでいる。店内の清掃や外観には細かく口を出してくる上層部も、休憩スペースのお粗末さは気にもしない。

「うん？　どうした」

今日の午後十時までは、遼賀を含めた七人体制だった。キッチンと洗い場が三人でホールが四人。十時以降の深夜帯はアルバイトの三人に任せて、と。よし、夜は問題ないな。メンバーを見る限りベテラン揃《ぞろ》いで、無断欠勤や遅刻の心配もない。

「店長、病院に行ってきたんですよね」

勤務管理表から顔を上げ、カーテン越しの人影に目をやる。

「ああ……病院な」

「胃カメラの結果聞きに行くって言ってましたよね。どうでした？」

実はちょっとした偶然が重なり、高那には体調が悪いことを知られていた。簡単に言えば、深夜勤務の時に従業員用のトイレで吐いているところを見られたのだ。それも一、二回ではなく四回も。三回目までは「昨日飲みすぎて」とか「賞味期限が切れた冷蔵庫の在庫、全部食った」と誤魔化すことができた。だが四回目の時はとっさに言い訳が思いつかず「ツワリがきつくてさ」と笑って済まそうとしたところを、「店長、病院行ったほうがいいですよ」と真顔で返された。

「おれの親父、がんで死んだんです。おれが中一の時で、もう十年も前の話なんですけど」

その時に初めて、高那の家族の話を聞いた。母親と妹との三人暮らしなのは知っていたが、父親のことは初耳だった。自分の父親もしょっちゅうトイレで吐いていた。母親が病院に行くように何度言っても「仕事は休めない」の一点張りだった。営業先で吐血して救急車で運ばれた時はもう、手術もできないくらいの状態だったと、その夜の高那はこれまで見せたことのない真剣な表情で話してくれた。

高那に背中を押されなければ、自分も彼の父親と同じで病院に行かなかったかもしれない。ドラッグストアで買える胃腸薬と痛み止めを飲み続け、倒れるまで我慢しただろう。これまで病院は縁遠い場所で、大学病院の予約は原則として紹介状がないと取れないということすら知らなかったのだから。

「店長？」

部屋を区切っていたカーテンが開き、私服に着替えた高那の姿が現れる。

「あ……ああ。なんか、胃に悪性のができてるって言われたよ」

あえてがんとは口にしなかった。

「悪性のって……がんのことですよね」

「うん、びっくりだろ。まだこれから詳しく検査するとかでさ、明日入院しろなんて言われたよ。そんなの無理だから、手続きは先に延ばして帰ってきたけど」

言葉を失《な》くしている高那を見て、「そんな顔するなって」と笑ってみせる。これほど心配されると、かえってこっちが気を遣う。

「検査入院、したほうがいいですよ。一日でも早く、それは」

「ああ。近いうちに本社に相談してみるわ。店長の代理が決まって、引き継ぎが済んだら入院するよ。おまえらアルバイトにも迷惑かけると思うけど」

「そんなのいいじゃないですか」

「え？」

「迷惑とか、そういうの、どうでもいいんです。まずは自分の命ですよ」

「命って……そんなおおげさな」

「いや、おおげさなもんですよ。おれ、店長が病気にやられんの見たくないですから」

高那の思い詰めた表情に、遼賀は浮かべていた笑みを消した。

「店長、おれね」

いまだから話すが、十八でこの店に雇われるまで、バイトの面接に落ち続けていたのだと高那が口元を歪《ゆが》める。理由はたぶん、高校を中退していたからだと思う。それ以外にも見た目だとか、態度だとか、他にも理由があるのかもしれないけれどはっきりとはわからない。不採用の理由を教えてくれる面接官は、ひとりもいなかったから。

「店長だけだったんですよ。高校を中退した理由とか、これまでなにをしていたのかとか、そういうこと訊いてくれたの」

言われてみれば、高那を面接した時にそんな話をした。右肘に残る手術痕に目が留まり「もしかしてきみ、野球やってたのか」と訊《たず》ねたのがきっかけだ。恭平にも同じような傷痕があったのと、履歴書に記されていた高校が甲子園の常連校だったので思わず口にしていた。

肘の靭帯《じんたい》を切って投手を続けられなくなった、というのが、高那が高校をやめた理由だった。スポーツ推薦で入った高校だったから、居場所がなくなって通いづらくなった。

定職に就かず肉体労働をしてきたのは、中卒では正社員になれなかったからだと、高那はぽつりぽつりと打ち明けていった。

「あの日、面接を受けたその日に採用が決まって……おれ、店長にはまじで感謝してるんです。だから店長が休んでる間は、おれがその穴を埋めますよ。とにかく病気、早く治してほしいです」

家族でもないのに、すんません。高那はそう短く告げると軽く会釈し、更衣室を出て行った。

この子なら安心だろう、と信用していたアルバイトがある日突然来なくなることがある。逆にきちんと接客ができるのかと半信半疑で採用した高那のような人が、遅刻欠勤せずに何年にもわたって店を支えてくれることもある。人を採用する立場になってわかったことは、履歴書に書かれた学歴や資格は当てにならないということだ。

勤務管理表をスチール書庫に戻し、代わりに本社への連絡先が書かれた冊子を抜き出した。高那の言う通り、一日も早く入院したほうがいいに決まっている。

午後十時を過ぎた頃、自宅の最寄り駅に着いた。もう少し早く帰れる予定だったのだが結婚式の二次会帰りの団体客が流れてきたり、アルバイトの戸川佐和子に連絡を取ったりしているうちに時間が過ぎてしまった。戸川は今日限りでバイトを辞めたいと言い、遠賀も引き留めることはしなかった。一度店に来てほしいとは伝えたが、来るかどうかはわからない。

　今日はやけに長い一日だったな……。遼賀は深くため息をつきながら、駅前のスーパーに入る。こんな時間でもスーパーにはそこそこ人がいて、仕事帰りだろうか、スーツを着た男性たちが総菜や弁当を物色している。ネクタイを締めた五十がらみの男性の隣で、遼賀も総菜を手に取った。きんぴらごぼう、大根サラダ、カボチャ煮。普段は自炊することもあるのだが、今夜はさすがにそんな気力は残っていない。黄色い値引きシールのついた、体に良さそうなものをカゴに入れていく。

　鶏のレバー煮を手に取ると、松原に見せられた胃カメラの写真がふと頭に浮かんだ。胃には入り口にあたる噴門部と出口にあたる幽門部があるらしいが、遼賀の場合は噴門部付近に腫瘍ができているのだという。このレバー煮は、ないな……。自分の臓器を彷《ほう》彿《ふつ》とさせるこの手の食べ物はいまは口にしたくない。

　レジで一枚三円で買った半透明のレジ袋に、二日分の総菜を詰めて家に向かった。この駅前のスーパーから遼賀の自宅マンションまでは徒歩十五分。マンションが高台にあるためにほとんどが上り坂になっていた。薄い雲のかかった氷砂糖のような冬の月を眺めながら、坂を上っていく。冷たい空気に湿気を帯びた土の匂いが混じり、いまにも雨が降りそうだった。

腹の中が空っぽのせいか、徐々に鳩尾の辺りが痛み始めた。最近は空腹になると胃に鈍痛がおこる。痛みのせいか空腹のせいか、両手が震えてくる。

まずいな……。そう思い、ダウンジャケットのポケットから携帯を取り出した。でもやっぱり電話をかける相手が思い浮かばず、画面の白い光を数秒見つめた後、恭平の番号に発信する。

『おお遼賀、どうした』

長めのコール音の後、鼓膜が破れるくらいの大きな声が耳を刺す。肺活量が多いのか、昔から恭平は声が大きい。

「ああ、恭平……悪いな、こんな時間に」

『かまわんよ。いま風呂上がりでのんびりしとったところ。それより珍しいな、遼賀から電話なんて。あ、あ、あ、そうかあ、ついにあれか』

太鼓のバチで打たれたように、鼓膜が痛い。

「あれって、なんだよ」

『結婚に決まっとるじゃろ、結婚。遼賀もそろそろせにゃあて、昨日もお母さんが嘆いとったぞ』

いつも以上に陽気な声に、遼賀はふっと笑ってしまった。今日初めて、笑えた。

「残念ながらそんな話じゃない」

『じゃあなに、おれの声が聞きたかっただけか』

恭平がまだ独身だった五年前までは、岡山から夜行バスに乗って東京に遊びに来ることも時々あった。東京ドームで巨人戦を観《み》たり、総合格闘技の試合を観戦したりとそれなりに兄弟交流もあったのだが、恭平が結婚し、子供が生まれてからはすっかり疎遠になった。恭平のほうは家族を連れてディズニーランドに来たりはしているらしいが、それも母の燈子《とうこ》から聞かされる話で、遼賀に連絡してくるようなことはめったにない。

「あのさ、恭平。おまえ、矢田って憶えてる？　高校の同級生の」

『矢田？』

「下の名前は……泉だったっけな。そうだ、泉だ。矢田泉さんって言ってたな」

『ああ、あの矢田か。同じクラスになったことはないけど、なんとなく憶えとる。絵がでーれー巧《うま》い、まん丸の顔した』

「いまはほっそりしてたよ。美人になってた」

『矢田がどうした？　え、もしかしておまえら、つきおうとるんか』

「違う違う。今日の昼前に偶然会ったんだ。それでちょっとだけ世間話して……恭平、知ってるかなと思って」

『それで電話かけてきたんか』

「……うん、懐かしいなと思って」

携帯を耳に押しつけたまま、遼賀は坂道を上がっていく。途中で雨が降ってきたが、恭平と話していると痛みが紛れ、なんとか坂を上りきることができた。

＊

眠りが浅かったせいか、夢を見ていた。懐かしくて、恐ろしい夢だった。夢の中の遼賀はまだ十五歳で、父に買ってもらったオレンジ色の登山靴で凍《い》てつく雪を踏みしめていた。傍らには自分と同じ、十五歳の恭平がいる。

「恭平、ちょっと休むか」

左足を引きずり顔をしかめながら歩く恭平に、遼賀はできるだけいつもと変わらない口調で話しかける。深刻な声を出せば視界を覆い尽くす吹雪《ふぶき》に、心までのみ込まれてしまいそうだった。

「大丈夫、まだ行ける。それよりいま何時？」

「三時を過ぎたところ。日没まで、まだ三時間近くある」

「まだ三時間じゃと？　この状況なら、もう三時間しかないじゃろが。おまえはほんとに国語ができきんな。もっと本を読め、本を」

恭平も遼賀に負けじと明るい声を出してくる。必死に弱気を追い払おうとしているのが、遼賀にはわかっていた。

遼賀はあの日、父と恭平との三人で冬登山に来ていた。中学の卒業式を一週間後に控え、父が卒業記念に「三人で那岐山《なぎさん》に登ろう」と言い出したのだ。登山好きの父の影響で、兄弟は小学校に上がる前から数えきれないほどの山を登ってきた。一〇〇〇メートル以下の低山から始まり、小学校の低学年の頃には一六〇〇メートルの霧ヶ峰《きりがみね》、高学年になると冬の大山《だいせん》や二〇〇〇メートルを超える八ヶ岳《やつがたけ》に挑戦したこともある。だが中学で野球部に入ってからは忙しく、三人で登山をするのは本当に久しぶりのことだった。登山の前日、家で荷物の準備をしている時、遼賀は父親の様子がなんとなくいつもと違うことに気づいていた。兄弟を登山に誘ってきた父に、覚悟が見えたような気がしたのだ。

お父さんはきっと、この登山中に自分たち兄弟に真実を告げるのだろう――。

遼賀はなぜかそう確信していた。

そのせいで前夜、布団に入った後もなかなか寝つけなかったのを憶えている。父がもし真実を打ち明けたなら、自分はどんな顔をすればいいのだろう。初めて知ったふうに驚くべきか。それともすでに知っていたことを正直に話すべきか。二段ベッドの上で寝ている恭平の寝息を聞きながら、そのことばかりを考えていた。

鳥取県八頭郡《やずぐん》と岡山県勝田郡《かつたぐん》の境に位置する那岐山は標高一二五五メートルの低山で、

ルートじたいは難度が高いものではない。夏の那岐山にはこれまで何度も登っていたし、もっと高い冬山に登った経験もあった。だから油断があったのかもしれない。登山途中で恭平と二人で小便をしに行った時に、不注意にも雪庇《せっぴ》を踏み抜いてしまったのだ。

落下していく恭平の腕を遼賀がとっさにつかみ、そして二人でもつれるようにして雪の斜面を滑り落ちた。落ちていた時間はほんの十数秒だったと思う。それでも雪壁に体をぶつけて止まった場所から上を見ると、登山道はまったく見えなかった。唯一の救いは、兄弟がはぐれることなくほぼ同じ場所で滑落を止めていたことだけだ。

「恭平、平気か？　足、折れとるんじゃないか？」

登山道に戻ろうと雪の斜面を登っていると、恭平が辛《つら》そうに顔を歪めた。「平気、平気」と言いながらも何度も立ち止まるので、遼賀もそのたびに歩みを止める。

「無理すんな。痛かったら言えよ」

自分にしても深く息を吸い込むたびに、肺を針で刺したような鋭い痛みを感じた。肋《ろっ》骨《こつ》を折ったかもしれなかった。この吹雪だ。やみくもに歩き回るよりもこの場に留まり、助けを待ったほうがいい。遼賀はそう判断した。父は自分たちが滑落したことに気づいたはずだ。いま頃はきっと救助に向かってくれている。

「恭平、たしかおまえのザックにテントが入っとったよな。お父さんが入れてたはずじゃ」

遼賀は恭平の背中に回り、背負っているザックのチャックを開けた。中をまさぐると、思った通りテントが入っている。日帰りで戻る計画ではあったが、父が用心のためにと準備したものだった。積雪期用のテントではなかったけれど、ないよりましだ。

「よし、もう無理して歩くのはやめて、どこか安全な所にテントを張ろう。風のない平坦な、できれば樹林帯を探すんじゃ。ここは勾配があるから雪崩《なだれ》の心配がある」

これまでにも何度か、雪山でテントを張った経験がある。その時、父が自分たちに言い聞かせていたことを遼賀は必死に思い出していた。たとえ風のない平坦な場所であっても、樹木がない場所は雪の吹き溜《だ》まりになってテントが埋まってしまう。

「おれ、テントの設営なんて自信ないわ。兄ちゃんがやってくれるん？」

人に大事なことを頼む時だけ、恭平は遼賀のことを「兄ちゃん」と呼ぶ。

「お父さんと何度もやったじゃろ。あ、ラッキー。雪よけのスノーフライも入っとる。さすがはお父さん、わかっとる」

「なんもラッキーじゃねぇし。滑落した時点でアンラッキーじゃ」

ゆっくりと斜面を横切り、樹木のある平坦な場所にテントを張った。以前、アイゼンを装着したまま設営していてテントを踏み破った苦い経験があるので、今回はきちんと外しておく。緊急時には過去の失敗がためになる。そんなことを考えながら、遼賀は張り綱を結び付けたペグを、雪の中に埋め込んでいった。

「遼賀、まだか？　おれ寒くて」

「もうできる。おまえ、先に中入っとけ」

テントが設営できると、一メートルほど離れた場所にスノーブロックを作った。ブロックが風よけになって夜中の冷えから身を守ってくれると、父が言っていたことがある。水を作るための雪もビニール袋に集め、テントのすぐ前に置いておいた。

「恭平、完成したぞ」

ピッケルやアイゼンをひとまとめにして雪面に刺したり、トイレを掘ったりの準備を済ませると、遼賀は出入り口から顔をのぞかせた。テントの中では恭平が膝を抱えて歯をカチカチと鳴らしていた。

「どうした、まだ寒いのか」

「背中が濡《ぬ》れとった。いま着替えたけど」

「そうか。なんか温かいもんでも食おう」

遼賀のザックの中にはオートミールの缶詰やチョコレートなどの非常食も入っていたし、三人分のインスタントラーメンもあった。山頂でラーメンを作って食べるために鍋やガスコンロも持ってきていたので、遼賀はすぐに調理を始めた。

「なあ遼賀、遭難したのがおれらでよかったな」

温めたオートミールを食べていると、恭平がそんなことを言い出した。

「どういうこと？」

「お父さんがひとりで遭難してたら大変だった。おれらは二人じゃから」

恭平が嬉《うれ》しそうに頷《うなず》いている。

「遭難せんのが一番じゃけどな」

そう言いながら、遼賀も同じことを考えていた。恭平と一緒でよかった。だが日が暮れてしまうと闇の深さに負けるのか、二人してとたんに弱気になった。日が沈むと気温がぐっと低くなり、だが寝袋は大人用ひとつしかなかったので、体を密着させてなんとか潜り込む。

「遼賀、おれら死ぬのかな」

「死なんよ」

「朝になったら死んどるかもしれん」

「いま生きとるからええんじゃ。それより恭平、おまえいいかげん死ぬ死ぬ言うな」

「お母さんに会いたいな……」

互いの背と背をぴたりと合わせた状態で恭平が呟くので、その心の震えが直《じか》に伝わってきた。本当は恭平と同じくらい、いやそれよりももっと強く、遼賀も母の顔が見たかった。それでも暗黙の了解というやつだろうか。二人ともどれほど弱音を吐いても、泣くことはしなかった。恐怖に我を忘れたとたんに、死が触手を伸ばし、自分たちを取り込んでしまうような気がしていた。

「そういえば、ばあちゃんが前に、おれと遼賀は長生きするって言うとった」

「それほんまか」

「よう当たる占いの人が、おれと遼賀を見て言ったんだって。長寿の相が出とる、って」

恭平が寝袋の中でくるりと体を反転させ、その気配で振り向いた遼賀の顔を正面から見つめてくる。

「なんじゃ？」

「なんも」

「そんなに顔、近づけんなって」

「鏡見てると思えよ」

恭平が発する熱で、遼賀の全身も温まっていく。どちらの鼓動かわからないくらい体をぴたりと密着させていた。テントの外でうなる風の音を聞きながら、「もしおれらがほんとの双子だったら、お母さんのお腹の中におる時はこんな感じじゃったのかな」と恭平が笑う。自分たちは顔がよく似ていて、二人を双子だと勘違いしてくれる人がたくさんいた。遼賀も恭平も否定しなかったので、周囲からは笹本ツインズと呼ばれていた。自分はそんなふうに言われるたびに、内心ほっとしていた。このままずっと、できれば人生最後の日まで、恭平にはなにも知らせず兄弟でいたいと思っていたから――。

瞼を開けると、蛍光灯の白い光が目の奥に刺さった。

「夢か……」

そういえば部屋に戻ってから買ってきた総菜も食べずに、ベッドに横になったのだ。雨に濡れたままの服で、靴下も穿きっぱなしだった。胃が痛かった。火で炙《あぶ》られたような熱さを感じる。だからあんな、昔の夢を見てしまったのかもしれない。

夢の中では堪《こら》えられていた涙が、いつしか遼賀の頰を伝ってきていた。病院でも職場でも抑え込んでいた嗚咽《おえつ》が、喉の奥から急に溢れ出てくる。自分の泣き声を聞きたくなくて遼賀は枕に顔を押しつける。それでも子供じみた泣き声が部屋に漏れた。

がんなんだ……。おれ、がんになったんだ。まだ三十三歳なのに……。

悲しみよりも、どうして自分がという悔しさに全身が冷たく強張《こわば》ってくる。不摂生をしてきたわけでもなく、人並みに、真面目に生きてきたはずなのに。

今年の夏は食欲がまるでなかった。春の花見の席でも、いつもと同じ酒量で吐いてしまったので、もうすでにその頃には悪かったのかもしれない。だけど胃の不快感なんて、三十過ぎの男なら誰もが感じているのだろうと軽く考えていた。

トラモントは三百六十五日、二十四時間、休むことなく営業している。もちろん遼賀に休日はあるが、シフトが埋まらない時は休日出勤やサービス残業を当たり前のようにこなしてきた。でもそれはどこの店長も同じようなもので、月に一度開かれる店長会議ではみんな目の周りにどす黒い隈《くま》を作り、どうすれば売り上げが伸びるのか意見を出し合うのだ。生きていくためには働かなくてはいけない。働ける場所を維持するためには多少の無理をしなくてはいけない。自分はなにも間違ったことをしていない。それなのに自分だけがこんな病気を患ってしまった。

誤診かもしれない。

ふとそんな考えが頭をよぎり、ようやく枕に埋《うず》めていた顔を上げることができた。そうだ、医者の誤診かもしれない。これまでも何度か耳にしたことのある珍しくもない話だ。

遼賀の父は三年前に亡くなったが、急性腎盂炎《じんうえん》による敗血症が原因だった。両親ともにがんに罹《かか》ったことはないはずだ。長野県で暮らす父方の祖父母はまだ元気にしているし、母方の祖母にしても住み慣れた自宅で一人暮らしをしている。うちはがん家系じゃない。そうだ、セカンドオピニオンをとろう。別の病院を受診すれば診断は変わってくるかもしれない。医師ひとりの診断を鵜呑《うの》みにしてはいけない。

一筋の光が見えた気がしてベッドから跳ね起き、その足で台所に向かった。水道の蛇口を捻《ひね》り、流しに置いてあったコップに水を注いでひと息に喉に流し込んだ。と同時に込み上げるものがあり、そのまま嘔吐《おうと》する。店で飲んだ野菜ジュースの深緑色が、水垢《みずあか》でぬめった流しに吐き出された。

「あ……っつ」

吐き気と同時に鳩尾に激痛を感じ、その場でしゃがみ込む。胃の入り口と出口を手で握られ、そのままぐにゃりと捩《ねじ》られたような痛みに、感情とは無関係の涙が浮かぶ。

胃の中に、腫瘍ができていたのだ。腫瘍の組織を採り、検査に出し、その結果が悪性だと診断された。そんな極めてシンプルな検査に誤診などあるだろうか。いや、ない。誤診なんかではない。そんなこと、本当はわかっている。

つい数秒前まではセカンドオピニオンをとる気でいたのに、いまは誤診などあるわけないと確信していた。浮き沈みする感情に振り回されるのが煩わしくて、ベッドの枕元に置いていた携帯を手にした。なにか音楽でも聴こうか。気持ちが晴れるような明るい曲を。携帯に浮かんだ時刻は午前零時二分。けっこう長く寝ていたと思っていたが、ほんの一時間ほど横になっていただけだ。

普段なら、この時間帯はたいてい店で忙しくしている。店ではワインやビール、ウイスキーにハイボールなども提供しているので、午前零時を回った辺りからはアルコールを求める客が入ってくる。午後十時以降はメニューも軽食を中心にしたものに変わり、照明も少しだけ暗くして音楽もムードのあるものに変える。飲み物の価格も他店に比べて抑え気味なので二次会、三次会の後に流れてくる学生の客も多く、それなりにいつも賑《にぎ》わっていた。

いま流行《はや》りの明るい曲を聴いているうちに、薬を飲もうかという気になってきた。胃酸を抑えるものと、胃痛を和らげるものの二種類。近所の内科クリニックで処方してもらったものだが、果たしてこの薬はどれくらい効いていたのだろう。

薬を飲み終えると、とたんにすることがなくなった。

お母さんに会いたいな――。

夢の中の恭平の呟きが生々しく耳に残っていて、ふと母に電話をかけたい衝動に駆られる。最後に母の声を聞いたのは今年の夏で「お盆は家に帰って来るのか」と電話がかかってきたのだ。その時はたしか「飲食店は人の休みが繁忙期だから」と返した気がする。

母に電話をかけようかと携帯の画面を見つめ、思い直す。無駄な心配をかけてもしょうがない。母は学生服を作る工場で働きながら、一人暮らしの祖母の介護をしている。疲れきって眠っているに違いない。

もう一度ベッドに横になり天井を見つめていると、今度は別れた彼女の顔が浮かんできた。もう二年近く前の話だ。ふられたのは憶えているが、なにが原因だったかはいまだによくわからない。「遼賀くんはこのままでいいの？」と訊かれ、「別にいいと思うけど」と答えた直後に別れよう、と言われた。突然だったのでなにも言い返せず、「このまま」がどんな状態なのかもよくわからないまま、「そうしたいなら」と頷いてしまった。内容を読みもしないでSNSに「いいね」をするみたいに。

天井を見つめながら過去の失敗のあれこれを考えていると、手の中の携帯が鳴った。店でなにかトラブルがあったのだろうかと慌てると、見知った名前が画面に浮かんでいた。

「もしもし?」

『ああ遼賀。こんな夜中に悪いな。寝とったか?』

「いや、起きてたよ。恭平こそこんな時間にどうしたんだ、明日早いんだろ」

恭平は昔から朝が弱い。それは社会人になってからも、結婚して家庭を持ってからも変わっていないらしい。

『いや、ちょっとな』

珍しく言いよどむ恭平に、「なんだよ」と先を促す。

『矢田泉のことじゃけど』

「矢田? ああ、さっき電話で話してた」

懐かしくて思わずSNSで検索してみたのだと、恭平は言った。たんなる興味。他に意図はなかったのだが……。

「おれが美人になってたって言ったからだろ。よけいなことして、昌美《まさみ》さんに変な誤解されてもしらないぞ」

昌美は恭平の奥さんで、中学の理科教師をしている。恭平より一歳年上の、とてもしっかりした人だ。

「恭平は思ったことすぐ顔に出るから、速攻でばれるぞ」

『だから、そういうんじゃなくて』

なお歯切れの悪い恭平を訝《いぶか》しく思っていると、

『遼賀おまえ……体悪いのか』

突然切り出された。

「なんだよ、急に」

『矢田泉って、いま看護師してるんじゃろ？　勤務先見たら東京の大学病院になってた』

遼賀が高校の同級生、それも女性とばったり出くわし、世間話をしたというのが引っかかったのだと恭平は話す。同級生に偶然出会うことはあったとしても、ほぼ十五年ぶりに顔を合わせた女性のことを、遼賀が憶えているとは思えない。まして自分から話しかけていくなどあり得ない。だとしたら、矢田のほうから遼賀に声をかけたに違いない。平日の午前中に社会人の二人が偶然顔を合わせるとしたら、どちらかの職場になるのではないか。

「教師って暇なのか？　そんな推理してる時間がよくあるな」

『おまえから唐突に電話かかってきて、なんかおかしいと思ったんじゃ。声もどこか沈んでたし』

恭平が見かけよりずっと目配りができる男だということを、いま思い出した。言葉の裏にある真意を読み取ったり、ちょっとした言葉を捉えて相手の本音を手繰《たぐ》り寄せたり。

『隠すなよ、遼賀』

「うん、……矢田とは彼女が働いてる大学病院で会ったんだ。おれ……胃がんになった」

電話の向こうで息を吐き出す音が聞こえた。そのまま押し黙ってしまい、沈黙が落ちる。遼賀は携帯を耳に押しつけ、恭平の言葉を待った。微《かす》かな息遣いが伝わってくる。

『遼賀、大丈夫だ。絶対に治る』

静寂がしばらく続き、どうしたのかと心配になった頃、恭平がぼそりと呟いた。

「なんだ、その根拠のない励ましは」

『おれが治ると言えば、治る』

恭平があまりに強く言いきるので「そうだな」と返し、電話を切った。

「で、ここがコインランドリーね。洗濯一回で五百円。けっこうぼったくりだから、できるだけ溜めてから洗ったほうがいいよ」

＊

告知を受けてから二週間後、検査入院した消化器外科病棟には矢田が勤務していた。遼賀がナースステーションへ挨拶に行くと、すでに遼賀の入院を知っていたようで「今日は私が遼賀くんの担当だから、よろしくね」と笑顔で近づいてきた。オリエンテーションということで、病棟内を案内してくれる。

「いまいるのがB棟で、この六階の602号室が遼賀くんの部屋になるから」

矢田が病室の前で足を止め、壁に掲げられたネームプレートを指さした。すでにそこには「笹本遼賀」という名前が嵌《は》め込まれている。

「みなさんおはようございます。今日から入院される笹本さんです」

遼賀の病室は四人部屋だった。ベッドを埋めている三人は、二人がおそらく八十を過ぎた患者で、あとのひとりは四十代後半か五十代前半くらいの体格のいい男性だった。

三人は遼賀の顔をちらりと見て軽く会釈し、またそれぞれやっていたことに戻った。イヤホンを耳に差し込んだ高齢の二人はテレビを観ていて、中年の男性はノートパソコンで作業をしている。

「わからないことがあったらなんでも訊いてね。あ、そうだ。私、いちおう敬語で話したほうがいい？」

「え、別にいまの感じでいいけど」

「そうよね。いいよね。方言で好き勝手話してるわけじゃないもんね」

変なところで気を遣うんだな。遼賀がそう思っていると、あと三十分でCTの検査だから、また迎えに来ると言われた。

一度大きく深呼吸してから携帯を床頭台《しょうとうだい》の上に置き、ダウンジャケットとパーカーを重ねて脱ぎ、スウェットに着替えた。遼賀に与えられたスペースには細長いロッカーもあり、衣服などはそこにしまっておけるようだった。ロッカーの扉を開けると、前の患者の忘れ物らしき濃いグリーンのネクタイがハンガーに掛かったままになっていた。自分の上着をハンガーに掛けながら、このネクタイの持ち主は病気を治して退院できたのだろうかと思う。

「遼賀くんお待たせ。CT室に案内します。外来棟にあるからちょっと歩くけど」

矢田が再び病室に入ってきたのは、ベッドの上でぼんやりしている時だった。人間というのは不思議な生き物だ。生まれて初めての入院で戸惑っているはずなのに、こうしてスウェットを着てベッドに横になれば病人らしく振る舞ってしまう。

「あ、じゃあ着替えるよ」

遼賀が体を起こしてロッカーを開けようとすると、

「いいのいいの、そのままで」

と矢田が制する。

「でも外来棟に行くって」

「入院患者さんは、部屋着で病院内を歩いてもいいんだよ。高級ホテルじゃないんだから」

言いながら病室を出ようとする矢田の後について、遼賀も出て行く。こんなことなら着古したスウェットなんかじゃなくて、新しいジャージを買っておけばよかったと後悔する。

「矢田は……おれの病気のこと知ってんの？」

ＣＴ室は思っていたより遠く、長い廊下を延々歩いた上に、エレベーターに乗ったり降りたり、また歩いたりしなければならなかった。

「担当だからね」

「で、どうなんだろう」

「どうってなにが？」

「おれはその……治るのかな」

　矢田の歩みがほんの少し緩まる。

「なに言ってるの、まだ検査入院だよ」

「……だけど」

「もうっ。しっかりしてよ。治るに決まってるじゃない。治らなかったらどうするのよ」

　尖《とが》った顎をこちらに向け、矢田が上目遣いに睨《にら》んでくる。遼賀はその目をほんの数秒じっと見つめた。看護師として十年以上も働いているのだ。直感でこの患者が治るか治らないか、それくらいのことはいまの段階でもわかるんじゃないだろうか。矢田の目に嘘《うそ》がないかを探る。

「あそこがCT室だよ」

　遼賀の心の中を読んだのか、矢田がさりげなく目を背ける。

「病棟ナースが付き添うのはここまでなの。あとはCT室に別のナースがいるから」

「あ、ありがとう」

「うん。帰りは迎えに来なくても大丈夫だよね。お年寄りや重症の患者さんなんかは迎えにも来るんだけど」

「平気だよ。ちゃんと戻れる」

「B棟六階の602号室だから。それだけ憶えてたら迷子になっても大丈夫」

「おっさんが迷子になってたって、誰も助けちゃくれないよ」

矢田が重厚な鉄製の扉を両手で押すと、中から年配の看護師が顔を出した。その看護師にいくつか申し送りをした後、矢田は片手を上げて、「じゃあまた後でね」と踵《きびす》を返して戻っていった。一分一秒も惜しい。そんな感じできびきびと歩き去っていく。忙しそうに立ち働く矢田が、これまでの自分と重なって見える。

年配の看護師に言われるがまま、検査台の上に横になった。検査を受けるにあたっての注意事項をいくつか口にした後、看護師が部屋を出てひとりになる。トンネルのような穴の中に体が入っていく。暗い闇の中に吸い込まれる感じがして両目を固く閉じると、今度は心臓が信じられないくらいの速さで拍動し始めた。

この不安をどう説明すればいいのか。非日常な場所で、非日常なことをしている不安。いつもならこの時間は店にいて事務作業をしている。アルバイトの勤務希望を照らし合わせながらシフトを組んでパソコンに入力したり、仕入れスケジュール表、作業指示書、各月の売り上げ計画表、売り上げ分析報告書を作ったり。店長が作るべき書類は多岐にわたる。それに加えて在庫の棚卸があり、この前のようにスタッフが急に辞めたりしたら、ハローワークに求人広告を出すという仕事も増える。そんな当たり前の日常が全部、いまは遠い。

両目を固く閉じたまま、CT撮影に耐えた。自分が病気になって初めて、これまでどれだけ病気に無関心だったかがわかる。CTとMRIの違いも知らなかったし、それらの検査でなにがどこまでわかるのかも初めて知った。病気なんて三十三歳の自分とはかけ離れたところにある、そう油断していたから。

「笹本さん、終わりましたよ。大丈夫ですか」

ふいに体を揺すられゆっくりと目を開ける。眠っていたのか、目を開けた時の視界いっぱいの白さにパニックになった。雪山のように白い。ホワイトアウト。

「ご気分悪くないですか」

看護師のふくよかな腕に背中を支えられ、起き上がる。朦朧《もうろう》としている頭を振って、呼吸を整える。

「大丈夫です。ありがとうございます」

遼賀は滑り落ちる感じで検査台から降り、床の上に両足を下ろした。

「ひとりで病室まで戻れますか。もしふらふらするようでしたら病棟からお迎えに来てもらいますけど」

「いえ、大丈夫です」

そうは言ったものの、CT室を出て迷路のような院内をスリッパで歩いていると、どこを歩いているのかわからなくなった。もとはそれほど大きくない建物を、増築を繰り返して巨大化していったのだろう。忍者屋敷のような複雑さに辟易《へきえき》する。それでもしばらく歩き回っているうちに、なんとかB棟のエレベーターに辿《たど》り着く。

「あれ、ここだっけ」

エレベーターを降りて自分の病室の前まで戻り、思わずネームプレートを確認し直した。自分を除けば平均年齢七十歳と推測される病室から、若々しい笑い声が聞こえてきたからだ。

「もー、そんなお世辞言ってもなにも出ないから」

「いや、ほんとほんと。あまりにきれいになってたから、全然わからんかった」

太く張りのある声には、聞き憶えがあった。まさかと思い病室をのぞけば、スーツ姿の男が矢田と談笑している。

「恭平おまえ、なんでここに」

「お、やっと帰ってきたか」

恭平が、笑顔のまま遼賀を振り返る。「今日入院するって言うとったから、様子見に来た。そんな迷惑そうな顔せんでもええじゃろ」

入院初日に突然来たら、遼賀が自分や母に隠してる「彼女」に会えるんじゃないかと思って。そんな冗談を口にしながら、恭平がすぐそばまで歩み寄ってきた。

「で、体調は?」

「まあ……悪くないよ」

矢田が嬉しそうに、自分たち兄弟のやりとりを見つめている。

「三十過ぎた笹本ツインズのツーショット、レアだわー。それにしても年取ってもよく似てるね」

「年取ってもはよけいだ。おまえも同い年じゃろ」

楽しげに話す二人を横目で眺めつつ、ベッドに戻った。病院の中で、遼賀の居場所はベッドしかない。

「じゃあ私行くね。遼賀くん、なにか用事あったらナースコール押して。それから恭平くんもゆっくりしてって。でも病室でうるさくしちゃだめだよ、もし大きな声で話したいんだったら談話室行ってね」

矢田が退室してしまうと、病室にまた静けさが戻った。

「変わったな」

恭平がちらりと廊下を振り返る。

「え？」

「遼賀が言ってた通り、美人になっとる」

ナースステーションで遼賀の病室を訊ねた相手が矢田だったと、恭平は笑う。向こうから言い出すまで、目の前にいるのが矢田だとは気づかなかったと。

「そんなことより恭平、おまえ、仕事は？」

「有休取った。明日から冬休みに入るし問題ない」

「そうか、今日はクリスマスイヴだもんな。おまえ、家族はいいのか？　わざわざ来なくてもよかったのに。子供じゃないんだから」

「こんなことに子供も大人もないわ」

恭平は壁際にあった丸椅子に腰掛けると、紺色のスポーツバッグの中から白いビニール袋を取り出し、手渡してきた。

「なんだ？」

「『おかやま桃子』のプリン。これなら食べられるかと思ってな。岡山県産の清水白桃使ってるらしい」

「ありがとう」

「それから遼賀、お母さんにはいつ話すんだ？」

「精密検査をして、診断が確定したら話すよ」

「そうか、わかった」

「それより、おまえのほうは大丈夫なのか」

「なにがじゃ」

「健康かってこと」

「いまのところはな。毎年健康診断も受けとるし、自覚症状もない」

それはよかったと頷き、遼賀は瞼を閉じる。目の奥がじんと熱い。生まれて初めてのCT撮影に緊張したのか、思いのほか疲れていた。

遼賀が黙ってしまうと、恭平も話しかけてはこなくなった。隣のベッドから聞こえてくる鼾《いびき》が沈黙の間に漂う。同室のじいさんたちは昼間もほとんど寝ている。

「このまえ夢に、あの雪山が出てきたよ」

閉じていた瞼を開くと、恭平が自分を見ていた。

「あの雪山？」

「那岐山だよ。おれらが遭難した。体調が悪かったからかな、けっこう息苦しい夢だった。……なあ恭平、あれからおれたちはどうなったんだっけ」

「あれからって？」

「テントの中で夕飯食って、それから」

「普通に朝を迎えたんじゃなかったか。朝起きたら雪が降り止《や》んでて、ここは天国か、おれらはもう死んだのか、ってくらいきれいな雪景色が目の前にあって」

「あぁそうだった。翌朝はたしか晴れてたんだ」

恭平の言葉で、忘れていた景色が思い出された。そういえば目を覚ましてテントから顔をのぞかせると、恐ろしいほど美しい銀世界が目の前に広がっていたのだ。朝の淡い陽射《ひざ》しが雪面の隆起に陰影をつくり、それが雪でできた波のように見えた。恭平が小さな子供のように「山が光っとる」とはしゃぎ、遼賀も雪の眩《まぶ》しさに心奪われた。

「おれらは助かる」

その時、恭平が叫んだのだ。なんの脈絡も根拠もないそのひと言に、体中の血液が全身をめぐるのを感じた。

「それから朝飯を食って、その後すぐに遼賀がテントを出ようって言ったんじゃ。とにかく登山道まで戻ろうって。登山道に出れば、お父さんが必ず見つけてくれるからって」

そうだった。自分はあの一日に勝負を賭けたのだ。あの朝の時点で手持ちの食料はインスタントラーメンとコンビーフの缶詰とココアとチョコレートだけになっていて、翌日まではとてももたないとわかっていた。

「歩けるか、恭平」

「せわーねー」

「よし、行くぞ」

そして朝食を済ますとすぐに、登山道に向かうため立ち上がったのだ。

登山道までなんとか戻ろうと、二人の体をロープで繋ぎ雪面を上っている途中、遼賀は太陽の光に向かって「神様、どうか助けてください」と祈ったことを思い出す。

テントを出て一時間も経たないうちに足が凍ったかのように冷え、指先の感覚がなくなってきた。重厚な造りの登山靴は、冬季登山用にと父親が中学卒業の記念に買ってくれたものだった。色は恭平がブルーサファイアで、遼賀がサンセットオレンジ。あまりに眩《まばゆ》いオレンジ色に気後れして、恭平ほど無邪気に「ありがとう」と言えなかったのを憶えている。

遼賀と恭平は互いを励ましながら、ビバークした場所から硬い雪壁を慎重に登り、やがて稜線に辿り着いた。稜線に出ると視界は良好だった。晴れわたった青空の下でコンパスを使って方角を確かめ、雪崩が起こらないことだけを一心に願い、登山道を目指した。

恭平と当時のことを話していると、朧《おぼろ》げだった記憶が鮮やかな色彩を伴って蘇ってくる。樹々のてっぺんに冠のように積もっていた丸い雪。弓なりになって積雪に耐えていた竹の群生。雪煙に巻き込まれ落下していく一羽の鳥。もう二十年近く前の出来事なのに、細かなシーンのひとつひとつが、浮かび上がってくる。

「お父さん、酔うといつも言うとったな。救助隊の人たちと一緒に登山道を歩いていたら、白い道の先にオレンジと青の光が見えたんじゃって。他のレンジャーは誰ひとりとして気づかんかったけど、お父さんだけは見えたって」

そうだった。普段寡黙で穏やかな父が、兄弟の名前を大声で叫びながら駆け寄ってきたのだ。あんな父を見たのは人生で一度きりだった。

「……遼賀」

楽しそうに思い出話をしていた恭平が、ふいに顔を曇らせた。

「なに？」

「あの時……おれら、靴を取り換えて……」

シーツからはみ出した遼賀の足に、恭平が視線を置く。靴下を穿いているから見えないが、自分の足の指は左右ともに歪《いびつ》な形をしている。凍傷の傷痕だった。悪天候のテントで夜を越す時は、靴をビニール袋に入れて気温の高い場所に置いておかなくてはいけない。それを忘れていた恭平はテントの出入り口近くに放置してしまい、朝起きた時に靴が濡れていることに気がついた。恭平は左足を怪我《けが》していたので、遼賀が自分の靴と換えてやったのだ。

「そうだった、靴を交換したんだ。そういやおれ、足のサイズはいまもあの時のままだな」

よほど恐ろしかったのだろう。あの登山を最後に、恭平は「もう二度と山には登らない」と宣言した。そして登山用具をすべて捨ててしまった。

「それより恭平。あの夜、おれたち、なにか約束したよな。なんの約束だったか憶えてるか」

「約束？　憶えとらんな、さっぱり」

「大事な約束だったと思うんだけど」

「忘れてるくらいだから、そうでもないんじゃないか」

「それも……そうか」

錯乱状態にあった時の記憶など、どこかに飛んでいても不思議はない。

話の途中で、

「笹本さーん」

と自分を呼ぶ声が淡いグリーンのカーテン越しに聞こえてくる。恭平が手を伸ばしカーテンを開けると、「さっきのCT検査の結果が出たようだから、松原先生が説明したいって」とにこやかな笑みを浮かべた矢田が立っている。

「松原先生？」

恭平が遼賀に訊いてきたので「主治医だよ」と答える。

「矢田、腕の立つ医者なのか、その松原先生は」

「うん。医者としてはいいと思うよ。患者さんたちからの評判もいいし」

「医者としては？」

恭平がつっこむと、矢田は少し慌てた。初めて再会した日にも感じたけれど、矢田は松原が苦手なのかもしれない。

「いやいや、もちろん人としてもいいよ」

矢田が口ごもりつつ何度も頷く。

「そうか。ならよかった。結果、おれも一緒に聞いていいかな」

「もちろんどうぞ。いいよね、遼賀くん」

矢田が遼賀たちを手招きする。病棟に上がって来ているのかと思ったが、松原は外来診察室にいるようで、エレベーターを使って一階まで下りていく。


「先生、笹本遼賀さんです。ご家族もご一緒です」

ノックをしてから診察室に入ると、矢田が椅子を二つ用意してくれた。デスクの前に座っていた松原がゆっくりと二人のほうへと向き直る。

「笹本さん、検査おつかれさまでした。それで、CTの結果なんですが」

なんの前置きもなくいきなり本題に入ったことに、遼賀は身構える。松原の表情からはなんの感情も読み取れない。

「胸腹部のCT検査では、他臓器への転移はみられませんでした。ですが、手術を受けていただく必要はあります」

慎重な口ぶりでそう告げた後、「手術では腫瘍の拡がりに応じて胃を全摘するか、一部を残す亜全摘を行うかになります。ただ腫瘍が内視鏡で摘出するには難しい場所にあるので、手術は開腹ということになりそうです」と松原は続けた。

転移はみられない、そのひと言で涙が出そうになる。

「大丈夫です。開腹でお願いします」

もし隣に恭平がいなかったら泣いていたかもしれない。知らない間に握りしめていた拳が、太腿《ふともも》の上で震えていた。

「それで手術の日程なんですが、一か月先の一月二十日ということでいいですか。前日十九日に入院してもらって」

卓上カレンダーに目をやりながら松原が口にすると、遼賀が返事をする前に、

「年内は無理ですか」

と恭平が間に入ってくる。

「年内、ですか？」

「悪いもんなら早く取ったほうがいいと思いますんで」

「まあ、お気持ちはわかりますが……」

恭平が松原に、もっと早くできないものかとにじり寄る。

「あ、先生。そういえば今朝、オペのキャンセルがありました。ちょっといいですか」

矢田が松原の前に身を乗り出し、マウスを手にパソコンの画面を切り替えた。松原を押しのけるような勢いに、矢田の看護師としてのキャリアを垣間見る。

「やっぱり。先生、二十九日の九時からのオペ、なくなってますよ」

「あ、そうか。そうしたら笹木さん、今月の二十九日でどうでしょう」

パソコンのキーボードを小気味よく叩きながら松原が、「年の瀬の慌ただしい時期ですけど」と訊いてきた。恭平が、遼賀の予定も確かめずに「じゃあそこでお願いします」と即答し、目配せしてくる。年の瀬は忘年会シーズンで店の繁忙期だ。

「先生、兄のがんはいまどの段階なんでしょう」

「どの段階とは？」

「たしか独特の表し方がありますよね。1とか2とかそういう数字で表す……」

「ああ、ステージですね。進行の基準は胃がんの場合ですと深達度、リンパ節転移の拡がり、肝臓や腹腔《ふくくう》など他臓器への転移の有無などで表します。深達度とは簡単に言えばがんがどれくらいの深さになっているか、です。手術してみないことにはステージの確定はできませんが、笹本さんはおそらく早期だと思われます」

松原の言葉に眉根を寄せて頷くと、恭平が大きく息を吐く。ため息をついたのは自分ではなくて恭平なのに、遼賀も肩に載っていた重りが外れたかのように体が軽くなった気がした。

「ではこのまま入院を継続していただいて、二十九日に手術ということでいいですか、笹本さん」

「はい、よろしくお願いします。ありがとうございました」

　診察室を出ると、恭平がまた深々とため息をつき、「十二月二十九日っていったら五日後じゃな」と言ってくる。

「そうだな。急だし、休み取れるかな。上司には今回は検査入院だけだから、年末年始はシフトに入れるって伝えてあるんだ」

「もし許可がもらえんかったら、会社辞めろよ」

「無茶言うなって。でも……そうだな。なんとか頼んでみるよ」

　恭平が手術の日程を早めてくれたのだ。その思いをむげにはできない。

　そうだ、五日後に手術になることを、母に知らせないといけない。母はメールやラインを使わないので、伝えるとなれば電話しかないのだが、なんとなく話しづらい。そうだ、手紙にしよう、と遼賀は決めた。院内にポストがあったので、すぐに手紙を書いて投函《とうかん》しよう。

「あ」

　遼賀は足を止めて、小さく叫んだ。そうだった。間違いない。あの雪山で恭平と交わした約束を、たったいま思い出した。

「なんじゃ」

　先を歩いていた恭平が、怪訝《けげん》そうに振り返る。

「恭平、おれたちやっぱり約束してたよ」

「約束？　……ああ、さっきの山の話か」

「遭難した夜、おれたち、二人で手紙を書いたんだ」

雪に閉ざされた夜、「お父さんとお母さんに手紙を書いておこう」そう言い出したのは遼賀だったか恭平だったか。テントの中では、ランタンの灯《あか》りが揺れていた。

「紙がないな」

「登山地図の裏に書きゃあええじゃろ」

「書くものは？」

「登山届を書いた時に使ったペンが、たしかザックに入っとる」

遺書という言葉は口にはしなかった。だが正直なところ、あまりに長く寒い夜に負けそうになっていた。一度目を閉じてしまったら最後、もう目覚めないいんじゃないか。お父さんとお母さんの元に二度と戻れないいんじゃないか、と頭の片隅で思っていたのかもしれない。

ペンが一本しかなかったので、ひとりが起き出して書いている時、もうひとりは寝袋に包まれペンが紙を滑る音を聞いていた。地図の裏は下手くそな文字で真っ黒に埋まった。紙を不公平なく半分に切り、それぞれの想《おも》いを一字一字大切に綴《つづ》った。

もしも、どちらかひとりだけが死んでしまうようなことになったら……。絶対にそんなことは起こらない、起こるわけがない。でも万が一起こってしまったなら、生き残ったほうがこの手紙をお父さんとお母さんに届けよう。

手紙を書き終え、兄弟でそんな約束を交わした。

だが自分たちは助け出された。地図の裏に綴られた手紙は誰の目にも触れることなく、ザックの底に忘れ去られた。

「そういやそんな約束、したような気もする。なにを書いたかなんてまったく記憶にないけどな」

恭平は売店で缶コーヒーを一本買い、病室に戻ってからひと息に飲んだ。喉を鳴らしながら飲み干す姿が、試合の途中でスポーツドリンクをがぶ飲みしていた、学生時代の恭平を彷彿とさせる。自分はこんな勢いで飲み物を欲することはなかったし、これからももうないだろう。自分の体内の臓器を……胃を摘出して生きるというのはどういう感じなのだろう。突き出した喉ぼとけが上下する様を見つめながらそんなことを考えていた。

「入院で必要なものがあったらリストアップしといてくれ。今度持ってくる」

「いつ？」

「おまえがわざわざ来る必要ないって。手術前にいったん自宅に戻るつもりだから」

「へ？」

「いつ自宅に戻るんだ？」

「今日とか明日はクリスマスで街に人が溢れてそうだから、三日後にしようかな」

「よしわかった。三日後、二十七日だな」

とても重要なことを確認するかのように、恭平が大きく頷く。

「じゃあな、また来るわ」

「遠いところ悪かったな。それからお母さんによろしく。昌美さんにも」

缶コーヒーを飲み終えると、恭平は帰って行った。病気など寄せつけそうにない頑健な体で家族の待つ家に戻っていくその姿が眩しくて、陽が照っているわけでもないのに目を細めている自分がいた。


それから三日後、遼賀は外出届を出していったん自宅に戻った。手術をした後は二週間ほど入院する必要があるので、足りない着替えを取りに帰る。

エントランスに足を踏み入れ、ポストに溜まっていた郵便物を引っこ抜くと、「差出人　笹本恭平」と書かれた宅配業者の不在連絡票がぱらりと一枚、足元に落ちてきた。そういえばこの前病院に見舞いに来てくれた時、「いつ自宅に戻るんだ？」としつこく訊いてたっけ。なにか送りたいものがあったのかと合点がいく。

エレベーターで三階まで上がり、自宅玄関のドアを開けた。小さな三和土《たたき》には黒い革靴とグレーのスニーカーが脱ぎ散らかしてある。短い廊下の先に磨りガラスの扉があり、手で押し開けたら東京に出てきてから今日までの、笹本遼賀のすべてが詰まっている。

「ただいま」

自分の部屋の匂いを思いきり吸い込んだ。脂っぽいような、埃《ほこり》くさいような。決していい香りとはいえないけれど落ち着く匂いだ。病院では手首に巻かれたネームバンドとベッドに付けられたネームプレート以外に、自分が笹本遼賀であることを証明するものはなにもなかった。わずか数日入院しただけで自分が何者で、これまでなにをして生きてきたのか、そんなことすらあやふやになっていた。人はいとも簡単に、それまでいた場所から離脱できるものなのだ。

テレビの前に置いてある座椅子に座り、背もたれに体重をかけた。二日後の手術までにしなくてはいけないことを、ひとつひとつ頭に思い浮かべる。上司には手術が決まった日に連絡を入れた。事情を話すと一か月間は休暇を取るようにと言われ、ありがたかった。ただ年末年始の忙しい時期にあっさり休ませてもらえたことに拍子抜けしている自分もいる。自分の代わりはいくらでもいる。そんなことをうっすらと考え、どこかで寂しく思っている。

「気にしない、気にしない……」

つまらないことに引っかかっている自分に呆《あき》れ、呟いた。もちろんその呟きに応えてくれる人はいない。ひとりで生きるというのは、自分の弱さや脆《もろ》さにもひとりきりで立ち向かわなくてはいけないということなのだ。そんな当たり前のことを病気になってようやく実感する。ひとりは気楽、自由だと言っていられるのも、降りかかる火の粉を自分で払いのける力があるうちだけだ。若かろうが老いていようが、男だろうが女だろうが、病気は怖いし、死ぬのはもっと怖い。その底知れぬ恐怖を垣間見たいま、この先ひとりで生きていく覚悟を持たなければいけない。

遼賀は小さく息を吐き、さっきポストに入っていた不在連絡票を手に取った。そこに記載されている番号に電話をかけると、すぐさまドライバーに繋がる。今日の六時までなら家にいるので、再配達してほしい。そう告げると、「間に合うように行きます」と張りのある若い男性の声が返ってきた。

「これでよし、と」

次は病院で渡された「入院のしおり」を読みながら、シャツやパンツ、スリッパやひげ剃《そ》りなどの生活用品を準備していく。足りないものは帰りに買っていけばいい。いま家にあるものだけを紺色のスポーツバッグに詰め込んでいくと、あっという間に荷造りは終わった。だがあとは荷物を受け取って病院に戻るだけ、となったところで急に全身から力が抜けて、その場にへたりこむ。

どうして、おれなんだろう。

煙草《たばこ》は吸わない。アルコールもつき合い程度。普段はできる限り自炊をして、時間のない時はスーパーの総菜を買って食べる。睡眠時間が日によって違うことを除けば、この年で病気になるような生活は送っていないはずだった。

それなのに、胃がんになった。

どうしておれなんだろう……。

俯《うつむ》いた拍子に、フローリングの床に涙が落ちる。喉の奥から嗚咽が漏れる。病室と違ってここでは思いきり泣けるという安心感からか、涙がとめどなく溢れてきた。嗚咽以外の音が絶え、冷えた部屋で遼賀は泣いた。寒さなのか恐怖なのか、さっきから全身が小刻みに震えている。エアコンをつけ、布団にくるまり体を温めたが、それでも震えはとまらず、いつしか病院に戻る気力などどこにもなくなっていた。

一時間はそうしていただろうか。携帯の着信音が聞こえてきてゆっくりと顔を上げる。両方の鼻の穴から大量の鼻水が垂れて顔を濡らした。ティッシュで鼻を押さえながら画面を見れば、「恭平」の二文字が浮かんでいる。

「もしもし」

『あ、遼賀。いま家か？　今日いったん自宅に戻るって言ってたよな』

「ああ、家だ。おまえからの荷物が届くのを待ってたところで……」

泣いていたことに気づかれないよう遼賀は立ち上がり、背筋を伸ばした。姿勢が声を作るというのは、接客業をして気づいたことだ。

『おまえが出した手紙、お母さん読んだみたいだ』

「……そっか。なんか言ってた？」

『なんも。まあ……泣いとったけど』

「そっか」

それから数秒、沈黙が落ちた。恭平の息遣いが、耳に押しつけた携帯から聞こえてくる。

『あのな、遼賀』

しばらく間を置き、恭平がゆっくりと言葉を継ぐ。いつもの大きな声ではなく低く落ち着いた口調で、山で遭難した時のことを話し始める。

『おれはあの時、自分が助かることしか考えてなかった。それなのにおまえは、自分の靴と、水がたっぷり沁《し》み込んだおれの靴を取り換えようって言い出したんだ』

靴を交換しようと遼賀に言われ、「そんなことしなくていい」と断った。だが強がる自分に、遼賀は「交換するのはおれのためだ。おまえのためじゃない」と真剣な表情で言ってきた。それでわざとのろのろと靴を脱いだ。本当は足先が氷のように硬く冷たく、怪我をした左足の感覚はすでに失われていた。遼賀がオレンジ色の登山靴を自分に向かって差し出してくれた時は、正直泣きそうになったのだと恭平は話す。ほっとして涙が出そうだったと。

『あの後登山をやめたのも、道具を全部捨てたのも、本当は情けない自分を思い出したくなかったからだ。遼賀はあんな時でもちゃんと兄貴で、おれはただ助けられるだけの存在だった』

電話の向こうで恭平が真面目な声を出す。

「どうしたんだ？　急にそんな話」

『おまえは強いよ。だから』

恭平の声が一瞬途切れ、『だから大丈夫だ』と太い声が続く。

熱をもった携帯を耳に押し当てたまま無言で頷いていると、インターホンのチャイムが鳴った。電話口の恭平に、「おまえの荷物かも」と告げ、電話を切った。

「はい？」

玄関先で魚眼レンズをのぞけば、思った通り宅配便のドライバーらしき顔が見える。

「笹本遼賀さんですか。こちら、お届け物です」

ドアを開け、両手で抱えられるくらいの大きさの、だが見かけよりずしりと重い段ボール箱をドライバーから受け取った。おそらくまだ二十代の前半だろう、緑色のキャップを被《かぶ》った若いドライバーは荷物を届けると「失礼します」と勢いよく去っていった。

手に持った箱を左右に振って、中身を想像してみる。

あいつ、なにを送ってきたんだろう。

岡山銘菓かとも思ったが、それならあれほどもったいぶることはないだろう。ばあちゃん手作りのママカリの甘露煮だろうか。でもそれならクール便だろうし……。

箱を抱えながら部屋に戻り、留守の間にうっすらと埃の積もった床の上に置いた。恭平の字で書かれた送り状を剝がすと、マスカットの黄緑色のイラストが出てくる。

蛍光灯の白い灯りの下、蓋の合わせ目に貼ってあるガムテープをゆっくり引っ張って外し、左右に開いた。このところ開封する小包といえばネット注文したものばかりなので、人から贈られた荷物を開けるのは少しどきどきする。胸を弾ませつつ箱の中をのぞく。

「あ……」

中に入っていた意外な届け物に、遼賀は息をのんだ。

箱の中に納まっていたのは、十五歳の遼賀が履いていた登山靴だった。

そういえば東京に出てくることになった時、兄弟で使っていた部屋を片付け、でも山の道具だけは捨てられなかったのだ。押入れの奥深く、紙袋に包んで隠すようにして置いていたことを恭平は知っていたのだろうか。

段ボール箱に手を伸ばし、その古びた靴に触れてみた。ずいぶん色褪《あ》せてはいたが、見憶えのあるオレンジ色に、体温が上がる。

　遼賀は立ち上がり、登山靴を手に玄関に向かった。

狭い三和土に靴を並べ、思いきって足を入れてみると、全体的に硬くはなっていたが、それでも足背や足裏に吸いついてくる心地よさがあった。踵《かかと》で地面をコツコツと打ちつけ足全体に馴染《なじ》ませると、さらに違和感はなくなる。

　この靴を送ってきた恭平の気持ちを考えると、やっと止まった涙がまた込み上げてくる。

　そうだった。あの日のおれは、生きるために吹雪の中を進んでいったのだ。十五歳の自分は逃げ出したいなんて、一度たりとも思わなかった。

　この靴を履いて、病院に戻ろう。

　そう決めると、遼賀はいったん靴を脱ぎ、部屋の中に置いていた紺色のスポーツバッグを取りに行った。いつしか震えは止まっていた。

第二章

「笹本さん、笹本さん」

名前を呼ばれているのに気づかず、笹本燈子は肩を叩かれ顔を上げた。昨夜の夜行バスで岡山から東京に出てきたのだが、車中では一睡もできなかった。そのせいか目の奥がひどく痛む。

「は、はい」

慌てて椅子から立ち上がると、いつの間に病室に入って来たのか、目の前にパンツ姿のほっそりとした看護師が立っている。

「手術、無事に終わりました。笹本遼賀さんが戻ってこられましたよ」

はっとして病室の入り口に目をやれば、ストレッチャーに横たわる遼賀の姿があった。手術は九時に始まったので、予定通り六時間ほどで終わったようだ。

「あ、遼賀」

看護師と三角巾で髪を覆った看護助手らしき女性が、頭側と足側に分かれてストレッチャーを押し出し、病室のベッドのすぐ横につける。そしてベッドとストレッチャーの高さを合わせると、「一、二、三」というかけ声とともに、体の下に敷いてあるマットレスごと遼賀の体を持ち上げ、スムーズな動作でベッドの上に移動させた。

「麻酔が切れるまでは、まだしばらく眠っておられると思います」

看護師がてきぱきと点滴を調節しながら、声をかけてくる。遼賀の鼻にはチューブが差し込まれ、おしっこを通す管も尿道に入れたままなのか、ベッドの柵に尿を溜めるパックが掛けられていた。

「あの、この管はいつ頃外してもらえるんでしょう」

どこからどう繋がっているのか、遼賀の体からは他にも何本かの管が伸びていた。このままだと寝返りを打つのも辛そうで、なんとかしてやりたい気持ちになる。

「鼻のほうは今日中には外せると思いますよ。お腹の右側から出ているチューブはドレーンといって、溜まったリンパ液などの排液を外に出す役割をしています。左側から出ているのは腸瘻《ちょうろう》で、食事が摂《と》れない時にはここから栄養剤を直接注入します。両方ともご自分で水分やお粥《かゆ》を摂ることができるようになったら外せると思います。目安としては五日後くらいでしょうか。あと背中の管は痛み止めの薬液を持続的に体内に入れるためのものなので、こちらはしばらく留置しておいたほうがいいかと思います」

「そうですか、ありがとうございます。あ、あと、看護師さん。食事はどうなんでしょう。目が覚めたらなにか食べさせてもいいんでしょうか。少しくらいなら……」

手術前は前日から絶食だと聞いている。固形物は無理でも、せめてプリンやゼリーを食べさせてやりたい。

「すみません、手術当日は飲食できないんですよ。食事は順調にいけば明後日《あさって》くらいから徐々に始められると思います。それも流動食か三分粥で様子を見ながらですけど。水分は早ければ明日から大丈夫ですよ」

「あ……あ、そうですか。わかりました」

岡山駅近くのコンビニで買ったきびだんごやマスカットゼリー、燈子の母、富《とみ》から預かったママカリの甘露煮……。遼賀の好物を紙袋から溢れるほど持参してきた自分の無知が恥ずかしい。胃を切除するのだから、そんなものは当分口にできないのは当たり前だろうに。

看護師たちが部屋を出て行くと、燈子はベッドサイドに立って手を伸ばし、遼賀の頬に触れた。青白い顔をしていたが温かかった。ほっとする。安心すると、今度はこんなことになってしまったことへの後悔が、体の奥底から込み上げてくる。この子はどうして、この若さで胃がんになど罹ってしまったのか。幼い頃に食べさせてきたものが良くなかったのだろうかと、自分の子育てを振り返る。

病気のことを知ったのはつい三日前のことだ。縫製工場での仕事を終えた後、富の様子を見に実家に寄ってから家に戻ると、ポストに手紙が入っていた。差出人が遼賀だったので何事だろうと驚き、ひょっとして結婚の報告ではないかと少しどきどきして封を開ければ、十二月二十九日に胃がんの手術を受けると記されていた。

点滴をしていないほうの遼賀の手に、燈子はそっと触れる。男にしては細い指だった。中学までは恭平と同じように野球部に入っていたけれど、高校に上がってからは運動をしなかったからだろうか。釣りや登山といったひとりで静かに向き合えるものを好む子だった。よくよく考えてみれば、小学二年で始めた少年野球も、本当はやりたいわけではなかったのかもしれない。学校帰りの通学路でメンバー募集のチラシをもらってきた恭平が、「野球やりたい。児島《こじま》ファイターズに入りたい」と言ってきかず、燈子としては別々の習い事をさせたら送迎も面倒だし、どうせなら二人まとめてと遼賀も入団させたのだ。遼賀は言われるままに入団したのだが、すぐに頭角を現した恭平とは違い、六年生で卒団するまでレギュラーになれたことは一度もない。

遼賀がまだ眠っているのを確かめた後、今度は足元に回り、掛け布団に両手を差し込んだ。温《ぬく》もった布団の中にある、遼賀の足を両方の手のひらでそっと包み込む。遼賀の足の指は歪な形をしている。

生まれた時は朝顔の蕾《つぼみ》のようにきれいな形をしていたのだが、中学三年生の冬、雪山で遭難した時に凍傷になったのだ。壊死《えし》はまぬがれたものの足の指は十本とも白く変色したまま元通りにはならなかった。自分の手が温もっていることを確認してから、燈子は遼賀の足の指をそっと揉《も》んだ。頬は温かかったのに足は川辺の石のように冷たい。皮膚が白くなった部分には血が流れにくいのだろうか。燈子は右足、左足と順番に遼賀の足の指を撫《な》でさすっていく。

しばらくそうして足を撫でていると、どこか痛むのか、遼賀が眉間に深い皺《しわ》を刻み呻き始めた。苦しそうに喘ぎながら頭を持ち上げようとしている。

「遼賀、大丈夫？　どうしたの」

燈子は慌てて手の中に握っていた足を放し、ナースコールを探して遼賀の頭側に回った。

「遼賀」

もう一度名前を呼ぶと瞼が微かに震え、ひどく辛そうな表情のまま目を開く。

「ああ遼賀、目、覚めたんじゃね」

ほっとして声をかけると、

「ばあ……ちゃん」

ぽかりとした顔で天井を見つめ、遼賀が呟く。燈子は笑みを浮かべて息を吐き、

「ばあちゃんがどうしたん」

と顔を近づけた。

「ばあちゃんをひとりで置いてきて……大丈夫？」

「なに言うとるん。そんなことは心配せんでええんよ。昌美さんに頼んできたし、週四で通ってくれとるヘルパーさんもいるから」

「……だったらええけど」

富には遼賀の病気のことを話してきた。岡山駅前のバスターミナルに行く途中で富の家に寄り、事情を伝えてから東京に向かったのだ。歩行がままならないほど筋肉は落ち、骨も脆くなってしまったが、頭はまだまだしっかりしている。遼賀のことを打ち明けるとひどく悲しそうな顔をした後、富は、自分は施設に入ると言い出した。「家を離れるくらいなら死んだほうがまし、施設だけはかんにんしてくれ」常々そんなふうに言っていた富が、あっさりと「あたしを施設に入れてくれんか」と訴えてきた。自分の世話はもういい。遼賀についてやれ。東京に行け。叱りつけるように言いながら、最後は「遼賀には悪いことをした」とおいおいと泣き始めた。紙袋の底に入れて病室まで持ってきたママカリの甘露煮は、富の手作りだ。骨まで軟らかな甘露煮は遼賀の大好物なので、シーズンになると大量のママカリを煮つけるのがもう何十年もの富の生きがいになっている。

「ばあちゃん、元気にしてる？」

「元気じゃ。呆《ぼ》けてもないし、歩けんこと以外に悪いところはないわ。ひとりでどこにも行けんのは厄介やけど、もう九十近いんじゃからしかたないわ」

「ばあちゃん、いくつになった？」

「今年で八十八じゃよ」

「おお、それはすごいなぁ。ここまできたら百歳まで生きてほしいなあ」

おばあちゃん子だったからか、遼賀の口元に飴玉《あめだま》でももらった子供のような笑みが浮かぶ。自分が大病を患っているというのになにを呑気《のんき》な、と涙が滲《にじ》みそうになる。

「そういえば、ばあちゃんちの蜜柑《みかん》の木もまだ元気？」

「どうしたん、急にそんなこと。さほど手入れはしとらんけど、それでも毎年実は生《な》らしとるよ」

敷地だけはやたらに広い実家の庭には、蜜柑の木が十数本植わっていた。燈子がまだ幼かった頃に亡き父が植えたものので、全盛期には近所や親戚中に配ってもまだ余るほどの実が採れた。いまは木も年を取り、ずいぶん痩せてはきたけれど、それでも毎年オレンジ色の実を授かってはいる。

「冬の間、風邪引いて学校を休んだ日はいつもあの蜜柑食べてたから。だからいまこうやってベッドに寝とると、ばあちゃんちの蜜柑が無性に食べたくなる」

息子たちが小学校に上がってからこの年までずっと、燈子は働いてきた。だから子供が学校を休んだ日や、残業で帰りが遅くなる時には、息子たちを実家に預けていた。植木職人だった燈子の父もその頃は元気だったので、樹木の剪定《せんてい》や植物に関する知識を孫に教え込んだりして楽しんでいたようだ。

「ばあちゃんはいっつもあんたらの世話、してくれたもんねぇ。ごめんせよ。子供が具合の悪い時に、看病もしてあげられん母親で」

「お母さん、おれや恭平が病気で学校休んでいる時は、いつもより早く戻って来てたよ。仕事場から直接ばあちゃんちに帰って来てた」

「そうじゃったかな」

「お母さんが庭の蜜柑をもぎに行って、病気の時は薄皮まで剝《む》いてくれてた」

「へえ、ほんとに？　そんな細かいことよう憶えとるね」

遼賀に頼まれてベッド周りのカーテンを開けると、冬の淡い陽射しがベッドにまで注ぎこんでくる。床頭台の上にあるコップやステンレス製の水筒、箸箱などは、自分で用意したのだろうか。がんを告知された遼賀がひとりきりで入院の準備をしている姿を思えばなんとも侘《わび》しく、できることならその体を抱きしめたくなった。

「お母さんは、おれと恭平が遭難した時のこと、憶えとる？」

「忘れたくても忘れられんわ」

「最近よく思い出すんだ」

「遭難したことを？」

「うん、やたら夢に出てくる」

遼賀と恭平が山で遭難したのは、二人が中学の卒業式を控えた三月の上旬、夫が兄弟を連れて雪山に行った日のことだ。

夫はあの日、兄弟に大切な話をする決意をして家を出た。

とても長い時間をかけて夫婦で話し合った末に、二人が十五歳になったら事実を打ち明けようと決めたのだった。

「お母さんはあの日、おれと恭平が遭難したってこと、誰から聞いた？」

「お父さんじゃよ。お父さんから家に電話がかかってきて、あんたらが行方不明になったって言うもんじゃから、お母さんわけがわからんようになってしまって」

朝の八時半に「那岐山麓山の駅《なぎさんろくやま》」を出発し、正午くらいに山頂でラーメンを食べて、一時間ほど休んでから下山する。午後四時までには山の駅に着く予定だから――。

その日の予定を、夫からはそんなふうに聞いていた。登山好きの夫は雪山にも慣れていたし、子供たちにしても初めてではない。特に那岐山にはこれまでも三人で何度か登っていたので、なんの心配もしていなかった。

だがその日は朝から妙に落ち着かなかったのだ。

朝はおにぎりを握ったり卵を焼いたり朝食作りに忙しかったが、三人が行ってしまえばあとはなにもすることがなくなった。なにもしないでいると子供たちのことが気になってしまい、美容院に行ったりレンタルビデオ屋で映画を借りてきたりと、わざと用事を作っていた。

夫はどのタイミングで、遼賀と恭平が本当の兄弟ではないことを打ち明けるつもりなのだろう。

髪を切ってもらいながら、家のテレビで映画を流しながら、そのことばかり考えていた。自分の出生を知れば、恭平はきっとショックを受ける。遼賀も動揺するに違いない。どうして今日まで隠していたのかと二人に責められるかもしれず、恭平には本当の両親はどこにいるのかと詰め寄られるかもしれない。夫はきちんと答えられるだろうか。自分たち夫婦の気持ちをうまく伝えることができるだろうか。これからも変わりなく四人家族でいたいという思いを、ちゃんと……。そう思い悩んでいたところに、夫から電話が入ったのだ。時間はたしか夕方のニュースが始まる直前だったので、午後六時。台所に立ち、夕食の準備をしている時だった。

夫は何度も言葉を詰まらせながら、二人を見失った経緯を伝えてきた。午前十一時頃に遼賀と恭平が登山道を外れ、姿を消した。おそらく滑落したのだと思う。すぐに山を下りて捜索を開始してもらったがまだ見つかっていない。吹雪と日没でいったん捜索は打ち切りになった。

初めのうちは、夫の言っていることが理解できなかった。でも途中から事の重大さに気づき、受話器を握りしめたままその場でへなへなと座り込んだ。そして泣きながら夫を責めた。「あの子たちを絶対に見つけてっ」と叫んだ気がする。でもはっきりとは憶えていない。もしかしたら逆に、夫を慰めていたのかもしれない。

「おれたちが下山してきた時、お母さんも山にいたっけ……」

遼賀が遠い日の記憶をたどるように、窓のほうに目を向ける。

「おったよ。あんたらが救助された日の朝、お母さんも山に行っとったよ」

遭難の一報を受けた後、燈子はすぐさま車で那岐山のある町まで向かった。岡山県の北東部に位置し、鳥取県との境にある小さな町だった。交番の一室で朝を迎え、夫は夜が明けると再び山に入り、自分は同じ部屋で待機していた。昼過ぎになって息子たちが発見されたと聞いた時は頭の中が真っ白になり、お礼の言葉すら出てこなかった。自分の命と引き換えにしていいです、どうか子供たちを助けてください。前夜はそう神様に祈ったので、もうそこで命を取られてもいいとさえ思っていた。

夫と並んで山道を下りてきた息子たちの体をかき抱いた時の感触は、いまでも胸に残っている。背丈はとっくに自分を追い越していたが、「お母さん、お母さん」と二人とも幼児に戻ったように抱きついてきた。最後は足を引きずりながら倒れ込むように、燈子の胸に飛び込んできたのだった。

「憶えとらんの？　お母さん、登山口であんたと恭平のこと待っとったよ」

燈子が少しがっかりすると、遼賀は「そうじゃった。いま思い出した。お母さん、お腹すいとるじゃろうっておれたちに蜜柑くれた」と小さく笑った。

点滴のボトルの中の液体がなくなりかけた頃、

「笹本さん、目、覚めましたか？　術後のバイタル測らせてくださいね」

とワゴンを押しながら、遼賀を部屋まで運んで来てくれた看護師が病室に入ってきた。マスクで半分顔が隠れているからはっきりとはわからないが、まだ若い娘さんだ。燈子は看護師に会釈してから立ち上がり、邪魔にならないよう体を壁際に寄せた。

「お母さん、飯は？」

看護師から手渡された体温計を脇に挟み、遼賀が訊いてくる。そういえば夜行バスに飛び乗ってからはなにも食べていない。食事のことなど忘れていた。

「遼賀くんのお母さん、ですよね？」

遼賀の胸の音を聞いていた看護師が、聴診器を耳から外して振り返る。

「私、矢田泉です。遼賀くんと同じ、岡山三高の同級生です」

「三高の同級生？」

「そうなんです。この病院で偶然再会して。ねっ、遼賀くん」

看護師がマスクを外して顔を見せたと同時に、ずいぶん昔の記憶が燈子の頭に浮かんできた。矢田さん。遼賀の同級生の矢田、泉さん。

「ああ、あなた、あの矢田さん？　うちに一度いらしたことがある？」

「そうです。憶えていてくださったんですか。笹本家のみなさんに猛烈にご迷惑をおかけした矢田です」

あれはいつのことだったか。遼賀が初めて家に女の子を連れて来たと驚いていたら、突然「お母さん、桜の花びら作るの手伝ってくれん」と言ってきた。たしか文化祭の劇の背景が間に合わないとかで……。おばあちゃんも駆り出してきて、遼賀と矢田さん、燈子との四人で桜の花びらを作ったのだ。何枚も何枚も。家にあったピンクの布が全部なくなり、縫製工場の同僚の自宅を回って布を分けてもらって……。そういえばそんなことがあった。そんな楽しい思い出があった。

「まあ、あの矢田さんが、こんなきれいな娘さんになっとったんじゃねぇ」

「そんな昔のことよく憶えてるな。おれはすっかり忘れてたわ」

「薄情だなぁ遼賀くんは。まあいまはそれどころじゃないもんね、しかたないか。それより笹本さん、これからご飯行かれるんだったら、病院のレストランはやめたほうがいいですよ。高いのにまずいんです」

矢田がおおげさに首を振り、眉をひそめる。

「そういうこと、職員が言っていいのか」

「いいよー、別に。さすがに私も、他の患者さんやご家族には言わないよ。遼賀くんのお母さんだから特別にリークしてるだけ」

遼賀が女の子と親しげに話しているのを久しぶりに見て、どうしてかほっとしていた。誰かがこの子の良さに気づいてくれたら。好きになってくれたら、大事に思ってくれたら……母親としてずっとそう願い続けてきた。

「あ、いいこと思いつきました」

矢田が、胸の前でぱちんと手を打つ。えらく子供っぽい仕草が、いまよりずっとふっくらとして幼かった高校生の頃の矢田を思い出させる。

「お母さんに遼賀くんのお店に行ってもらったら？　せっかく東京までお見えになったんだし」

「無理だって。おれの店、五反田だから」

「そこまで遠くないでしょ。『トワイライト』っていうんです、遼賀くんのお店の名前。ネットで調べたらまあまあお洒落なお店なんですよ」

「『トワイライト』じゃなくて『トラモント』。ト、しか合ってない」

「とにかく、まあまあ良さそうなお店なんですよ。値段も手頃だし、ぜひぜひ」

「さっきからまあまあってなんだよ、それで褒めてんの？」

矢田が明るく勧めてくるので、燈子もとたんにその店に行ってみたくなった。遼賀が店長をしている店を、この目で見てみたい。

「そうじゃね。お母さん、あんたのお店でお昼食べてくるわ」

「なに言ってるんだよ、お母さんまで。第一、場所がわからないだろ?」

「平気じゃよ、タクシーで行くから」

結局最後は渋々という感じで、遼賀から店の住所を教えてもらった。食事代よりタクシー代のほうが高くつくと呆れられたけれど、おばあちゃんからお小遣いをもらったからと答えておく。嘘ではない。本当に富は、燈子に小遣いをくれた。「遼賀になんか旨《うま》いものを食べさせてやってくれ」と年季の入ったがま口から、小さく折り畳んだ一万円札を燈子の手のひらに載せてくれたのだ。

*

タクシーは山のように連なるビル群の狭間を走り、遼賀の店がある五反田という町まで燈子を運んで来てくれた。運転手も一緒になって「トラモント」を探してくれ、親切にも店の前まで車をつけてくれる。燈子が田舎《いなか》から出てきたのだとわかったのだろう。たしかに店の前で降ろしてもらわなくては、「ｔｒａｍｏｎｔｏ」と外国語で書かれた小さな看板など見つけられなかったに違いない。

ガラス張りの洒落た店構えに怯《ひる》みながらも店内に入っていく。木製のドアを押し開ければ、上端に設置されていたカウベルが音を立てた。

「いらっしゃいませ。おひとりですか。カウンター席ならすぐにご案内できますけど」

狭い入り口からは想像ができないほど広々とした店内は、まだ夕食には早い時間だというのに若いお客たちで埋まっていた。ウエイターに案内されるままにカウンター席に着くと、メニューを手渡される。

ここがあの子の職場かとしみじみしながら、遼賀がこの場所で働く姿を想像してみる。店長をしているのだから従業員たちを取り仕切っているのだろうが、人前に出るのが苦手で、小学校の日直ですら「緊張でお腹が痛い」と朝から憂鬱そうにしていた子供時代からは、想像できない。

「ご注文はお決まりですか」

「あ、あの……この『店長お薦めパスタセット』というのはどういう？」

「こちらは瀬戸内海で捕れた蛸《たこ》のアヒージョが、定番のパスタメニューに特別についております。デザートは蜜柑シャーベットで、こちらも瀬戸内海沿岸の蜜柑を使っております」

「瀬戸内産というのが、店長さんのお薦めなんですか」

「そう、ですね。そういうことだと思います」

背が高く、がっしりとした体格のウエイターがちょっとだけ口ごもり、「本当にすごく美味《おい》しいんですよ、お薦めです」と笑った。歯を見せると、一見厳《いか》めしい顔がとたんに人懐こく見える。

「じゃあそれください」

燈子は頷き、そっとメニューを返した。この青年も息子と一緒に働いているのだと思えば、挨拶のひとつも口にしたくなるが、遼賀が恥ずかしがるだろうか。

出された水を口に含み、ほっとひと息つきながら店内を見渡していた。店は混み合っているのにホールには従業員が二人しかおらず、みな忙しそうに立ち働いている。なかでもいま話した大柄なウエイターは料理を運んだりレジで会計をしたりと、ひとりで何役もの仕事をこなしている。

専門学校に二年間通った後、食品メーカーに就職を決めた遼賀が「勤務先が東京になった」と言い出した時は夫と顔を見合わせて言葉を失くした。地元で働くとばかり思っていたからだ。常々「人の多い場所は苦手じゃ。一生岡山で暮らしたい」と言っていたので、まさかあの子が家を離れるなんて考えもしなかった。後になって地元で回った会社はすべて不採用だったことを知ったのだけれど、その時は遼賀がなんの考えもなしに就職を決めたんじゃないかと訝しんでいた。だから遼賀が家を出てしばらくはいつ音を上げて戻ってくるか気が気ではなくて、燈子のほうで地元の就職先を探したりもしていた。けれど遼賀はこの都会で、十三年も頑張り続けている。

「お待たせしました」

にんにくの香ばしい香りが鼻をかすめ、初めて目にする料理がテーブルに置かれた。蛸が浸してある黄緑色の液体は、熱したオリーブオイルだろうか。透明なオイルに混ざった気泡が、耐熱皿の中で弾《はじ》けている。歯ごたえのある肉厚の蛸に、にんにくとオリーブオイルがしみ込み、ひと口食べるとさらに食欲が増した。蛸のアヒージョの他にはミートソースパスタとデザートの蜜柑シャーベットがついて、千五百円。自宅と職場と富の暮らす実家を行ったり来たりしている毎日の中で、昼食を外で食べる機会はめったにない。昼飯はおにぎりを家から持っていって、縫製工場の休憩所で食べると決まっているから。でもこの料理になら、千五百円の価値が十分にあると思う。

「いかがですか」

ひと口ずつ味わいながら料理を口に運んでいると、ウエイターが水をつぎ足しに来てくれた。

「とても美味しいです」

「そうですか、よかった」

「さすが、店長さんのお薦めだけのことはありますね」

混み合う時間帯なのかひっきりなしに客が入ってきて、ウエイターは笑顔で頷くとすぐにまた接客に戻っていく。店内は掃除が行き届き、初夏の海辺のような心地のよい空気が流れていた。目隠し代わりに置いてある観葉植物も、健康そうな濃い緑の葉を茂らせている。この店が隅々まで丁寧に磨かれていることが感じられて、燈子は誇らしい気持ちになる。客が途切れることなく店に入ってくるのも、遼賀の手柄のように感じていた。

遼賀は神経が細やかで、たとえば庭を囲む垣根が壊れていたら、こっちが頼んだわけでもないのに修理をしてくれるような心遣いがあった。机の引き出しに菓子の空き箱を並べて文具を整理整頓し、物を大切に扱う繊細さがある。まだ小さな頃からあの子の身辺はなにもかも調和がとれていて、友達とのトラブルも燈子が憶えている限りは一度もない。周りの人から賞賛を受けるような目立った能力はなかったけれど、母親である自分は遼賀という人間の良さを十分に知っていた。

そのことを、あの子が子供の頃にもっと褒めてやればよかった。

身の回りをきちんと整えられる几帳面《きちょうめん》さを。約束の時間に遅れない真面目さを。嘘をつかない誠実さを。物事の好き嫌いをむやみに口にしない慎重さを。自分の意見をあえて言葉にしない優しさを。母親の自分がきちんと口に出して認めてやればよかった。

息子たちがまだ家にいた頃、恭平が投手としての能力を開花させ活躍が増すにつれて笹本家も野球一色に染まっていった。試合がある日は燈子も夫も必ず応援にいき、車を出したり、チームの運営に率先して携わったりとエースの親としての気遣いを周囲にしてきた。

高校に入ると笹本家における野球の比重はさらに高くなり、夫婦そろって家を空けることも増えた。家族が出払った家で高校生の遼賀が、なにをして過ごしていたのか燈子にはわからない。休日は釣り道具を持って自転車で出掛けていたことくらいしか把握していない。友達は多いほうではなく、でもひとりぼっちというわけでもなかったので、それほど心配もしていなかった。なにより遼賀が不満を口にしたことが一度もない。「じゃあ行ってくるね」と玄関で声をかければいつも、「行ってらっしゃい」と機嫌のいい声で送り出してくれたから。

瀬戸の潮風のようなオリーブオイルの豊かな味わいに、胸が詰まる。慌てて手を伸ばしてグラスを取って水を飲み、込み上げてきた感傷を流し込む。壁に掛かる絵を見つめ、昂《たかぶ》り始めた感情を押しとどめていると、「お客さま、大丈夫ですか」と声をかけられた。振り返ればさっきのウエイターがすぐそばに立っていた。

「あぁ……ごめんなさい。私ったらもたもたして」

せっかくの蜜柑シャーベットが半分溶けている。軟らかく芯がなくなってしまったシャーベットをスプーンで掬《すく》って口に運んだが、その甘さと奥歯にしみる冷たさでまた涙が滲みそうになる。

「ごちそうさま」

燈子はプラスチックの筒に立てられていた伝票を手に取り、立ち上がった。レジまで案内してくれるというのでウエイターの後ろをついていくと、袖をまくったワイシャツから伸びた右肘に白く膨らんだケロイド状の痕を見つけ、

「あらお兄さん、右肘靭帯の手術をしたの?」

と思わず無遠慮な言葉が口を衝いた。ウエイターが振り返り、驚いている。

「ごめんせよ、私ったら失礼なこと言ってしまって……。あの、私の息子にも同じ傷痕があるもんじゃから、つい」

ウエイターは左手で肘の傷痕に触れ、

「もしかしてお客さまは……店長のお母さんですか」

と訊いてきた。正体が知れてしまって嬉しいのか恥ずかしいのかよくわからないまま、

「いつも息子がお世話になっております」と燈子はその場で深々と腰を折る。するとウエイターもひときわ親しげな笑みを浮かべ、「はじめまして高那です」と頭を下げた。

「店長、今日手術でしたね」

挨拶もそこそこに、高那が心配そうに眉をひそめる。

「ご存じで?」

「はい、聞いてます。どうでしたか、手術」

「ええ、おかげさまで無事に終わりました。一時間半ほど前に麻酔から覚めて」

燈子が笑みを作ると、高那が天井を仰ぎ見て、

「よかった」

とちょっとびっくりするくらい大きな声を出した。近くのテーブルで食事をしていた客が、ちらりとこちらを見る。

「ありがとうございます」

燈子はもう一度、お辞儀をした。

「いえ、自分はなにも。でも、そっか、よかった。店長にゆっくり休んでくださいと伝えてもらえますか。それまで店のことは任せてくださいって」

社員だとばかり思っていたら、高那はアルバイトだという。聞けば、この店は店長以外は全員がアルバイトなのだと教えてくれる。最近は人件費を節約するため、こうしたチェーン店はどこもそうなのだと。

「アルバイトなのに、高那さんはしっかりしてらっしゃるんじゃねえ」

ホールを担当する従業員がたった三人しかいないのに、スムーズに客が流れているのは、高那が人の何倍も動いているからなのだろう。よく気のつく人だと感じていた、と燈子が伝えると、高那は「ぼくに関していえば、水族館のイルカと同じですよ」と笑い

返してきた。自分はただのバイトなので、正直なところ経営者に対する忠誠心も、店の利益に対する責任感もないのだという。アルバイトの時給はどこもそれほど変わらない。だから、自分はショーで芸を披露する動物に近い気持ちでいる。動物たちはもちろん、成功した時の餌が欲しくて芸を見せる。でもそれ以前に、餌をくれる飼育員が好きなのだ。好きな人に認められたい。その一心で懸命にジャンプし、天井から吊《つ》り下げられたボールに鼻先をぶつけていくのだ。嫌な人間のために、いくら餌をもらえるからといって、動物は芸など見せない。

「ぼくは店長の人柄が好きなんです」

高那がさらりとそんなことを口にするので、返す言葉に詰まる。そんなふうに遼賀を見てくれる人がいることに、母親の自分まで褒美をもらった気持ちになった。

それから高那は、「せっかくですから」と店内を簡単に案内してくれた。「このイラスト、店長が描いたんですよ」とデザートメニューを持ってきたり、店を彩るオリーブなどの観葉植物をひとつひとつ見せてくれたりもした。

「うちは店長が植物を育てるのが得意なんです。本物を置いてるんです。同系列のよその店舗はイミテーションのなんですけど、本物だとやっぱり店の雰囲気が違ってきますから。あ、これ蜜柑の木らしいです。もう少し育ったら、もっと大きな鉢に植え替えて蜜柑を生らすっていうのが店長の密《ひそ》かな野望で。おもしろいですよね、レストランに蜜柑の木なんて」

高那はしきりに遼賀を褒め、燈子を喜ばせてくれた。

レジでお金を払って店を出ると、沈んでいた気分が少し晴れていた。一年を通して晴天が多い岡山のことを、地元の人間は「晴れの国」だと自慢するが、その陽射しに似た明るい空気が燈子を照らしてくる。

燈子は大通りまで早足で出て、タクシーを探した。病室に戻ったらすぐに、高那の言葉を遼賀に伝えてやろうと気がはやる。店がお客でいっぱいだったことも教えてやりたい。遼賀、あんたはええ店長なんじゃねえ、素敵な店じゃったよ。そう遼賀を褒めてやるのだと心に決めて、足がすくむくらい交通量の多い道路を見据え、空車のタクシーに向かって腕を伸ばした。

*

病室に戻ると、遼賀は眠っていた。すっかり陽が落ちた外は冬の冷たい空気で満ちているが病院の中は暖かく、この場所だけ季節も時間も止まっているようだった。

燈子はベッドのそばに置いてある丸椅子に腰掛け、瞼を閉じた息子の顔を見つめた。麻酔が切れると痛みが出てくると矢田が言っていたので、時々苦しそうに眉をひそめるのは痛みのせいなのかもしれない。寝顔をじっと見つめていると、幼い頃の遼賀が思い出される。小さな頃からいまと変わらず穏やかな性格で、叱ることもほとんどなかった。その性格は弟ができてからも変わることなく、遼賀が恭平に対して意地悪をしたり手を出したりしている姿を、燈子はこれまでたった一度も見たことがない。

寝返りを打とうとしてうまくいかず、遼賀が苦しげに喘ぎながらうっすらと瞼を開けた。目を瞬かせながら、傍らに座る燈子のほうに顔を向ける。

「どこか痛むの？」

耳元で囁《ささや》くと、

「腰がちょっと……。それよりお母さん、無事に店行けた？」

遼賀が掠《かす》れた声で訊いてくる。

「行けたよ。いい店じゃったわ。外観も素敵じゃったし、中もほんとにきれいじゃった。お母さんは『店長お薦めパスタセット』を食べたんじゃけど、本当に美味しかったわ」

高那に挨拶したことを伝えると、遼賀は意外そうな顔をした。恭平と同じ右肘に傷痕があったから、思わず話しかけてしまった。そう言うと、「なんだ、お母さんもか」と小さく笑う。あいつ、甲子園目指しとったんじゃよ。千葉の高校でピッチャーやっとったんじゃって。恭平と同じで怪我が原因で投げれんようになったんじゃけど。遼賀が高那を「いい奴《やつ》なんだ」と褒めるので、彼も遼賀のことを褒めていたと教えてやろうと思い、あの話をした。水族館で芸をする動物の話だ。

「あいつ、そんなこと言ってたのか」

「おもしろいこと言う人じゃね」

「うん、まあ、愉快な奴ではある」

こんな場所でこんな時だが、遼賀と目を合わせて笑っていると懐かしい時間が戻ってくる。

「店内の観葉植物もきれいじゃったわ」

「装飾は一任されてるから」

「あんたはじいちゃんに似て、昔から手先が器用じゃ」

「お母さんも器用だから家系だろ。それに、ばあちゃんが、お母さんの妹も細かい作業が得意だったって前に言ってたし」

「おばあちゃんが妹のことを話したの？　他になんて？」

「別にそれだけ」

「そう……」

会話がふと途切れ、軽い沈黙が落ちた。燈子は視線を下に落とし、左薬指の指輪に触れる。

「お母さんの妹って、若くして亡くなったんじゃろ？」

「え……」

「うちって早死にの家系なのかな。おれもこの年でがんになったし」

「なに言うとるん、そんなことあるわけないじゃろっ。……あ、ごめん」

むきになって大きな声を出した燈子を、遼賀が驚いた様子でじっと見ていた。なにか言いたそうに口を開き、でもなにも言わずに目を伏せると、「ちょっと寝るわ」と顔を背ける。

燈子はしばらく黙ってその横顔を見ていたが、

「お母さんの妹は、生まれつき心臓が悪かったんじゃ。亡くなったのも体に負担をかけるような生活をしたからで、早死にの家系なんかではないよ」

もう眠ってしまったかもしれない遼賀に告げた。

燈子には、音燈《おと》という名の双子の妹がいた。

音燈には生まれつき、修正大血管転位症という、大動脈と肺動脈の位置が逆転している心臓異常があった。さらに左右の心室を仕切る壁にも穴が開き、成人まで生きるのは難しいかもしれないと医師に告げられていた。

そんな妹を、父と母はこの上なく慎重に育てた。それは客観的に見て過保護と言える域で、起きる時間も食事の時間も幼稚園や学校に行く行かないですら、音燈の意思がすべてだった。植木職人をしていた父は決して甘い人間ではなかったのだが、「ちょっとハアハアする」と音燈が顔をしかめて胸を押さえれば、「早く救急車を呼べっ」とうろたえた。母にしても「無理せんでええ」というのが妹に対しての口癖になっていて、そのせいで成長した音燈はなにひとつ無理のできない人間になっていた。我慢が苦手。努力が苦手。やりたくないことは、しない。幾度かの手術を経て人並みの生活ができるようになってからも、音燈は「学校は怖い。家にいるほうがいい」といって、ほとんど家から出ることはなかった。

両親に宝石のように扱われる音燈が、燈子には憎らしかった。自分でできることがひとつもないなんて楽しくないじゃろうが。そんなふうに見下していた。いや、いまから思えば音燈を蔑むことでなんとか平静を保っていたのかもしれない。自分が外の世界で唇を嚙《か》む思いをしている時も、妹は家の中で砂糖菓子を口に入れてもらっている。それが羨ましくないわけがない。嫉妬しないわけがない。でも自分は妹に対する鬱屈した思いをずっと隠し続けた。

燈子が結婚したのは三十歳の時だ。夫は七歳年上の電気工事士で、二人が出逢《であ》った頃は当時建設中だった瀬戸大橋の工事に携わっていた。工事が始まったのは昭和五十三年だったので、燈子が二十二歳の時だ。それから九年六か月の歳月をかけ、橋は開通した。その間に燈子は夫と結婚し、出産をした。夫の実家は長野にあり、出逢った当初は地元の会社から派遣されて岡山に来ていたのだが、結婚を機に退社して岡山の会社に再就職した。跡取りがいなかった笹本家に養子という形で入ってくれたのだ。

音燈へのわだかまりが消えたのは、燈子が結婚して家を出た時だった。

結婚式の前日、音燈が「燈子ちゃん、幸せになるんじゃよ」と絹モスリンで手作りした白い小花のウエディングブーケを手渡してくれた時、突然の贈り物に言葉を失った。

「燈子ちゃんをイメージして蜜柑の花にしたんよ。可憐《かれん》な花じゃけど、ほら、たくさん集まれば華やかじゃろ」

五枚の花びらに、めしべが一本、たくさんのおしべ。この小さな花をひとつひとつ手作りしてくれたのかと思うと、急に涙が溢れ出てきたのだ。

「ありがとう、ありがとね、音燈……」

そういえば手先が器用な妹はいろいろなものを手作りしていた。レース編みのテーブルクロス。父のセーターや腹巻。母のマフラー。燈子の手袋。たしか父が仕事で使う道具袋は麻紐《あさひも》で編んでいた。妹は妹なりに家族の役に立とうとしてきたのかもしれない。音燈は音燈にしかわからない精一杯さでこれまで生きてきたことを、初めて知った。幼い頃から「長く生きられない」と言われ、妹なりに多くを諦め、夢や希望をあえて持たずに生きてきたのだということにも初めて気づいた。

家を離れると、これまではただのお荷物だと思っていた音燈が両親のそばにいてくれることがありがたかったし、姉妹の関係はまた新しい形を作り始めたのだ。

だが平穏な日々は長くは続かなかった。

結婚した翌年に遼賀が生まれ、幸せな毎日を送っていた矢先のことだ。

燈子の自宅に音燈から「妊娠したかもしれない」という相談の電話がかかってきた。

相手は結婚はできない人だから、両親にはまだ言えていないという。

燈子は乳飲み子の遼賀を抱えて実家に戻り、音燈と何度も話し合った。だがどれだけ説得しても「産みたい」「ちゃんと育てる」「でも結婚はできない」としか口にせず、結局は燈子の口から両親に打ち明けることになった。もちろん両親は大反対した。妊娠すると血液の量が増えるため、心臓への負担が大きくなることが一番の理由だった。音燈が「赤ちゃんのために」と自己判断で心臓の薬を中止していたことも両親にとってはショックだったようで、この時だけは父も母も烈火のごとく怒り、戒め、なだめ、音燈の出産を止めようとした。

だが妹は両親の反対を押し切って、妊娠三十五週目の時、帝王切開で赤ん坊を産んだ。赤ん坊は二〇〇〇グラムに満たない男児だった。

名前は音燈が、恭平と名付けた。


「笹本さん」

音燈を思い出しながら遼賀の背中を見つめていると、淡いグリーンのカーテン越しに、女性の声が聞こえてきた。

「はい？」

手を伸ばし、燈子がカーテンを開けると矢田が立っていた。

「ああよかった。戻ってらしたんですね」

「ええ、矢田さんのおかげでトラモントに辿り着けました」

それはなによりと微笑《ほほえ》みながら、矢田が「担当医から術後の説明があるんですけど」と告げてくる。遼賀が眠っていることを伝えると、「それならお母さまおひとりで」と言われる。病室を出ると矢田の顔から笑みが消え、燈子も表情を引き締め長い廊下を歩いた。壁の色も廊下に敷き詰められた絨毯《じゅうたん》の色もすべてアイボリーなので、同じ場所をぐるぐると回っているような気になってくる。

やがて矢田はひとつの部屋の前で立ち止まりノックしてから、「笹本さん、どうぞ中へ」とドアを開けた。診察室でも処置室でもないその部屋は、小さな会議室のようにも思える。テーブルを挟んで椅子が二つずつ並び、あとは書棚もなにもない殺風景な部屋だった。

「笹本さんのお母さままでです」

矢田が声をかけると、すでに座っていた白衣を着た男性がその場で立ち上がり、「松原です」と小さく頭を下げる。医師を前にして緊張が高まったが、なんとか「笹本遼賀の母です。このたびはお世話になりました」と礼を言うことができた。

しんと静まり返った小部屋で、松原がゆっくりと話し始めた。低くよく通る声が言葉を重ねていくにつれて、燈子の全身に冷たい汗が滲んでくる。

「え、あの……それはどういう……ことですか。先生の仰《おつしや》ることが、やっぱりようわからんのですけど」

話の途中でもう一度、訊き返した。声が震える。何度か同じことを繰り返し訊き、丁寧に答えてもらうのだが、それでもよくわからない箇所があった。

「笹本さん、落ち着いてください。息子さんのがんは胃の裏側、膵臓《すいぞう》周囲のリンパ節に転移していました。リンパ節を十数個郭清《かくせい》しましたが、微小ながん細胞がまだ残っている可能性も否定できません。早期だとお伝えしていましたが、思っていたより進行していました。幸い腹膜などへの播種《はしゅ》所見はありませんでしたし、いまのところ遠隔転移もないと思われ――」

「先生……よくわからないんです。がんが……まだ残ってる、いうことですか」

また同じ質問をしてしまった。だがこちらが訊き返すたびに松原も、

「再発の可能性は打ち消せないということです。再発の可能性は、今後五年の間に六十パーセントから七十パーセントといったところです。なので術後は再発のリスクを減らすために抗がん剤治療をする予定です」

と同じ説明を繰り返す。

「その、その抗がん剤治療をすれば再発しなくて済むんですか」

「データによれば、五十パーセントまで再発リスクを下げることはできます」

「もし……再発したら？」

「まずはできることをしていきましょう」

「再発したら……どうなるんですか」

「その時は状況をみて適した治療を考えていきます」

両目に溜まっていた涙がテーブルの上に落ちた。矢田が燈子の背をさすり、ハンカチを手渡してくれる。体が右に左に揺れて、自分の体とは思えないくらい烈しく震えていた。

「先生、もう一度手術、やってもらえんじゃろか。もう一度、あの子のがんを取り除く手術を……」

「笹本さん、お気持ちはわかりますが、いまは抗がん剤治療が最優先だと考えています」

次々に溢れ出てくる涙をハンカチで拭き取る。

「先生、息子には絶対に……言わんでください」

こんな残酷な告知を遼賀にはしないでほしい。

「笹本さん、最近は治療のコンプライアンスを高めるために、患者さんには告知する流れになっているんですよ。うちの病院でもそれは」

「いいんです。そんなことはどうでもいいです。手術したけどそんな高い確率で再発するかもしれんなんて知ったら、あの子……遼賀は……」

燈子は頭を振りながら、懸命に言葉を繋ぐ。

「先生、いまお聞きしたことは私が……私から遼賀に話します。じゃからもうちょっとだけ待ってもらえんでしょうか」

燈子は顔を上げて、困惑する松原の顔を見つめる。自分は泣くために東京まで出てきたのではない。母としてあの子を守り、支えるために来たのだと奮い立たせる。

「わかりました。告知の件は、お母さんにお任せします」

部屋から出ると、必死に堪えていた涙がまた溢れた。

「笹本さん、少し落ち着かれるまで、ここで休んでいきましょう」

矢田が燈子の肩を抱くようにして、近くの病室に入っていく。空いているベッドのそばまで燈子を連れて行き丸椅子に座らせると、淡いグリーンのカーテンを引いた。

三年前に夫を亡くした時も、こんなふうに絶望的な気持ちになった。でも夫と息子は違う。あの時も胸が張り裂けるほど辛かったけれど、夫は六十八歳で亡くなった。六十歳で会社を定年退職し、それからは近所の低山をひとりで登ったり庭いじりをしたりしながら楽しそうに過ごしていた。時々は人づてに頼まれて電気工事の仕事を請け負うこともあった。息子たちを一人前に育て上げた後、悔いを残さず逝けたのだろう、満足のいく人生だったと燈子は自分を慰めることができた。

「ここでしばらく休みましょう。そのお顔で戻られたら、遼賀くんびっくりしますから」

矢田が口元に柔らかな笑みを浮かべ白衣のポケットから携帯を取り出し、器用な手つきで画面に触れている。

病室で電話をかけてもいいんじゃろか……。

燈子はそんなことをぼんやり考えながら、矢田の整った横顔を見つめていた。

「笹本さん、恭平くんです」

矢田が電話をかけた相手は恭平だった。繋がると同時に携帯が手渡され、小さな間を置いて、

「恭平……」

と燈子は言葉を継いだ。

『お母さん？　どうした？　なんで矢田の携帯から？』

頭の中が真っ白で、なにをどう話せばいいかわからない。聞き慣れた張りのある声が不安げに揺れるのを、燈子は押し黙ったまま聞いていた。それでも懸命に言葉を探し、

ようやく口から出た言葉が、

「お母さん、しばらくこっちにおるわ」

というひと言だった。

『え？』

電話の向こうで、恭平が困惑の声を上げる。

「遼賀が落ち着くまで、お母さん、こっちで暮らそうかと思うてるんじゃ」

息を短く吸い込む音が聞こえ、恭平の動揺が伝わってきた。でもそれは一瞬の躊躇《ちゆうちよ》で、恭平はすべてを承知したように、『ああ、ええよ。お母さんの好きにしたらええ』と返してくる。恭平らしい太い声だ。

「ありがとう」

燈子はそれだけをやっと口にする。

『おお。こっちのことはおれに任せといて。ばあちゃんのことも全部』

「恭平……遼賀、無事に手術終わったわ。いまは麻酔から覚めて……元気にしとる」

『そうか。おれ、今日の最終の新幹線でそっち行くから、詳しいことは後でゆっくり聞くわ』

礼を言って携帯を返すと、気持ちが落ち着かれるまでここにいて大丈夫ですからと言い残し、矢田が静かに部屋を出て行った。淡いグリーンのカーテンを隙間なく閉じてくれる。

矢田の足音が聞こえなくなると、燈子は両方の瞼を固く閉じ、声を殺して泣いた。こんな時に涙を流すことしかできない自分を情けないと恥じながら、でも溢れてくる悲しみを抑えられない。どうして遼賀が病気に、と誰に向けたらいいのかわからない怒りで、寒くもないのにまた震えてきた。


廊下から声が聞こえてきて我に返ると、松原と面談してから一時間近くが経っていた。あ、こらいかんわ……。燈子は矢田から借りたハンカチを目に押しつけて涙を吸わせ、のろのろとした動作で立ち上がる。あまり長く席を外していると遼賀が変に思うだろう。

病室に戻ると、

「お母さん、どこ行ってたん」

遼賀が心配そうな目を向けてくる。

「売店までお茶買いに行ったら、戻って来られんようになったんじゃ」

「やっぱりそうか。あれ、お茶は？」

「……探し回ったんじゃけど、売店、見つけられんかって」

遼賀が、お茶の給湯器なら病棟の休憩室にも置いてあると教えてくれる。煎茶も番茶も無料で飲めるからわざわざ買いに行くこともないと。

燈子は、腫れた目を隠し、小さく頷く。その時、ちょうど金色の薬缶《やかん》を手にした年配の看護助手がカーテンを小さく開けて、「お茶、足しましょうか」と顔を出した。自分とそう年が変わらないだろう看護助手は、ステンレス製の水筒になみなみとお茶を注いでくれる。番茶の芳《かぐわ》しい香りが、カーテンで仕切られただけの個室に満ちた。

「お母さんも、ここで雇ってもらえんじゃろか。いまの助手さんみたいに」

看護助手が隣のベッドで同じように声をかけ、お茶を注いでいた。

「なに言っとるん。縫製工場の仕事があるだろ」

燈子が冗談を口にしたと思ったのか、遼賀が気の抜けた笑いを浮かべる。

「あの助手さんが、あんたを担当してくれとるん？」

「担当かどうかは知らんけど、よく見かけるな」

「感じのいい人じゃね」

看護助手が水筒に入れてくれたお茶を、燈子はコップに注いだ。

「あの人、遼ちゃんが絶飲絶食じゃってこと知らんのやね。もったいないからお母さんが代わりに飲んどくね。遼ちゃん、喉渇いたら言うて。ガーゼを湿らせて口の周りを拭いてあげてくださいって、矢田さんに言われとるから」

自分の動揺を遼賀に知られるのが怖くて、燈子は話し続ける。

「そうじゃ、あんたのお店の蛸、瀬戸内海で捕れたのやって？　国産は高いじゃろう。

そんな高い食材を使って千五百円で元が取れるん？　でも美味しかったわ。アヒージョじゃっけ、あんなに美味しい蛸料理、お母さん初めてじゃった」

あいづちを挟む間もなく喋《しゃべ》り続ける燈子の顔を、遼賀が無表情のままじっと見ていた。その目の強さにたじろいでいると、ふと言葉が途切れてしまい、隙間に、

「お母さんさ、あの日と同じ顔しとる……」

遼賀の声が落ちる。隣のベッドから咳《せ》き込む音が聞こえてきた。

「お母さん、あの日と同じ顔しとる」

なにも言い返さない燈子の顔をじっと見つめたまま、遼賀が同じことを繰り返す。

「あの日？」

「おれと恭平が救助された日。……お母さん、松原先生になんか言われた？」

遼賀がベッドの上に肘をつき、体を起こそうとする。燈子は両手を伸ばして手伝ってやりながら、遼賀の顔を見つめた。自分はうまく嘘がつけるだろうか。

「お母さん、泣き疲れた顔してる」

雪山で救助された日もお母さんはそんな顔をしてた、たったいま思い出したと遼賀が呟く。

遼賀はとても勘のいい子供だった。夫と喧嘩《けんか》をした日や工場で嫌なことがあった日などはなにも知らないはずなのに、「お母さん、なにかあったたん」とそばに寄ってきた。

恭平が肘の靭帯を痛めた時もそうだった。チームメイトにも監督にも家族にも腕の痛みを隠していた恭平に、「なんじゃ恭平、いつもと箸の持ち方が違うんやない？　怪我でもしとるん」と声をかけたのが遼賀だ。遼賀が気づかなかったら、おそらく恭平は、右腕が完全に潰れてしまうまで故障を隠し続けただろう。

「松原先生と話した？」

「別に……話しとらんけど」

「かまわんよ。ほんとのことを言ってくれないと、おれもどうしたらいいか、わからないから」

遼賀の真剣な眼差し《まなざ》しに、決意が揺らいだ。

燈子は音を立てずに立ち上がり、丸椅子をベッドのすぐ近くに移動させた。そして少しだけ隙間ができていた淡いグリーンのカーテンをぴたりと閉じた。深く息を吸い込むと、薬品の匂いが混ざった空気が肺を満たす。

燈子はしばらく自分の指先を見つめていたが、ゆっくりと顔を上げ遼賀を見つめ返す。そしてさっき松原から告げられたことをひと言ひと言、区切るようにして伝えていく。

がんは胃の裏側、膵臓周囲のリンパ節に転移していた。

リンパ節を十数個取り除いたが、微小なものはまだ残っているかもしれない。

今後五年の間に再発の可能性は六十から七十パーセント。

術後は抗がん剤治療をやっていくが、それでも再発のリスクは五十パーセント前後残る。

燈子の口から出る言葉は、まるで刃《やいば》だった。愛しい息子を切り裂く尖った刃。燈子の顔を見つめたまま話を聞いていた遼賀が、目元を引きつらせ、「生き残るのは二人にひとりってことか」と呟く。結局、言われるがままに松原の言葉を伝えてしまったが、遼賀の顔色がみるみる青ざめていくのを見てなぜ話してしまったのかと後悔していた。

「じゃけど他への転移はなかったんじゃ。目に見える悪いものは全部取ったって松原先生が仰ってたし。お母さんの周りにもがんに罹った人は何人かおるけど、ちゃんと治っていまは普通に復帰しとるよ」

遼賀がゆっくりと体をずらし、再びベッドの上に横たわる。

「治療すれば必ずようなる。あんたは大丈夫」

燈子はなにも話さなくなった遼賀を前に、励まし続ける。だが遼賀が言葉を返すことはない。燈子は慰めの言葉を口にしながら、長年布を扱っているせいで指紋が薄くなった自分の指先を再び見つめた。

会話が途切れ、沈黙が当たり前になってどれくらいの時間が経っただろう。ベッドで横になっていた遼賀がまるでうわ言のように、「山で……」と呟いた。

「どうしたの、なに？」

「山で遭難した時……怖くてたまらんかった」

遼賀が燈子に向かって、というよりも独り言のような口調で話し始めるのを、黙って聞いていた。

「立ち止まるな、頑張れ。そう恭平を励ましながら、おれが一番、山に漂う不穏な静けさにのみ込まれそうになってた」

肋骨を折ってたから胸が痛くて、息を吸うたびに肺の辺りで濁った音が鳴った。そのうちに背負ったザックがどんどん重みを増してきて、突風が吹くたびにその場に倒れ込みそうになった。オーバージャケットの下にダウンも着ていたし、ファスナーも顎の下までしっかり上げていたのに冷気が服の中に入ってきて。寒くて寒くて手も足も痺《しび》れて……。正直、もうだめかな、と思った。だけど弱音は吐かなかった。恭平が怖がっていたから、自分が泣き言を吐くわけにはいかなかった。

そこまでひと息に話すと、遼賀は言葉を詰まらせた。途中から遼賀が泣いていることに気づいたが、なんて声をかけてやればいいかわからず、燈子は自分の泣き声が漏れないように口元を手で覆った。いつしか話に引き込まれ、病室の白い天井や壁やシーツを眺めていると、自分も雪山に取り残されたような錯覚に陥っていた。

「突風に煽《あお》られながら、何度も何度も死ぬかもしれないって思ったんだ。でも死ぬかもしれないって思うたびに、お母さんの顔が浮かんだ。一度だけ見た、お母さんが縫製工場で働いている時の顔を思い出したんだ。お母さんが知らないおばさんと向かい合って、小川ほど大きな布を鋏《はさみ》で切っているところ。お母さんが鋏で布を撫でると、小川の流れがばっさり断たれる。それをものすごい速度で何枚も何枚も繰り返す姿が、どうしてか頭の中に浮かんできて……」

布の裁断のことを言っているのだろうと、燈子は頷く。

「お母さん、おれはまだ生きたい」

「……あんたが死ぬわけないじゃろうが。さっきは半分冗談で言うたけど、お母さん東京で働こうかと思うとる。あんたの身の回りのことをしに、東京に住むんよ」

「ばあちゃんは？」

「ばあちゃんには施設に入ってもらう」

「施設なんてばあちゃん嫌がるだろ」

「そんなことまであんたが心配することはないんよ。ばあちゃんはお母さんの母親じゃから……お母さんの気持ちをわかってくれる……」

込み上げるものを抑えられず、しだいに声が震えてくる。

昔から、遼賀は感情を外に出さない子供だった。だからこの子が本当に苦しい時、どんな顔を見せるかを自分は知らない。でもいまわかった。この子はどれほど辛くても人にその苦しみをぶつけたりはしない。優しいままなのだ。そういう子なのだ。

遅すぎるかもしれないけれど、自分の残りの人生を遼賀のために使いたい。富のことだから遼賀のそばについていてやりたいと言えば、喜んで許してくれる。

「お母さん、あんたが退院するまでに東京に来る準備しておくから」

燈子は覚悟を決めてそう口にした。

遼賀が、ゆっくりとした動作で体を反転させようとしていた。手伝ってやろうと手を伸ばしたが、首を横に振って「ひとりでできるから」と自分の力で体の向きを変える。

「おれはひとりで大丈夫だ」

「じゃけど……」

「独り身で闘病してる人なんて日本中に大勢いる」

はっきり断られてしまえばそれ以上はなにも言えず、燈子は遼賀に気づかれないよう、短く息を吐いた。ひどく虚《むな》しい思いが込み上げてきて、でも自分以上に苦しんでいる遼賀の前で泣き顔を見せることも憚《はばか》られ、なにも言わずに俯いていた。少しでも動けばとめどなく涙が溢れそうな気がして身じろぎもできなかった。どうすれば私は、この子を支えてやれるのだろう。こんな時に夫や母の顔を思い浮かべてしまう自分が情けなかった。

「お母さん……」

遼賀が右手を伸ばしてくる。遼賀が動くと腕から伸びる点滴の管がゆらゆらと揺れ、張りつめた空気を緩ませた。

「あの日みたいに、おれは」

おれは、と遼賀が声に力を込める。

「お母さんの元にちゃんと帰る」

遼賀の顔が微かに歪み、両目にうっすらと涙が滲んでいた。

燈子は目の前に伸ばされた遼賀の手を握り、ためらうことなくその体を強く抱きしめた。骨ばった体を手のひらで強く撫でると、あの日、この手で力いっぱい息子を抱きしめた感触が蘇ってきた。

第三章

入浴介助の合間をぬって遼賀の病室に顔を出すと、教授回診の最中だった。消化器外科病棟のトップ、唐津《からつ》教授の後ろに松原皆人《かいと》ら中堅の医師や研修医、森《もり》看護師長たちがついて歩き、四人部屋が白衣で埋まっている。矢田泉は足音を立てずに病室に入るとそのままそっと窓際に立ち、さりげなく回診の様子を眺めていた。窓の下ではあと数日で満開を迎える桜の花が、薄桃色の絨毯のように風に揺れている。

「笹本遼賀さん」

唐津教授がベッドサイドで声をかけている。遼賀は術後一か月の一月下旬に開始した抗がん剤TS－1《ワン》の1クール目を終え、今回は2クール目を行うために四日前から入院していた。2クール目からは副作用の強いシスプラチンを併用するので、一週間から十日間ほどは医師の管理のもと安静にしていなくてはいけない。

「どうですか、調子は」

どの患者に対しても、唐津教授の第一声はいつも同じだ。バリエーションが少ない。

「ちょっと……辛いです」

「どこが辛いかな」

「吐き気が」

「そうですか。シスプラチンはいつ始めたのかな、松原先生？」

唐津教授はもっともらしく頷くと、主治医である松原を振り返る。

「三月十九日にスタートしたので三日前です。昨日吐き気止めの点滴をしたので、まもなく効果が出てくると思うのですが」

「そうか。聞こえましたか、笹本さん。もう少しの我慢です。もし吐き気が続くようなら また仰ってください」

たったそれだけの回診を済ますと唐津教授が踵を返し、部屋を出て行く。わずか五分。なんのためにわざわざ教授が出てきてこのやりとりをするのか。主な目的は研修医や臨床実習の学生に対する教育らしいが、泉には患者向けのパフォーマンスにしか思えない。

「おつかれさま」

物々しいご一行様の姿がなくなると、泉は気の抜けた声を出し遼賀のベッドに近づいていく。

「遼賀くん、初めてでしょう？　教授回診」

「あ、うん」

「ほんとにテレビドラマみたいだよね。週に一度は必ずあるんだけど、入院患者さん全員を回るわけでもないんだよ。今日は遼賀くんがアタリ」

回診につく看護師はたいてい森師長なのだが、師長が休みの時などは泉がつくこともある。

「遼賀くんに話しかけてた、あの一番偉いっぽい人が、唐津教授。私たちの間ではカツラ教授って呼んでるんだけどね。あのふさふさの白髪頭、実はカツラだから」

「ほんとに？」

「うん、みんな言ってる。車一台買えるくらい高いやつらしいよ。教授ともなれば違うよね、やっぱり」

冗談を言いながら、さりげなく遼賀の顔色を観察する。投与した抗がん剤には吐き気の他にも腎障害や倦怠感、味覚障害などさまざまな症状が副作用として現れる。

「あ……」

遼賀が手のひらで口を押さえ体を起こしたので、床頭台の上にあった口腔ケア用の底の浅いトレー、ガーグルベースンを取って渡した。ガーグルベースンを手にすると同時に、遼賀が鼻と口を突っ込むようにして吐く。泉は遼賀のすぐそばに立ち、彼の背をさすった。

この病棟に勤務してから、抗がん剤治療を受ける患者を何人も看《み》てきたので、いまなにが起こり、次にどうなるのかある程度はわかっているつもりだ。「身の置き所のないだるさ」「船酔いのひどいやつ」「なにを口に入れても石を食べているように感じる」副作用の辛さをこれまでいろいろな言葉で聞いてきた。でもだからといって看護師の自分がその苦しみを取り除くことはできない。

「矢田、仕事……あるんだろ」

「いま空き時間だから平気。もう少しいるよ」

次の入浴介助まで、まだ三十分ある。看護日誌を書いたり入退院の書類を準備したり、するべきことは山積みだけれど、雑用は昼休みにやろうと決めた。今日は昼食抜きでいい。

「なんでこんなにきついんだろ……。前回の飲み薬はここまでじゃなかったけど」

「シスプラチンは副作用が強いの。吐き気がおさまらないようなら吐き気止めの飲み薬、追加で処方してもらうから言って。今日を過ぎれば徐々によくなってくるはずだから」

励ましながら、泉は背中をさすり続ける。遼賀が前傾姿勢になっているせいで背中側の肋骨がくっきりと浮かび上がり、手のひらに硬く触れた。その背中が湯上がりのように熱い。

「ちょっと待ってて」

いったん病室を出て、ナースステーションで氷嚢《ひょうのう》を作った。

「頭を冷やすと少し楽になるかも。横になれる？」

氷嚢を枕の上に置き、ゆっくりと体を横たえさせた。頭と首筋に当たる氷の冷たさが心地よかったのか遼賀がふっと息をもらし、青白い瞼を閉じる。

「髪、短くして正解だったね」

昨年の十二月二十九日に手術をした遼賀とは、およそ三か月ぶりの再会になる。１クール目の抗がん剤治療は一月下旬に始まっていたが、その時は通院だけで病棟には上がってこなかったのだ。遼賀は今回の入院の前に髪を短く刈ってきた。「短いのも似合うね」と泉が指さすと、高校球児のように丸まった後頭部に手をやり、「抗がん剤の副作用で抜けるかと思って」と恥ずかしそうに笑っていた。その、短く刈った頭に汗が滲んでいる。

「失礼します。うちの矢田、ここにいますか？」

ベッドの傍らに椅子を置き、遼賀が落ち着くのを待っていると、ベッド周りのカーテンの隙間から森師長が顔をのぞかせた。教授回診はもう終わったのだろうか。

「あ、師長。すみません、ここにいます」

「よかった、ここだったのね。いまちょっといい？」

師長に手招きされ、泉はカーテンの外に出た。

「あなた、水戸《みと》さんのことなにか聞いてない？　今日から入院の予定なんだけど、まだ来院されてなくて」

「水戸さんって、水戸光男《みつお》さんのことですよね」

「ええ。さっき電話をかけたんだけど、繋がらなくて」

　水戸光男は五十七歳の患者で、三月に入ってすぐにこの病院に救急搬送されてきた。主な症状は動けなくなるほどの背部痛で、検査をしたところ膵頭部《すいとうぶ》にがんが見つかった。膵臓がんの多くがそうであるように、彼の場合も自覚症状が出た時点で病状はかなり進んでいて手術適応ではなく、化学療法をするために消化器外科に回ってきたのだ。

「水戸さんに入院の説明したのって、矢田さんよね？」

「そうですけど」

「入院には納得されてたのよね？」

「ええ。最初はすごく気落ちされてましたけど、面談していくうちに『抗がん剤を試したい』って。搬送後は薬で症状も落ち着いておられたし、治療にも意欲的でした」

　独身の水戸に家族はいない。入院に関する保証人は兄となっている。だが会社では高い地位にあるようで、引退には早い、やり残したことがまだあるのだと何度も口にしていた。自分は仕事人間だった。だから六十の定年まで働くことが生涯の目標なのだと。

「水戸さん、今日から入院だってこと忘れてるのかなぁ」

頑張りましょう。水戸さんの目標が叶えられるよう、私たちも精一杯サポートしますから。

そう励ました時の彼の顔を、泉は思い出していた。決して暗鬱としたものではなかったはずだ。担当医の松原にいくつも質問を投げかけては、熱心にメモをとっていたのを憶えている。

「ひょっとして、別の病院で治療するつもりなのかしら」

うちをキャンセルするつもりかもしれない、と森師長が眉をひそめる。

「だとしても連絡はくるでしょう？　無断でそんなことする人じゃないと思いますよ。って、水戸さんのことそれほど知ってるわけでもないですけど」

水戸は入院ぎりぎりまで仕事をすると言っていた。もしかすると今日も会社に寄ってから来るつもりかもしれない、と森師長に伝える。

「そう。わかったわ。じゃあもう少し待ってみるわね。それから矢田さん、三木《みき》さんが探してたわよ、あなたに髪洗ってもらうって言ってらしたけど」

「約束の時間まで、まだ十五分ありますけど？」

腕時計に視線をやりながら泉は答える。

「そうなの？　三木さんせっかちだから」

「三木さんには時間まで待ってもらおうかと」

「そう、遅れないでね」

いくら体調が悪いからといって、看護師がベッドサイドに座り込み、ひとりの患者に付き添う時間など本来はない。特に消化器外科病棟は他科に比べて入退院が多く、入院は一日七人、退院は五、六人というのが平均だろうか。多い時には十人もの患者が退院していく日もあり、通常業務ケアに加え、書類の作成や雑務に追われている。

「遼賀くん、私そろそろ行くね。また来るから」

泉は浴室の前で待っているはずの三木の顔を思い浮かべ、立ち上がった。シスプラチンの副作用で眠気が出てきたのだろう、遼賀は眉間に皺を寄せたままうとうとし始めている。


遼賀の病室を出ると、駆け足で浴室へ向かった。三木は七十代の女性で、今日は娘が孫を連れて見舞いに来るからと、髪を洗うのを楽しみにしていた。

「三木さーん、お待たせしました」

着替えを包んだ風呂敷を抱え、三木が浴室の前で立っている。そんな姿を見ると、待たせたことへの罪悪感で胸が痛んだ。この仕事は罪悪感の連続だ。すべての患者に自分が思う百パーセントの看護などできやしない。それに気づいたのは入職五年目、病棟リーダーを任されるようになった頃だろうか。それまでは自分の能力さえ上がれば、もっと効率よく迅速に仕事をこなせると思っていた。でも実際は早く仕事をこなしたとしても、また別の仕事が与えられるだけで、患者と接する時間が増えるわけではない。

「三木さん、今日はお孫さんがお見舞いに来られるんですよね。いいですねー」

介助椅子に腰掛けてもらい、頭と体の泡をシャワーで流していく。三木も遼賀と同じように胃がんの手術を受けた人だった。もう完治したかと安心していた今年、術後五年目にして肝臓への転移がわかり、今回は抗がん剤治療を受けに入院してきたのだ。だが腹水がみられたのと白血球の値が低くて投与が延期になっていた。患者の状態が悪い時は治療をスキップしていったん家に帰ってもらうこともあるが、三木は治療を受けるまでは退院しないと言い張っている。

「ほんとだったら、今日退院するつもりだったのよ」

顔にかかるシャワーの湯を両手で拭いながら、三木が首を振っている。たしか治療の開始予定日は十日前だった。もし予定通りにいっていれば、三木の言う通り今日あたり退院できたはずだ。

「残念ですね。お孫さんがお見舞いに来てくれて、それで一緒に退院できるところでしたね」

「そうよぉ。あなたから松原先生に言ってちょうだいな。三木さんなら大丈夫ですって、治療やっちゃいましょうよ、って」

軽口を交わしながら、シャワーを止めて三木にバスタオルを手渡す。三木はゆったりとした動作で体を拭き、鼻歌を歌っていた。ここが病棟の浴室でなければ、彼女が病人だなんて誰も思わないだろう。

「気持ちよかったわ、ありがとう」

「お孫さんが来るの楽しみですね」

「ほんとに。もうね、顔を見るだけで幸せなのよ。婆バカだっていわれるんだけど、うちの孫、ハンサムなの。高校二年生でね、最近、昔のジュリーに似てきたのよ」

腹水のせいか少し膨らんだ三木のお腹に目をやり、人の生命力の不思議を思う。三木とは長いつき合いになるが、この人が悲観的なことを口にするのを聞いたことがない。胃がんが発見された時も、再発がわかった時も、「モグラ叩きみたいに、やっつければいいわよ」と笑っていた。その笑顔に自分も担当医の松原も救われてきた。患者の病気が治らないことは、自分たちにとっても敗北のように感じられるから。

「三木さん、おつかれさま。お孫さんが来られたら私も病室に呼んでください。ジュリー似のお孫さん、拝みにいきます」

三木に付き添って病室まで歩きながら、体調が戻ったら遼賀の短い髪を洗ってあげようと決めた。

四月から東北の病院に転勤となる松原の送別会が、病院近くの中華料理店で行われた。出席者は唐津教授をはじめとする消化器外科病棟の医師五人と看護師が二十六人。看護師は全員で三十人いるので、いま夜勤をしている四人を除いた全員が参加しているということだ。

＊

六時に始まるところを十分ほど遅刻してしまったので、会場に着いた時にはすでに唐津教授の挨拶が始まっていた。店の二階にある広間には朱塗りの円卓がいくつか置かれ、参加者は好きな席に自由に座っている。といっても泉が会場に入った時はすでにそうした気楽な席は埋まっていて、唐津教授と森師長、そして松原が揃う主賓テーブルしか空きはなかった。

「……遅れてすみません」

腰を折って体を小さくしつつ、唐津教授と松原の間にある空席に腰掛ける。最も避けたかったシチュエーションに自ら飛び込んでしまったことにため息をつきたくなる。空のコップに自らビールを注ぎながら松原の横顔にちらりと目をやると、神妙な面持ちで唐津教授の話に耳を傾けていた。

泉と松原はいまから二年前までつき合っていた。二十八歳の誕生日から、三十一歳の誕生日の直後までのおよそ三年間。「きびきび働いている姿が好きだ」と向こうから交際を申し込んできたのに、別れの言葉は「きみと一緒にいると気が休まらない」だった。

別れてから今日までの二年間、なにも感じなかったわけではない。一方的な別れだったから初めの頃は顔を見るのも辛かったし、その後、彼がひと回り近く年下の研修医とつき合い始めた噂《うわさ》を耳にした時には人知れず荒れた。でもいまさらなにを言ってもしかたがないこともわかっていたので、こちらからはなにも訊かなかった。もし思いやりのある言葉を言われたら未練が、辛辣《しんらつ》な言葉を聞かされたら恨みが残る。三十男が「別れたい」と口に出す時は本気で別れたいのだ。相手の心を試すために使う、三十女の「別れたい」とは違う。

教授が音頭をとった乾杯で、泉はビールをひと息に飲み干した。松原は泉より五歳年上なので、いま三十八歳。噂になっていた研修医と一年ほど前に結婚したが、いまは別居状態にあると情報通の同僚から聞いた。だが真相はわからない。ただ結婚当初は左の薬指にあったリングが、いまは消えている。

「なんだ？　なにか言いたそうだな」

盗み見ていたのがばれたようで、手酌でビールを注ぎながら松原が訊いてくる。

「いいえ、なにも。東北は寒いでしょうから、気をつけてくださいね」

生まれてからこの年まで、なにかを強く願ったり欲しがったりしたことはなかった。だから神様が初めての願いを叶えてくれたのかもしれない。松原が新婚旅行土産《みやげ》のベルギーチョコをスタッフに配っていた日、その時に一度だけ「松原皆人がどこか遠くの病院に異動になりますように。できれば極寒の地でお願いします」と神に願った。それまで一度も恨み節を口にしたことはなかったし、同僚に自分たちの関係を暴露することもなかったけれど、金色のリボンを掛けられたパステルピンクの菓子箱を目にした時だけは、目の前から消えてほしいと思ったのだ。

遠方とはいえ系列病院への異動なので、数年経ったらまた東京へ戻ってくるかもしれない。それでも彼が視界から消えるのは喜ばしいことだ。別れを告げられた時も、他につき合っている人がいると知った時も、結婚すると聞いた時でさえも、病棟では態度を変えずに働いてきた。本当は気まずかったし、松原の診療や処置にはつきたくなかった。でもここで逃げてしまったら負け。そんな変な意地が仕事に向かわせた。異動願いを出せば別の科で働くこともできたけれどそれもしなかった。必死になって同じ場所で闘っていたつもりでいたが、結局自分はなにに勝ちたかったのか。得することなどひとつもない。ばかな意地を張っていただけだといまは思う。

「ちょっとピッチが速くないか」

瓶ビールを軽く一本空けたところで、松原に制された。彼はビールを日本酒に替えてちびりちびりとやっている。

「これくらい序の口です。この後特に用事もないですし」

紹興酒の小瓶に手を伸ばし、自分の前にキープしておく。

「ところで松原先生が異動したら、笹本さんは誰が担当するんですか」

主治医が替わることはそう珍しいことでもないが、医師としての松原は優秀だったのでそれだけは残念に思う。これまでの経過を知る松原がいなくなるのは、遼賀も不安だろう。

「笹本遼賀さん？　彼のことは柏原《かしわばら》先生に引き継いであるけど」

「柏原先生ですか」

柏原は昨年まで研修医をしていた、新人の医師だ。ただ経験は浅くても患者のことを大事に考えてくれるし、新しい治療法を積極的に取り入れようとする柔軟さもある。患者や看護師たちからの評判は悪くない。

「柏原先生だったら年も近くて話しやすいかもしれませんね。うん、いいかも」

話をしている途中だったが、松原が手を伸ばして空になっていた唐津教授のグラスにビールを注いだ。うっかりしていた。教授のお酌は隣に座っている自分の役目だ。この人はこんなところにまで気を遣えるのに、どうして異動になったのだろうと考えているところに、

「あの、笹本遼賀という患者」

と唐津教授が会話に割り込んでくる。

「松原くん、あの笹本とかいう患者はなかなかいいな」

「いい、とはどういう意味でしょうか」

「ポリクリの医学生が学ぶ症例としてはとてもわかりやすい患者だろう？　年寄りはなにかと病気を合併していてややこしい。だがあの患者なら若くて既往歴もないし、リンパ節転移有りの胃がんという症例だけに集中して経過を診られる」

人も好《よ》さそうだしな、と唐津教授が上機嫌でビールをあおった。

「うちの科は医学生や看護学生の受け入れの手厚さで評判がいいんだ。これからもそれをアピールしていくように、柏原くんにもよく言っといてくれ」

唐津教授が満面の笑みを浮かべて酢豚を頬張るのを、泉は冷ややかな気持ちで見ていた。こうした酒の席で入院患者の話が出るのは、なにも珍しいことではない。守秘義務。たしかにそんなものもあるが、同じ科の飲み会ではみな情報を共有しているという認識で、好き勝手に患者の話を持ち出す。いつもなら軽く聞き流しているが、さすがに今日は遼賀を軽く扱われたように感じ、不快感が胸に満ちる。

「あと、十日ほど前に肝臓への転移で入院してきた高齢の女性……ああ、なんて名前だったか」

「三木さんですか。三木正子《まさこ》さん」

「ああそうだ、三木さんだ。あの患者だけどな、もしこのまま病状が進んでいよいよというこことになってもホスピスへの転院は勧めずに、うちの病院で最期まで面倒をみろと柏原くんに伝えておいてくれ」

「それは……どういうことですか」

松原が声を潜めて訊き返すのと、唐津教授が泉の目の前に顔を突き出してきたのは同時だった。酔いの回った唐津教授の顔が、すぐ近くに迫っている。脂じみた匂いが鼻先をかすめ、泉はとっさに椅子を引き、二人の男が顔を寄せあう空間から距離を取った。

「献体だよ」

「え……」

「時機がきたら、うちの大学病院の献体システムのことを説明するんだ。こちらから話せば登録してくれるんじゃないか。あの患者と家族なら協力してくれそうだろう。昨年は例年になく献体希望者が減ってしまって、大学側からいろいろ言われてるんだ、だからあの患者には――」

声を潜めて話す唐津教授の赤ら顔を見ているうちに、じりじりとした怒りが全身をかけめぐり、手が震えてきた。体温が上がって頭の中まで熱くなってくる。

なにを……言っているのだろう。

この人はなんということを、こんな酒の席で言い出すのだ。三木は病気が治ることを信じて辛い治療を受けているというのに、いまこの時点でそんな話をするなんて……。

泉は紹興酒の小瓶をぎゅっと握って耐えていたが、気がつけばその場で立ち上がり、両膝の裏で思いきり椅子を後ろに押し出していた。椅子が壁にぶつかり、鈍い音を立てて倒れる。周りにいた何人かが驚いた表情で振り向き、唐津教授と松原も何事かと泉を見つめ眉をひそめた。

「すみません、私、気分が悪いので帰らせていただきます」

泉が怒っていることに松原だけが気づき、「どうしたんだ、酔ってるのか」とたしなめてくる。

「いえ、私は酔ってません」

本当に、酔ってなどいなかった。もし酔っていたなら聞き流せていたかもしれない。唐津教授の心ない言葉に、いままで味わったことのない烈しい憎悪が込み上げてくる。

自分にしてもいつも患者のことを第一に考えて働いているわけではない。帰り支度をしているところに受け持ちの患者が急変したら、正直ため息をつきたくなることだってある。毎日毎日、病気や死と接しているのだ。時には命が物かなにかのように軽く思えることだってある。でもいまの発言は許せない。患者たちはみんな、病気を治そうと必死で治療に挑んでいるのに。

手を伸ばし、テーブルの下に置いていたトートバッグを摑《つか》んで、踵を返す。あれほど騒がしかった宴会場は静まり返り、全員の視線が自分に集まっていた。「ちょっと、矢田さん」と自分の名前を呼ぶ女の声が聞こえたが、泉は一度も振り向かずに店を出た。

突風のごとく飛び出していった夜の町は、解放感に溢れていた。ビルの灯りはほとんど消え、そのかわりに通りを埋めるレストランや飲み屋の看板のライトが光っている。

「あー」

思わず声を出して苦笑したのは、右手に小さな瓶を握りしめていたからだ。未開封の紹興酒。まだ中身のある紹興酒の瓶を自動販売機の横に設置されたごみ入れに放り込むと、泉は大股で夜の町を進んでいく。

なにも考えずに早足で病院まで戻ると、職員専用の出入り口から中に入り、エレベーターに乗り込んだ。エレベーターの扉が開く時は緊張したが、運のいいことにナースステーションに人がいない。

薄暗い廊下を歩き、遼賀のいる病室へと向かう。彼の病室はつきあたりにあり、非常口の誘導灯が廊下を緑色に染めていた。泉は足音を殺して病室に入っていった。同室の二人が今日退院となり、もうひとりの男性は外泊届を出して自宅に戻っているので、いまは遼賀しかいないはずだ。

「遼賀くん？」

淡いグリーンのカーテン越しに、泉はそっと声をかける。日勤中はあれから仕事が立て込み、その後も送別会があったので様子を見に来ることができなかった。唐津教授があんなことを口にしたせいか、遼賀の顔をひと目見てからでないと、家に戻る気になれない。

眠っているのだろう。そう思いながらカーテンを少し開け、

「遼賀くん？」

隙間から顔をのぞかせるとすぐ目の前に男が立っていた。大柄な男が暗がりの中から、泉を凝視している。

「え、誰？」

遼賀はベッドで目を閉じ眠っている。規則正しい寝息も聞こえてくる。じゃあ自分の前にいるこの男はいったい誰なのかと暗がりに目を凝らせば、人影が後ずさりながら顔を背けた。

「もしかして……」

泉の声に、人影の動きが止まる。手を伸ばしてベッドの頭側にある小さな電気を点《つ》けると、淡い電灯の下、遼賀によく似た男の横顔が浮かび上がった。

「……恭平くん？」

　恭平は白いシャツにネクタイを締め、黒いスラックスを穿いていた。職場からそのまま東京のこの病院まで来たのか、大きなボストンバッグを足元に置いている。

「ああ……びっくりした」

「すまん、面会時間外に来てしまって」

「まあ面会時間のことなら大丈夫、うちの病棟はけっこう見て見ぬふりしてくれるから。それに今日はこの病室、遼賀くんだけだし。それよりどうしたの、こんな夜遅くに」

「いや、日中に何度か遼賀に電話をかけたけど、繫がらんかって。それで気になって」

　母親もついてくると言ったが、とりあえず自分ひとりで様子を見て来るからと言い聞かせ、修了式が終わってすぐに岡山駅に向かったのだと恭平が話す。

「遼賀くん、今日は電話に出る余裕がなかったから」

「いま2クール目の抗がん剤治療を受けとるって聞いたけど」

「うん、2クール目から4クール目まではTS－1っていう飲み薬に加えてシスプラチンという薬を併用するの。シスプラチンは強い薬だから、一週間くらいは副作用が強く出ることがあるのよ」

　1クールとは三週間の投薬の後、二週間休薬するといったサイクルのことで、遼賀はそれを5クールまで繰り返す予定になっている。5クール目からは比較的副作用の軽いTS－1だけを約一年間服用するのだと、恭平に説明した。

「一年三か月先か」

「え？」

「いま2クール目が始まったということは、治療が終了するまで一年と三か月ちょっと。ということは来年の七月頃には一段落しとるってことか」

状態が悪い時は薬を使えず延期になったりもするので、予定通りに進むとは限らない。でもいまそのことを言ってもしかたがないので、泉は「そうなるかな」と頷いておく。治療を受ける患者も、患者を支える家族も、暗くて長いトンネルの中にいる。そのトンネルの長さを初めに示しておかなければ、トンネル内のあまりの暗さに進むべき方向を見失うことがある。特に恭平のように若く、ほぼ予定通りに物事が運ぶ健康な社会で働く人たちには、行程表のようなものが必要なのだと思う。

「なあ矢田、さっきネットで調べてたんだけど、五年生存率って結局どういう基準なんだ？　どうして五年間再発がなければ、完治が見込めたといえるんだ？」

「ああそれは、微小ながん細胞が画像で発見されるほど増殖するまでに、最長で五年はかかるからよ。もし手術を終えた時点で一ミリ程度のがん細胞が残っていても、現代の画像診断での発見は無理だといわれてるの。がん細胞は百万個集まって一ミリ、十億個集まって一センチのしこりになるらしくて」

「そういうことか」

「うん。でも遼賀くんは大丈夫」

「ああ。遼賀は、絶対に」

恭平が病室に来た時、遼賀はちょうど夕食に出されたポタージュを飲んでいるところだったと聞いて、泉はほっとした。松原が処方した制吐剤が効いたのだろう。

「矢田、ありがとうな。おまえがここにいてくれて、おれも母親もどれだけ心強いか」

「いえいえ。毎日担当してるわけじゃないけど、できるだけ顔を見にくるようにはしてる。あ、私そろそろ帰るね、兄弟水入らずのほうがいいでしょう」

恭平くんも無理しないでね、そう言ってベッド周りを囲うカーテンに手をかけた時、「矢田」と背後から声をかけられた。声が細かったので、遼賀に呼び止められたのかと振り返ると、恭平が躊躇いの表情でこっちを見ている。彼のこんな顔は初めて見る。

「どうかした？」

双子というのは、声もそっくりなのだと改めて思う。これまで聞き分けていたのは、声量が違うからだとも。遼賀はたいてい静かに話し、恭平は声を張っている。だがいま耳にした恭平の声に力はなかった。

「悪いけど、もうしばらくここにいてくれんか」

「別にいいけど？　どうして」

「うん、いや、おれ、こういう場所でひとりでいるのがなんか」

「怖いの？」

「平たく言えば、まあ、そういうことだ」

泉は「いいよ」と頷き、隣のベッドサイドから丸椅子を持ってきて横に座る。

「恭平くんの職場は若者たちのエネルギーが渦巻いてるだろうからね。病院のような場所は苦手だっていうのはわかるよ」

「苦手というか、うち、親父が四年前に亡くなって、なんかこうしてベッドのそばで座ってると、その時のことを思い出すんだ。親父が急変した時、ちょうど諸田《もろた》が見舞いに来てくれてて……。あ、諸田って憶えとる？」

野球部で自分とバッテリーを組んでいた諸田は、いまは弁護士として地元の法律事務所で働いているのだと恭平が教えてくれる。

「諸田くん、知ってるよ。高三の時は同じクラスだったし。そっかー、弁護士さんになったんだね」

「あいつの親父さんも弁護士じゃったから、跡を継いだんだろ」

そうか、学年一の秀才はいま弁護士をしているのかと、懐かしい名前に泉の頬が緩む。

「それにしても、病院でずっと働いてる矢田は偉いな」

「どうしたの、突然そんな」

「おれは、病気の人と毎日向き合う仕事は無理だと思う。治って元気になる人ばかりならいいけど、そうじゃない人もいるだろ？　そういう人とどんな顔して接すればいいかおれにはわからんから」

　窓が開いていたのか、外から吹きこんでくるひんやりとした風がベッド周りのカーテンを揺らしていた。病室に風が通るのが新鮮で、どこか別の場所に紛れこんだような錯覚に陥る。風に驚いたのか、恭平が窓のほうへ顔を向けた。

「それは恭平くんが、真面目に考えすぎてるからじゃないかな。この仕事を長くやってると、いろいろ割り切ることも覚えるからね。勤務時間が終わればけっこうぱっと切り替えられるっていうか。そうじゃないともたないし。それができない人はやめてくよ。一年もたない人もいる。私はただ惰性で続いてるってだけで……」

　どうしてか、泉は恭平に自分のことを話したくなった。これまで仲のいい友達にも打ち明けたことのない、家庭の事情というやつだ。

「実は私ね、中学三年生まで片瀬《かたせ》っていう名字だったの。高校に入学する直前にお母さんが再婚して矢田になったのよ。高校の同級生は誰も知らないと思うけど」

　両親は、泉が五歳の時に離婚していた。詳しい話を聞いたことはないけれど、借金とか浮気とか、たぶんありふれた理由なのだと思う。父だった人のことはほとんどなにも憶えていない。でもそのおかげで父に対してなんの感情もなかった。

　母は病院で看護助手として働きながら泉を育ててくれた。子供は泉だけだったので、裕福ではないにしても貧乏で困ったという憶えはない。外食や旅行もしていたし、洋服や持ち物にしても他の子に見劣りすることはなかった。母は見栄っ張りだったので、むしろ質の良いものを身に着けていた感すらある。給料は手取りで二十万もなかったはずだが、節約術に長《た》けていた母のことだから倹約したぶん、泉には贅沢をさせてくれたのだろうといまは思う。

　看護師になろうと決めたのは、ずいぶん早い時期で、保育園の卒園アルバムにはすでに「しょうらいのゆめ　かんごふさん　かたせ　いずみ」と書いてある。普段は決して愚痴を言ったり人を妬んだりしない母が「看護婦免許を取っておくんじゃった」とだけは、聞き飽きるくらい口にしていたからだ。

「泉、女こそ仕事は大事じゃよ。あんたも他にやりたいことがないなら看護婦の資格を取ったらええわ」

　ことあるごとにそう言われていたせいか、泉にとって看護師になることは自然な流れだった。おおげさだけれど、母の夢を叶えてあげる、そんな気持ちもあったのかもしれない。いずれは自分も母のように、人に頼らず生きていく。それが幼い頃の泉の目標でもあった。

　それなのに、母は再婚した翌月に十年勤めた病院を辞めたのだ。あれほど「仕事は大事」と言っていたくせに、正職員の座をあっさり捨てて専業主婦になった。仕事を辞めてからというものスーパーへの買い物以外はほとんど外に出ず、「家を守るのが主婦の務め」と朝から晩まで家の中で過ごした。そんな母がこれまでとは別人のようにも思え、一緒にいる時間が長くなったぶん、泉にしてみればどう接していいのかわからなくなっていった。

「再婚に反対しなかったのか」

「うーん、遠回しにはしたのかもしれない。このままの暮らしがいい……くらいは言ったと思う。でも母が、どうしても結婚したいって言うもんだから。自分の人生はずっと不幸だったって。結婚に失敗してからずっと苦しかったって。いまやっと幸せになれるチャンスがきた、お願い、賛成してって真剣に頼まれて。そんなふうにされたらどうしようもないでしょ」

娘に向かって頭を下げる、妙に黒々とした母の髪……。母は洒落っけのある人ではなかった。職場では三角巾をするからと白髪など気にしない人だった。そんな母がドラッグストアで買った白髪染めを使い、化粧もきちんとし始めたのは、きれいな自分を見せたい相手ができたからなのだろう。同じ女なら、母のそうした気持ちをわかってあげれば楽だったのだろうが、「自分の人生はずっと不幸だった」という言葉がしこりになり優しくなれなかった。「ずっと」の中には自分と過ごした時間も含まれているから。

「それでね、自分は仕事に生きてやるって決めたというか。母と顔を合わすのも鬱陶しくなって、県内じゃなく香川の看護学校に進学して寮生活したりね。就職も東京にしたし。なんていうのかな、母に対する意地のようなものがあったの。母とうまくいかなくなってから、不思議と地元も好きじゃなくなった。好きじゃないというより、嫌いになった。だから岡山には、もう長い間帰ってない。私は母の再婚相手とは高校時代の三年間しか一緒に暮らしてないから、二人が暮らす家にも帰る気はしないんだ」

故郷と家族はセットだから。家族と仲が良くない人は、自分の生まれ育った町もきっと嫌いになるもんよ、と泉は軽く笑ってみせる。

同室患者のいない病室は、まるっきり無音だった。恭平と向き合っていると高校生の自分に戻っていく。

「なんか信じられない。恭平くんとこんなふうに話してるなんて」

「そういや同じクラスになったことないか」

「ううん、そうじゃなくて、恭平くんてモテてたじゃない？　野球部のエースだったし。私はただよく喋る、騒がしいだけの女子だったから、気安く話しかけられる相手ではなかったわけですよ」

「なんじゃそりゃ」

「ほんと、あの頃は男子が苦手だったなー」

小学校低学年までは泉も他の女子たちと同じように男子を好きになっていた。でも小学五年生の時に好きだった男子は、泉が自分に片思いしていることを誰かから聞き、「おれに近づいたら殺す」とクラス全員の前で言い放った。理由は泉が当時ものすごく太っていたから。片瀬泉に好かれている、ただそれだけのことで、その男子は他の子たちからバカにされた。自分が好きになるだけで相手の子が笑いものになる。この出来事は泉をひどく傷つけ、それからは恋愛を遠ざけるようになってしまった。恋愛は見た目の可愛《かわい》い女子だけが許されること。自分のように不細工な女子はテレビか漫画の中の人を想うのが安全。そう肝に銘じ、誰かを好きになっても決して気づかれないように心にしっかり鍵をかけた。

「あの、ここでなにをしてるんですか」

ペンライトの小さな光が部屋の中に差し込んできたのと同時に、そんな声が病室の入り口から聞こえてくる。誰の声かはすぐにわかった。入職二年目の野口真美《のぐちまみ》だ。泉は慌てて椅子から立ち上がり、声のするほうまで歩いていく。

「あ、ごめん。野口さんだよね？」

廊下に向かって話しかけると、野口の手にあるペンライトの丸い光が泉の胸辺りに当てられた。

「え、もしかして矢田さんですか」

「うん、そう」

「矢田さん、松原先生の送別会に行ったんじゃ……」

「行って来た。でも途中で抜けてきた。それで帰りに笹本さんの顔を見に病室に寄ったの。あ、この方は笹本さんの弟さんなのよ、実は弟さんとも知り合いで」

泉が説明すると、野口はすぐに状況を把握してくれた。「ごめんね、こんな時間に」と泉が手を合わせれば「いえいえ」とそのまま踵を返し、廊下を戻っていく。見つかったらいろいろ面倒くさい同僚もいるが、彼女ならこのまま見逃してくれるだろう。

「ほんとに大丈夫なのか？　面会の時間、だいぶ過ぎとるけど」

恭平がやたらにおどおどしているので、思わず笑ってしまう。高校生の時は校則なんて平気で破ってしまうタイプだったのに。

「まあ多少は目を瞑《つぶ》ってくれるから。帰りは職員用の通用口から出ればいいし」

面会時間はもちろん守らなくてはいけない。でも病棟には危篤の患者もいて、そんな病室には家族が泊まりこむこともある。面会時間を過ぎた頃にしか仕事が終わらない人だっている。相手の状況に配慮して、多少の融通をきかす。それが悪いことだと泉は思わない。

恭平がふいに立ち上がり、自販機でコーヒーを買ってくるという。なにか飲むか、と訊いてくれたので「温かいミルクティー」と返す。

「じゃちょっと行ってくる」

恭平が立ち上がると、止まっていた室内の空気も動いた。健康な人の放つ熱が、部屋の温度を上げる。恭平の言う「こういう場所」で長く働いているうちに、自分は健康な人の熱を感じ取れるようになった。病が引き起こす倦《う》んだ熱と、健やかな肉体が放つ澄んだ熱は、まるで違う。

恭平が病室を出て行くのを見送ると、椅子に座り直して遼賀の寝顔を見つめた。ベッド周りの淡いグリーンのカーテンは開けておく。他に患者もいないので窓も開けたままにしておき、遼賀に春の夜風を届ける。

物音を立てたせいか、振り返ると遼賀が両目を開いていた。ぼんやりとした目で、窓際に立つ泉を見ている。

「ごめん、起こしちゃった」

「いや、ちょっと前から起きてた」

「え、そうなの？　いつから」

「諸田の話が出てきた辺り」

遼賀が微笑み、ずり上がるようにしてゆっくりと体を起こした。腰の後ろに枕をあてがうと、「ありがとう」と微かに笑う。

「体調どう？　恭平くんからポタージュ飲んだって聞いたけど、吐き気はおさまった？」

「……あんまりかな。食べると胃から喉に固形物が逆流してくるような感じがするんだ。あ、胃はもうほとんどないけど。でもメニューを替えてもらってから、少しずつ食べられるようになった気もする」

「そっか。無理せずに、吐き気止めが効いてる間に好きなものを少し食べるんでいいと思うよ」

病院の栄養科は食事が摂りにくい患者に向けて特別な病院食を提供していた。ポタージュなどのスープ。果物や果汁ジュース。うどん、カレーライス、アイスクリーム……。栄養のバランスなどはいったん気にせず、とにかく美味しいものをと考えられている。

「そういえばもうじき誕生日よね、四月五日。カルテ見て覚えちゃった。その時まだ入院中だったら、私、ケーキ買ってくるね。恭平くんのと二つ」

「おれは四月五日だけど、恭平は違うよ」

「え、なんで。だって双子じゃん」

「いや……実は双子じゃないんだ。誤解してる人も多いけど、恭平は三月生まれだから本当のところ十一か月違いの兄弟」

「ええっ、そうなの?」

二卵性の双子だとばかり思っていたので、驚いた。頭の中で妊娠期間を計算してみると、たしかにあり得ないことではない。

「そうだったんだ。みんなが笹本ツインズって呼んでたから、いまのいままで双子だと思い込んでた」

　泉が言うと、「うん、おれらもあえて訂正しなかったし」と遼賀は小さく頷き、暗がりに顔を向け、空のベッドを見つめた。泉にとっては二人が双子ではなかったという事実は新鮮な話題だったのだが遼賀はさほど興味もなさそうで、その話はそこで途切れてしまう。

「あのさ……ちょっと矢田に、訊きたいことがあるんだ」

「なに？」

「うん、矢田は長く病院で働いているから、これまでもたくさん患者を看取ってきたと思うんだ。その中にはおれのように抗がん剤治療をしながら入退院を繰り返していた人もいただろ？　そういう人たちは毎日なにを考えて過ごしてたんだろ」

　遼賀の眼差しがあまりにも真剣で、泉は一瞬言葉を失くした。

「ごめん、変なこと訊いて」

　胃がん闘病中の人のブログを読んだりもしたが、それは果たして本心なのかと首を傾《かし》げてしまうことがある。矢田なら患者から直接、偽りのない心の声を聴いているんじゃないかと思ったのだと遼賀が話す。

「不安、恐怖、後悔……。この三つを口にする患者さんが多いかな。もちろんそこからその人それぞれに希望や勇気をもって闘病するんだけど、この三つの感情は常に患者さんにつきまとっているような気がする」

遼賀は暗がりに目を向けたまま「おれの後悔といえば……電話をかける相手がいないってことだな」と呟く。

「どういうこと？」

「がんの告知を初めて受けた時、誰かに電話してすぐに伝えたかったんだ。話して楽になりたかった。でもそんな相手はひとりもいなくて、結局恭平にかけてた」

「恭平くんじゃだめなの？」

「だめじゃないけど、離れて暮らす家族には心配かけたくないから」

「そっか。そうだよね。私もほんとに苦しいことって母親には話しづらいしね」

二人して目の前の暗がりに目を向けていると、

「矢田さん、ちょっといいですか」

野口がやって来た。よほど慌てているのか声が上ずっている。

「どうしたの？」

「ちょっと、来てほしいんです」

目元を引きつらせる野口の後について、ナースステーションに向かう。患者が急変でもしたのだろうか。でもアルコールを飲んだ自分はいまはなにも手伝えない。

その場所だけ煌々《こうこう》と蛍光灯が灯《とも》ったナースステーションに戻ると、「いま警察から電話がかかってきて……」野口が緊張した面持ちで話し始めた。メモを持つ手を震わせながら、警察から聞かされた話を泉に伝えてくる。今日の午後八時四十五分に水戸さんが亡くなった。踏切での飛び込み自殺だった。自宅に遺書があり、その中にうちの病院の名前が書かれていた。遺書の中には「矢田」という人物の名前があって……。

病院前の駅から地下鉄に乗って五駅目の町に、泉が暮らすマンションがある。東京に出てきてすぐの頃は病院から徒歩十分の寮に住んでいたのだが、松原とつき合うようになって引っ越した。寮を出てすぐに見つけた古いマンションは2DKとそこそこ広いが、家賃も以前の二倍以上も払っている。

午後十一時まで営業している駅前のスーパーで朝食用のパンと卵を買って、マンションまで歩いた。酔いはすっかり醒《さ》めていて、いまは頭も心も冷えきっている。

エレベーターで自分の部屋がある四階まで上がっていく。上の階へと向かっているのに体が地に沈んでいくような感覚は、疲労が限界に近い時に起こる。こんな時はなにも考えずにすぐに風呂に入って眠らなくてはいけない。疲れているのに眠れなくなったら終わりよ、と入職一年目の時に先輩ナースに言われた。だがそう教えてくれた先輩がやがて睡眠薬を手放せなくなり、体調を崩し、鬱病を理由に病院を辞めてしまった。看護師は安定した職業だと思われがちだが、離職率の高さでいえばそうとも言えない。毎日蓄積されていく疲労をどうやってリセットするか。時おり津波のように襲いかかってくる虚無感をどうやり過ごすか。自分を立て直す方法は人それぞれだが、泉はひとり静かに過ごすことで摩《す》り減った神経を回復させてきた。

エレベーターを降り、他の部屋の窓から漏れる灯りを頼りに通路を歩いていると、泉の部屋の前に人が立っているのが見えた。反射的にその場で立ち止まり、暗がりを凝視する。ほんの一瞬、亡くなった水戸が自分に会いに来たのかと体を引いた。

細長い人影がこちらを向いた。

「松原先生?」

一歩、二歩と近づけば、人の顔がはっきりとしてくる。ビジネスバッグを手に提げた松原が、泉を見て片手を上げた。憮然《ぶぜん》とした表情をしているが不機嫌なわけではないことはわかっている。自分の気持ちをうまく伝えられない時、松原はよくこんな表情を見せた。

「おかえり。遅かったね」

「ちょっと寄り道してて」

「寄り道って?」

「まあ……用事です。それより、どうしたんですか」

「いや、少し話そうかと思って。きみがあんなふうに帰ってしまったから」

どうしようかとためらった後、中に入りますか、と鍵を開けてドアを開いた。

「入っても……いいのかな」

「かまいませんよ、別に。散らかってますけど」

仕事も人間関係もそつなくこなすのでわかりにくいのだけれど、松原は本来不器用な人だと思う。でも自分の不器用な部分を必死で繕い、それが成功してしまっているところが彼の不幸だと泉は常々感じていた。それで結婚生活もうまくいかなかったのではないだろうか。まあ自分には関係のないことだけど。

「どうぞ」

「おじゃまします」

よそよそしい感じで、松原が泉についてくる。つき合っていた二年前と家の中はなにも変わっていないはずなのに、松原は初めて訪れた場所のように緊張を漂わせていた。

「座ってください、お茶くらい出しますよ」

コートを脱いでキッチンに立つと、泉は湯を沸かした。松原が好きなカモミールやクコの葉をブレンドしたハーブティーを淹《い》れるつもりだった。ケトルで湯を沸かす間に、カップの準備をしていると、

「水戸光男さんのこと、聞いたよ」

と背中から声が聞こえてくる。

「……野口さんから連絡がきたんですか？」

「ああ。なんか……残念だな」

自宅に遺書はあったものの、水戸さんは最後まで迷っていたのだろうと松原が言った。病院に向かうか。死を選ぶか。踏切の手前に水戸さんの手荷物が置かれていたらしい。水戸さんが死の直前まで手に提げていたボストンバッグの中にはパジャマやらひげ剃りやらスリッパやら蓋つきの湯呑《ゆの》み茶碗やら、入院に必要なものが一式入っていた。もしかすると朝に家を出てから踏切を乗り越えるまでのおよそ半日、水戸さんは迷い続けていたのかもしれない、と松原が静かな声で話す。

「水戸さんの遺書に、私のことが書いてあったそうです」

「きみの？　どうしてきみのことが……」

「あれほど励ましてもらったのに申し訳ないっていう、謝罪だったそうです。頑張れない自分を許してほしいっていう……」

頑張りましょう。水戸さんの目標が叶えられるよう、私たちも精一杯サポートしますから――。そんな自分の言葉が水戸を追い詰めたのかと思うと、全身から力が抜けていく。

「私、この仕事向いてないと思います」

「なに言ってるんだ」

「二度目なんです……。受け持ちの患者が自死するの、今回で二度目なんです」

「それは……偶然だろ。誰もきみのせいだなんて」

「私……もう辞めたいです」

病院を辞めたい。そのひと言を口に出すと、妙な現実感を伴って頭に響いた。もし自分の勤めている場所が最先端の医療を施す大学病院でなかったなら、別の場所で出会っていたなら、私は水戸さんに違う言葉を言えたかもしれない。

「なに言ってるんだ、きみはうちの病棟に特別な思い入れがあるんだろう？　だから異動の話も拒み続けてるって師長に聞いたことがある」

「私が異動の話を断ってたのは、松原先生より先にあの病棟から出たくなかったからです。だからいまはいつ異動してもいいし、病院を辞めてもいいんです」

ただの意地だと、泉は笑った。意地ではなくて意地悪かもしれない、と。

「この話はもういいです。やめましょう。せっかくだから先生に言いたいことがあるんですけど」

「なに？」

「唐津教授が口にしていたことです。三木さんに、っていう話」

「ああ、時機をみて献体を勧めるっていう」

「献体は悪いことではありません。でも私たちから積極的に三木さんに勧めるのは、違うと思います。三木さんは先生を信じて懸命に治療を受けていますす。頑張らせているのは私たちです。それなのに突然梯子《はしご》を外すような真似《まね》、絶対にしないでください」

「頑張ってるのはご本人の意思だよ。頑張らせてるなんて、そういうふうに考えないほうがいい」

完治の難しい患者にどこまで治療を続けるか。その線引きは医師でも難しい。自分たち看護師も、もっと早く緩和病棟を勧めればよかったと悔やむことがこれまで何度もあり、結局はどうしていいかわからないのだった。

会話を遮るようにケトルが間の抜けた音を立てると、

「赴任先の病院に、きみも一緒に来ないか」

松原が椅子から立ち上がり唐突に口にした。

「……なに言ってるの」

「赴任先の病院は、消化器専門の医師がぼくひとりだけだそうだ。周りは山ばかりで、毎年冬は二メートル以上も雪が積もるらしい。まさか自分がそんな場所で働く日が来るとは思わなかった」

「人生そんなこともありますよ。イベントだと思って楽しむしかないでしょ」

「きみなら……きみとなら楽しめると思う。どんな場所でもやりがいを見つけて。どうだろう、ぼくと一緒に行かないか」

　泉は松原に背を向け、キッチンの流しに向かった。気持ちがぐらぐらと揺れるのは、水戸のことがあったからだと言い聞かせる。無言でケトルの湯をガラス製のティーポットに注ぐと、茶葉から芳しい香りが漂ってくる。

「妻とは別れたんだ。別居していたんだが、半年前に正式に別れた」

　ポットとカップをトレーに載せて振り返ると、すぐ後ろに立っていた松原の胸に当たった。ポットの中のハーブティーが零れ、トレーを濡らす。

「きみと別れたことを後悔してる」

「……お茶入ったから、座って」

　上品な仕草でカップを口に運ぶ松原を見ていると、なんでも与えられてきた人なのだとしみじみ思う。期待を裏切らない優秀さで両親が与えたものを難なく取り入れ、躓《つまず》くことなく人生を歩いてきた。自分が望むより前に与えられるから、欲しがる必要がなかったのだ。一方的な振られ方をしたというのに松原のことを心底嫌いになれないのは、彼のそうした不完全さを理解しているからだろう。

「もう一度やり直さないか」

　ハーブティーを飲み終えると、松原が同じ誘いを口にする。松原の誠実な口調は、泉の中にあったわだかまりをほどいていく。

「きみには本当にひどいことをしたと思ってる」

紅茶に角砂糖を落としたように、ひとかけらの甘みによって過去の苦みが薄れていく。

「でも、これでやっと自分にはきみが必要だとわかったんだ。返事はもちろんいますぐでなくてもいい。少し考えてみてくれないだろうか」

もう長い間彼に向かっていた尖った感情が、嘘のように消えていくのを、泉は感じていた。

*

週明けの勤務は日勤からのスタートだった。午前八時半から午後五時十五分まで。朝の申し送りで遼賀の担当だとわかった時は心の中で小さなガッツポーズが出た。受け持ち患者なら頻繁に足を運べる。

「おはようございます。朝のバイタル測らせてくださいね」

血圧計や聴診器、パルスオキシメーターなどを載せたワゴンを押しながら遼賀のいる四人部屋に入っていく。他の患者たちはすでに起きていて、淡いグリーンのカーテンが閉まっているのは彼のベッドだけだった。

「遼賀くん、おはよう。カーテン開けるよ」

返事がないのでまだ眠っているのかと思い、そろそろとカーテンを開けると、遼賀の姿がなかった。起きた時のまま、上シーツが足元で丸まっている。トイレかと思いワゴンを病室に残したまま男子トイレに向かった。ちょうどトイレから出てくる患者がいたので「中に人いますか」と訊くと、初老の患者は「誰もいないよ」と不思議そうに教えてくれる。

こんなに朝早くからどこへ行ったのだろう。行くとしたら一階にある売店くらいしか思いつかない。すぐにでも捜しに行きたい気持ちを抑え、泉はとりあえず他に受け持っている患者のバイタル測定に向かう。他の患者の巡回が終わる頃にはベッドに戻っているだろう。

「遼賀くん？」

受け持ち患者のバイタル測定を終えて再び病室に戻った時には、一時間近くが経っていた。五十床ある病棟のベッドは今日もほぼ満床で、看護師はひとりで七人の患者を受け持たなくてはいけない。朝の挨拶を交わしながらバイタルを測定していたら、どうしてもこれくらいの時間になる。

さすがにもう部屋に戻っているだろうと高をくくっていたが、さっき見たのと同じ形で上シーツが足元に丸まったままベッドは空っぽだった。

肝生検をする患者を処置室まで連れていく業務が十時に入っていたが、野口に代わってもらうことにした。彼女は今日、病棟フリーといって援助の手が足りないところをカバーする役割をしている。遼賀の姿が見当たらないと伝えると、師長にも報告しておくと言ってくれた。

談話室にも遼賀がいないことを確認すると、泉は階段を使って六階から一階まで下りていった。売店にはすでに客がたくさんいて、その中から遼賀の姿を捜す。売店の入り口付近に立って店内の右から左へ視線を移し、またもう一度左から右を確認した。それほど広い店ではないので遼賀がいたら見落とすことはない。

談話室にも売店にもいないとしたら、どこに行ったというのだろう。

あり得ないとは思いつつ院内のカフェやレストランものぞいてみたが、やはり見当たらない。遼賀を捜し歩いているうちに過去の辛い出来事と水戸の一件が暗く重なり、泉の胸を圧迫してくる。

まだ駆け出しの新人ナースだった頃、受け持ちの患者が病室から消えた。肝臓がんが再発して、ラジオ波焼灼《しょうしゃく》療法を受けるために入院していた四十代の男性患者だった。受け持ち患者の行方がわからなくなったことで、泉は当時の師長からひどく叱責され、泣きながら病院内を捜し回った。もしかすると家に帰ったのではないか。そう思い、自宅にも連絡した。でも見つからず、いよいよ警察に届けようとなった時に、警察のほうから病院に電話がかかってきたのだ。たったいま、男性の飛び降り自殺があった。パジャマ姿だったので、そちらに入院している患者ではないか、と。

泉は師長とともに、病院から車で五分ほどの警察署に駆けつけた。警察署の霊安室で確認した遺体は元の顔形を留《とど》めてはおらず、その人が自分の受け持ち患者である確信が持てなかった。だが飛び降りた場所に揃えてあったというフェルト地の紺色のスリッパには、見憶えがあった。キャラクターの絵柄がプリントされていて、男性にしてはえらく可愛いスリッパだなと思っていたから……。スリッパ？　そうだ、どうして気づかなかったのだろう。朝一番に訪室した時、遼賀のベッド下にはスリッパが置いてあった。スーパーで売っているような、男性の足にはちょっと小さいだろう臙脂色のスリッパ。

泉はエレベーターに乗り込んで六階まで上がり、もう一度遼賀の病室に戻った。そして誰もいないベッドのすぐ横にある小さなロッカーを開ける。やっぱりだ。靴がない。彼が家から履いてきたオレンジ色の登山靴がなくなっていた。

遼賀は外に出掛けたのだ。

エントランスから病院の外に出ると、泉は信号が青になるのを待って病院前の横断歩道を渡った。大通りを挟んで向かい側にあるコンビニに向かう。病院の外となると捜す範囲は無限だが、いまの遼賀が歩いて向かう場所といえばそう多くの選択肢はないはずだ。

コンビニの入り口に立つとナース服が目立つのか、カウンター内の店員と客の視線が泉に集まる。不躾《ぶしつけ》な視線を無視し、泉はぐるりと店内を見渡した。遼賀の姿はない。そのかわり菓子パンが陳列してある棚の前に松原の顔を見つけた。目を見張るその顔に会釈しておく。

店を出て横断歩道の手前で信号待ちをしている間にポケットから携帯を取り出し、震える指先で恭平の番号を押した。仕事中かもしれないと思いつつ、携帯を耳に押し当て焦《じ》れる思いでコール音を聞いていると、『はい、笹本です』と押し殺した低い声が聞こえてくる。

「あ、恭平くん？　私、矢田です。実は朝から遼賀くんが病室にいなくて……」

泉が事情を話すと、恭平はすぐに『家に帰ったんじゃないか』と言ってくる。

「どうして？　いま入院中だよ」

家になんて帰るわけがない。遼賀は治療から逃げ出すような人ではないし、自分たちに迷惑をかけるようなことはしない。

『じゃあ散歩でもしてるんじゃないか。この前見舞いに行った時に、近くに桜のきれいな公園がある、って話してたから』

「公園ってどこのこと？」

『さあ、名前まで聞いとらんけど……その辺りじゃ一番広い公園って言っとったな』

恭平の口ぶりからさほど心配しているようには思えず、それが一般の人の反応なのかと思い直す。落ち着け、落ち着け、と胸に手を当てた。恭平が言うように、ちょっと気分転換に出ただけかもしれない。

朝の公園は意外にも人がたくさん集まっていた。ジョギング中の人や、犬の散歩をしている人、グループでラジオ体操を続けている人たちも。そんな中、泉は目を凝らして遼賀の姿を捜した。見通しのよい広場をざっと見渡し、砂利道を踏んで奥の林に向かって歩く。欅《けやき》や楠《くすのき》といった背の高い樹々の間から、朝の薄い光がうっすらと地上に届いている。

「遼賀くーん」

人目を気にせず、大声で彼の名を呼んだ。携帯で時刻を確かめればもう十時半を過ぎている。さすがにそろそろ病棟に戻らないと、今日の業務が回らなくなってしまう。

「遼賀くーん、笹本遼賀さーん」

彼の名を繰り返し口にしながら、薄曇りの空を見上げた。天気予報では今日の夕方から夜にかけて雨が降るらしいので、この辺りの桜も今夜大半が散ってしまうだろう。

ここを捜して見つからなければいったん病院に戻ろう。もう戻ってきているかもしれないし。そう決めて、小走りで先を急ぎながら砂利道をとにかく進んでいる時だった。大きく枝を伸ばした桜の木の下に、こちらに背を向けて立っている人が見えた。

呼びかけると桜を見上げていた背中が揺れ、ゆっくりと振り返った。遼賀が戸惑いの表情で泉を見つめた。

「ここにいたんだ」

ほっとして声が震えた。

「なにしてるの……心配するじゃない」

泉は足元に散る桜の花びらを踏みながら近づいていく。

「こっちに来ないでくれ」

烈しい口調に、思わず周囲を見回したのは、その言葉を遼賀が発したとは思わなかったからだ。だが自分たち以外に人はいない。

「え……なんで」

浮かべていた笑みを消しその場で立ち止まると、

「ひとりでいたいんだ」

泉の目をまっすぐに見つめ、遼賀が告げてくる。

「でも……」

「桜を見てるんだ」

「……お花見？」

「遼賀くん？」

木の影を映した暗い目が気になり、泉は一歩、足を前に出した。少しずつ距離を縮めていく。

「矢田、悪いけど、おれはひとりで桜を見に来たんだ」

太い幹に片手をつき、遼賀が首を横に振っている。泉が近づくのを全身で拒否しているのがわかる。

「それは別に……かまわないけど。でもこんなふうに病室を抜け出されたら……」

「桜を見るのは、これが最後かもしれないだろ？」

「なに言ってるの？　最後なわけないじゃない。そんな悲観的なことを言うなんて遼賀くんらしくないよ」

泉が言うと、遼賀が笑った。いまにも泣き出しそうな、悲しげな笑みだった。

「矢田はおれの再発のリスクが五十パーセントだって知ってる？　こんなにきつい治療をしても治る見込みは半分って……。おれは、生き残るほうの半分に入れるのかな」

遼賀のまっすぐな問いかけに鼓動が速くなる。患者に余命を問われるのは初めてではないのに、息が詰まった。互いに強い目で見つめ合ったまま黙っている。先に目を逸《そ》らしたのは遼賀だった。風に散る桜を見つめ、それから眩しそうに目を細めて空を見上げた。

どれくらい沈黙が続いただろう。

遼賀が泉に視線を戻し、「ほんとはもっと前から目が覚めてた」と言ってくる。

「え?」

「病室で矢田と恭平が話してただろ、いまからだいたい一年三か月後、来年の七月頃にはおれの治療も一段落ついてるって」

「あ……」

「そんな……簡単にいくのかな。こんな苦しい治療をこの先一年以上も続けて、それでも再発したら?」

遼賀の顔がいつにも増して白く見える。

「でもやるしかない、でしょ。そう思ってるから遼賀くんも入院してきたんでしょ。生きるために」

「そうだよ。でも時々、どうせ死ぬのならこんなに辛い治療を受けることもないかと思う自分もいる。なにもできないんだ。副作用で死んだようにただ横になってるだけで、ただ時間だけが過ぎていくんだ、おれにとっては貴重な時間が……」

「遼賀くんの気持ちはわかるよ」

「いや、わからない。たとえ矢田がこれまで何百人の患者を看ていたとしても、この先何千人の患者と出会ったとしても、この苦しさは絶対にわからない。わかるわけがない。……わかるなんて言ってほしくない」

強い風が吹いてきて枝葉が揺れた。薄桃色の花びらがいっせいに舞い散り、遼賀と泉に音もなく降りかかってくる。

「どうして私にはわからないの？」

「矢田は病気じゃないから」

「なにそれ」

自分でも思いがけなく、突き放した言い方になった。

「私だって……私たちだって一生懸命やってるよ。義務、惰性、意地……いろんな感情を抱えながら毎日毎日、それこそもう何千人もの患者さんの看護をしてきたの。少しでも苦痛が和らぐようにって、必死になって。疲れが溜まった体を引きずるようにして出勤することだってあるの。次から次に割り当てられる仕事を必死にこなして、休憩を取る暇もない日もあって、それでも患者さんの苦しみを完全になくすことはできなくて、懸命に治療を続けてきた人が亡くなることもあって、自ら命を絶つ人もいて……。でも落ち込んでる暇もなくまたベッドを作り直して新しい患者さんを迎えるの。もう毎日めいっぱい。余裕なんてどこにもない。それでもね、私はいつも思ってる。この患者さんの病気がよくなりますようにって。それだけはちゃんと絶対に願ってるの。だってそれしかできないから。願って励まして。それ以外になにができる？」

遼賀がなにも言い返してこないのをいいことに、よけいな感情までぶつけてしまう。

ひと息に叫んだせいか息が上がり左胸が痛い。遼賀はふいを突かれたような顔をして、泉を見つめていた。

「私、もう行くから。他のスタッフが心配するので、お昼までには戻って来てください」

遼賀を残して、泉は早足で来た道を戻っていく。

一度だけ振り返ると、遼賀は近くにあったベンチに腰掛け桜の花を見上げていた。

＊

点滴のルートに繋がれベッドで眠る遼賀の顔を見ていると、病室に誰かが入ってきた。

「笹本さんは落ち着いたか？」

スーツ姿なので一瞬わからなかったが、声と歩き方ですぐに松原だと気づく。

「はい。血圧も戻って、いまは眠ってます」

遼賀が救急車で運ばれてきたのは、公園で別れてから一時間ほど後のことだった。公園のベンチで意識が朦朧としているところを通りすがりの女性に助けられ、手首に巻いてあるネームバンドを頼りに救急車でこの病院に運ばれてきた。

「すみません。私のせいです」

「いや、気にしなくていい。きみは彼を捜しに行って、見つけ出した。病院に戻るように説得もしている。あとは彼の自己責任だ」

「でもまさか意識を失うなんて」

「本人が一番驚いてるだろ」

「先生、笹本さんが倒れたのは、抗がん剤の副作用ですか」

「意識を失ったのは血圧が急激に下がったせいだろう。副作用で眠気もくるが、それよりほとんどなにも食べずに急激に動いたせいじゃないか」

「じゃあ抗がん剤の量を減らしたり、中止する必要はないですか」

「それは問題ない」

　ほっとして目に涙が滲んだ。隣で点滴の滴下速度を確認していた松原が、そんな泉を不思議そうに見つめてくる。

「あんなに慌てているきみを初めて見たな」

　救急車の受け入れに出てきたのは、非番のはずの松原だった。

「笹本さんを病院外に残して帰った、私の判断ミスですから」

「ミスとはいえない。それよりいつも冷静なきみが取り乱しているのが新鮮だった。なんかちょっと、転勤を前にいいものを見た気がしたな」

　褒めているのかけなしているのかわからない言い方で、松原が小さく笑う。

「笹本さんは、どんな人なんだろう」

松原が近くにあった丸椅子を引き寄せ、腰を下ろす。

「え？」

「同級生なんだって？　きみたち」

「笹本さんは……いい人です、とても。誰にでも優しくて」

あれは高校三年の文化祭前日、ホームルームでの出来事だった。文化祭実行委員長だった泉は教壇に立ち、

「誰かぁ、今日の放課後、舞台の背景塗り手伝ってくれませんかー。ラストシーンの桜の背景がまだできとらんのじゃけど」

とクラスのみんなに呼びかけていた。泉たちが通っていた高校の文化祭は毎年十一月に催されるのだが、受験を控えた三年生は正直それどころではなかった。

「なにぃ、ラストの背景まだできとらんの？　明日本番じゃろう。実行委員長、これまでなにやっとったんじゃ」

ひとりの男子がさも面倒くさそうにそう叫ぶと、「そうじゃ。そもそもなんでこんな忙しい時期に劇なんかせんといかんのじゃ。先生に抗議してこいよ、矢田」と次々に不満の声が上がり、受験勉強のストレスを発散させるがごとく教室内が炎上した。

「そんなこと言ったってしょうがないよ。文化祭がこの時期にあることはみんなもわか

っとったことじゃし。劇に出演する人たちは、夏休みも練習しとったんよ。背景を塗るくらい手伝ってくれても罰あたらんじゃろ」

泉の訴えは、しだいに涙声になっていく。自分だって積極的に実行委員長を引き受けたわけではない。誰もやりたがらないので、クラスの雰囲気が重く険悪になるのが嫌で手を挙げただけなのだ。泉にしても看護学校の入試が目前に控えていた。「立候補で実行委員長になったんじゃろ。それやったら最後まで自分でせられー」「じゃな。高校最後の思い出作りは、余裕のある人がやったらええ思う」「背景なんてなくても別に気にならんし」きつい言葉を投げつけてくるのは一部の男子だけだったが、泉はみんなより少し高い教壇の上で必死に涙を堪え、唇を引きつらせていた。

上演する劇は「花咲かじいさん」を原案にした「放さんか、じいさん」という題で、だが原作とはまったく違い、善《よ》いおじいさんと悪いおじいさんの間で争いが勃発し、愛犬シロを殺された善いおじいさんの壮絶な復讐《ふくしゅう》劇が繰り広げられるといった脚本だった。善いおじいさん役は推薦で東京の大学に入学することが決まっていた野球部の秀才、諸田。悪いおじいさん役は声優を目指して上京すると言っていた若林《わかばやし》。そしてシロ役は地元の専門学校に進む遼賀。ストーリーなんてないも同然で、善いおじいさんと悪いおじいさんの強烈なキャラと、派手な戦闘シーンだけで力任せに笑いをとるような劇だった。

「誰か、協力してくれる人はいませんかー」

騒ぎ立てる男子たちを横目に泉は叫び続け、でももう無理だな、ひとりでやるしかない、と諦めかけた時、「おれ、手伝うよ」とシロ役の遼賀が教室の端で手を挙げてくれた。頭を掻《か》いているような中途半端な位置で手を止め、「おれ、残るわ」と泉の目を見て頷く。その瞬間、文句ばかり言っていた男子たちが「決まり、決まり。遼賀頼んだ」といっせいに椅子から立ち上がり、耳障りな音を残して教室から出て行った。結局その日残ってくれたのは遼賀ひとりで、仲のいい女子たちも「ごめん、塾じゃから」と手伝ってくれることはなかった。

放課後、泉と遼賀は教室に残り、縦長の白い布に描かれた桜の木の枝に、ピンクの絵具で花をつけていった。だが完全下校の七時までに満開の桜を描ききることはできず、三メートル×五メートルの白い布が半分くらい埋まったところで泉は諦めた。そして片頬にピンクの絵具をつけた遼賀に向かって「ありがとう」と頭を下げ、手伝ってくれたお礼に食堂の自販機でコーヒー牛乳を奢《おご》ったのだ。

「五分咲きじゃけど、これでよしとしよう」

床に散らばった絵具や筆を片付けながら泉が誰に言うともなく呟くと、無言でストローを咥《くわ》えていた遼賀がずずっとコーヒー牛乳を吸い上げ、

「おれ、家で続きやってくるわ」

と丁寧な手つきで布を丸め始めた。ラストシーンは満開の桜だから意味がある。五分咲きではシロも浮かばれんじゃろ。そう言って布を持ち帰ろうとしたのだ。

「遼賀くんひとりにやらせるわけにはいかんよ」

「平気じゃよ」

「じゃったら私も一緒に描かせてくれん？」

泉は遼賀について行って家に上がり込み、二人で夜遅くまで作業を続けた。途中で赤と白の絵具がなくなったので、遼賀のお母さんが「ピンクの端切れならあるけど」と布で桜の花びらを作ってくれた。そのうちにお母さんだけでなくおばあさんまで手伝ってくれて、夜の十二時を過ぎた頃、背景はなんとか完成したのだ。あまりの出来栄えの良さに、当時の担任は文化祭が終わってもその背景を教室の後ろの壁に飾ってくれた。そして卒業式の日に、クラスみんなで桜の木をバックに記念写真を撮ったのだ。進学する生徒も、就職する生徒も、地元に残る生徒も出て行く生徒もみんな、遠目から見れば本物より本物らしい桜を背に嬉しそうに笑っていた。

「私、十五年ぶりぐらいに笹本さんとうちの病院で再会した時、なんだかすごく明るい気持ちになったんですよ。会った瞬間からたまらなく懐かしくて」

初めは同級生に会ったから故郷の景色が浮かんだのだと思っていた。でもあの時心に浮かんでいたのは、二人で描いた桜の風景だったのかもしれない。

「ぼくは中高とも男子校だったから、そういうドラマチックな出来事は皆無だな」

黙って泉の話を聞いていた松原がそう小さく笑い、「この前の話だけど、考えてもらえたかな」とまっすぐに泉を見てきた。松原が突然訪ねてきたあの夜から、泉の心は揺れていた。でもいまは迷いなく返事ができる。

「先生にはついていきません。もうしばらくこの病院で働くつもりです。笹本さんの治療が落ち着くまではサポートしたいんです」

松原は意外だというふうに目を大きく開き、

「それなら笹本さんの治療の4クール目が終わってから、というのはどうだろうか。5クール目からは入院も必要なくなるわけだから」

と言ってきた。

「ありがとうございます。でもいつどのタイミングでも、私が先生のところに行くことはないです」

自分は別れてからの二年間で変わったと思う。あなたも少なからず変わったはずだ。変わったもの同士が昔を取り戻そうとしても、うまくいかない。泉がそんなふうに伝えると、松原は眉を寄せ、なにか考え込むような表情を見せた。

「先生を好きだった昔の気持ちを、いまの気持ちが超えられるとも思えませんし」

泉がそう伝えると、松原は本心を窺うように強い目で見つめてきた。そんな彼から視線を外し、深く眠ったまま規則正しい呼吸を繰り返す遼賀の顔を見つめる。

「昔の気持ちを超えられない、か。……いまのはさすがに傷ついた」

「いろいろ考えて出した答えです」

「わかった。きちんと話してくれてありがとう」

「いえ。こちらこそありがとうございます。非番なのに笹本さんの処置についてもらって」

「彼はぼくの患者なんだから当然だよ。それよりきみは、笹本さんのことが……」

松原はそう言いかけて途中で言葉を切り、「そろそろ行くよ」と足元に置いていたカバンを持ち上げた。

「あの、先生。すみませんでした」

「もう謝らないでくれよ。こっちが惨《みじ》めになる」

振り向くことなく、松原が立ち止まる。

「いえ、そのことじゃなくて」

もう会うことはないのかもしれない。数年後、彼がこの病院に戻って来た時、自分がこの場所にいるとは限らない。

「私、実は先生がどこか遠くの病院に異動になったらいいのに、できれば極寒の地に行ってほしいと祈ったことがあるんです。だから異動が現実になってしまって、申し訳ないというか……」

二十八歳から三十一歳までの三年間、本気で好きだった人だ。最後はきちんと別れの挨拶をしておきたかった。

「それは……ひどいな。急な人事だったからおかしいとは思ってたんだ。特になにを失敗したわけでもないのに」

振り返った松原は、眉をひそめ困ったような顔をしていた。

「でもまた祈ります。先生が一年でも早く東京に戻って来られるように」

「まあいいさ、あっちは魚も美味《うま》いっていうし。温泉もたくさんあるらしいから」

じゃあ、と片手を上げ、松原がまた前を向いて歩き出した。病院にある別れは患者とだけではないのだと、泉はその背を見ながら思う。


日勤の終了時間、午後五時十五分を過ぎてすぐに泉は遼賀の病室に向かった。夜勤帯のナースへの申し送りも済ませたし、看護日誌もすべて書き終えた。白衣を着ていても、もうプライベートの時間帯だ。

「遼賀くん、起きてたの」

部屋をのぞくと、遼賀は両目を開けて天井を見つめていた。

六時間近くベッドで眠ったままだったことを伝えると、遼賀は信じられないというふうに目を見張り、小さなため息をついた。

「いま使ってる薬には意識を朦朧とさせる副作用があるの。だからたとえ近くでも、今後は無断外出は控えてください」

少しだけ厳しめに言うと、遼賀が「ごめん」と素直に口にする。

そろそろ西日が強まってきたので、部屋の窓のカーテンを開けた。こうしておくと部屋全体がオレンジに染まり、ちょっとした癒しになるのだ。

「矢田、仕事は？」

「今日はもう上がり」

夕食を載せた配膳車の音が廊下のほうから聞こえてきたので、泉は病室の入り口まで受け取りに行く。配膳車を押していたベテランの看護助手が「はい、笹本さんのね」とうどんを載せたトレーを手渡してくれる。泉はベッドに付いているオーバーテーブルを引き出し、「温かいうどんがきたよ」とそろりと置いた。

「美味いっ」

遼賀はうどんを箸で一本ずつつまみ、ストローを吸うようにして口に含むと、奥歯でゆっくり噛みしだいた。その様子は温厚な草食動物が草を食《は》む姿に似ている。

「眠ってる間、夢を見てたんだ」

時間をかけて空にした器を、遼賀が床頭台の上に載せる。

「どんな夢?」

「雪山の夢。昔、おれと恭平がまだ中学三年生だった時、二人で雪山で遭難したことがあって。その時のことが夢に出てきた」

「あっ、そういえば地元でニュースになってたよね。怖かったでしょ」

「雪山に恭平と二人で取り残された時、おれはいったん死を覚悟したんだ。いや、もちろん生きて戻るつもりだった。でも、もしここで死んだらということも真剣に考えた。生きるか死ぬか。自分が生き残れる確率は五十パーセントだと思ってたんだ」

泉は視線を下げて、遼賀の足元を見つめる。上シーツの端からのぞく裸足《はだし》の指先。遼賀の足の指は、左右の五指とも白く変色していた。それに気づいたのは彼がこの病院に初めて入院した時だ。

「遼賀くんの足の指、どうしたんだろうって思ってたの。疥癬《かいせん》にしては均等に白くなりすぎてるし変形もあるから。その傷痕は、もしかして凍傷の痕?」

「うん、切断までいかなかったから助かった」

あと三十分救助が遅れていたら壊死していた、そう医者に言われた時はさすがに背筋が冷たくなったと遼賀が苦笑する。

「よかった、助かって……」

手を伸ばし、遼賀の足に触れた。皮膚が白っぽいので柔らかいものだと思ったら、意外にも硬い。

「凍傷の痕ってこんなふうなんだね」

　歩いたり走ったりするのに支障はないのだろうか。冷えで痛みがぶり返したりはしないのだろうかと、泉は傷痕に目をやる。

「これまで自分の足を人に見せるのが嫌だったんだ。カエルみたいで気味が悪いから」

「カエル？」

「高校の時に言われたんだ。おまえの足の指、カエルみたいだって。たしかにカエルの吸盤っぽいし」

「ひどいこと言うね」

「だからこれまで、人前で裸足になるのを避けてきた。そばに人がいる時は、自分の部屋でも靴下を脱がなかったし。でもこれしきの傷痕、どうしてこれまで見せられなかったんだろうっていまは思う。胃の手術痕に比べたら全然たいしたことない」

　遼賀がスウェットの裾から手を入れて、手術痕を指先でなぞる。泉も知っているその傷痕は、鳩尾から下腹にかけて定規を当てたように縦にまっすぐ引かれている。病気をしてから数キロ痩せてしまったとはいえ彼の体にはまだ筋肉もあるし、皮膚も比較的艶《つや》やかだ。瑞々《みずみず》しい体に深い傷を作り、悲しいだろうと思う。

「失礼な言い方に聞こえたら悪いんだけど、矢田になら傷痕を見られても平気だな。足の傷も手術痕も」

「うん……小さな傷なら誰にでもあるし、生きているといろんなことが損なわれていく。みんな同じだよ、生まれたままの心と体ではいられない」

遼賀が目を伏せるようにして頷く。

「さっきはごめん。……あんなひどい言い方して」

「『わかるなんて言ってほしくない』ってやつ?」

「ほんとに……申し訳ない。八つ当たりなんて最低だ」

「いいのいいの。遼賀くんの領域に、無理くり入ろうとした私が悪いよ」

短く刈った髪や白いうなじが幼い男の子のように見え、泉は遼賀の孤独を思った。がんに冒されるということはどれほど暗く、怖いのだろう。苦しいのだろう。迫ってくる死を思うだけで、きっと気が狂いそうになるに違いない。自分ならあまりの恐怖に泣き叫んでしまうかもしれない。でもこの人はじっと耐えるのだ。誰も傷つけたりせず、ひとりきりで泣いてその恐怖をやり過ごす。

家族には言えない。そんな類いの苦しみがある。自分もそうだった。毎日の暮らしで手一杯な母にこれ以上負担をかけられない、心労を増やすことはできないと思っていた。だから母に悩みを打ち明けることは一度もなかった。

弱音を吐かない人は、いつだってたったひとりで闘っている。

「私と遼賀くんは他人だし、愚痴でもなんでも話してくれて大丈夫だよ。お母さんや恭平くんの前で泣けないなら、私の前で泣けばいい。私たちはただの同級生なんだから」

ただの同級生……。高校生の頃、どんな時も穏やかで、誰にでも親切な遼賀を見ているのが好きだった。目立った所は特にない。当番でもないのに焼却炉にゴミを持っていったり、水槽の掃除をしたり、開きにくくなった窓の建て付けを直したり。内申書に記載されない仕事を、自分以外の誰にも気づかれずにやっていた。クラスの男子たちが罵り合っていたら、少し離れた場所で自分が傷つけられたような顔をして眺めていた。それで後からそっと、言い負かされた方のそばに近寄っていって、たわいもない言葉をかけるような人だった。

遼賀の優しさが自分だけに向けられたあの日。学校で二人で居残って桜の背景を描いた放課後。学校から彼の家に向かう道の途中で、本当は「あなたが好きだ」と伝えたかったことを思い出す。一年の時からずっと想い続けてきたことを打ち明けたらどうなるだろうって……。もしあの頃の自分にもっと自信があったなら。人から「可愛い」と言われるような女子だったなら。迷うことなく気持ちを声に出していただろう。

そうすれば卒業後も、どこかで会えていたのかもしれない。

でもいまは、自分がただの同級生でよかったと思っている。家族には見せられない遼賀の苦しみを、どんな形でもいいから受け止めていきたい。同級生としてでも、看護師だからでもいい。彼の「電話をかける相手」になれたらと願う。

「抗がん剤治療に区切りがついたら、岡山に戻るつもりなんだ」

遼賀が窓のほうに目をやりながら、ぽつりと口にする。いつの間にか窓の外が夕焼けのオレンジに染まっていて、背の高いビル群が一連の山のように見える。区切りがつくとはいつのことを言っているのか。治療を諦めるつもりなのか。

動揺を隠しつつ、

「どうしたの急に」

遼賀の横顔を見つめた。

「今日桜を見ていて思ったんだ。貴重な時間を懸けて五分五分の治療をするんだったら、自分の好きな場所でそうしたいなって」

小学校の遠足で登った鷲羽山《わしゅうざん》。瀬戸大橋を走る特急南風《なんぷう》から見下ろす翠色《みどりいろ》の海。その海に点々と浮かぶ塩飽《しわく》諸島……。遼賀の口から、泉も知っている故郷の景色が語られる。東京も悪くないけど、やっぱり地元の風景が一番好きだからと遼賀は笑った。その笑顔を見て、そばにいたいと思った。静かな強さで病に向き合う遼賀の、近くにいたい。さっき松原が言いかけてやめた言葉が頭の中に浮かんだ。私はやっぱり、この人が好きなのかもしれない。初恋の延長ではなく、三十三歳になった遼賀に恋をしたのかもしれない。

疲れたのか、遼賀の瞼がしだいに重くなり、やがてゆっくりと閉じてしまった。すうすうと規則的な寝息が聞こえてくる。

「岡山に戻る時は、私も一緒に連れてってくれん？」

小石が海に沈むようにゆっくりと眠りに落ちていく遼賀の耳元で、泉は囁いた。気がつけば病室にも夕陽が射し込み絨毯にまだら模様がついている。

泉が動くと、部屋を満たすオレンジの空気がさざ波のように淡く揺れた。

第四章

始業チャイムが鳴る五分前に、恭平はグラウンドに出た。今日は走り幅跳びの記録を測るため、集合は砂場前と指示している。砂場はグラウンドの左奥にあるので、出席簿を脇に挟み小走りで駆けていく。

「出欠とるぞ。名前呼ばれたら手を挙げてから返事しろよ」

地面に座る一年三組と四組の男子四十五名を前に、野太い声を出す。高校生ともなると、生徒といえど男子はもう体格が同じだ。少しでも隙を見せると舐めてかかられるので、睨んだままのこの表情が定番になっている。

「浅井《あさい》、井上《いのうえ》、榎本《えのもと》……」

テンポよく名前を呼びながら、緑色に白線が二本入ったジャージのズボンを穿いている生徒ひとりひとりの顔を確認していく。夏休み明けの九月は、生徒たちの気が緩む時期でもある。髪の色が抜けていたり、顔つきが変わっていたり。恭平は普段より慎重に生徒の様子に目を配った。

「……矢本《やもと》、和田《わだ》。欠席は三組の梶谷将介《かじやしようすけ》だけだな」

生徒全員の名前を呼び終えたところで、数名の男子から大爆笑が起こった。何事かと顔を上げると、三組の浅井光也《みつや》が校舎のほうを指さし、腹を抱えて笑い転げている。またこいつか。浅井は入学当初からなにかと目につく生徒で、人を食ったような態度が気になっていた。

「なんじゃ浅井、なにがおかしいんじゃ」

始業チャイムが鳴り始めるのを聞きながら、浅井が指で示す方向に視線を移すと、グラウンドの端から走ってくる男子生徒の姿が見えた。

梶谷将介……。

小柄ながらむっちりと肉のついた梶谷が、首を左右に振りながら駆けてくる。チャイムが鳴り終わると遅刻になるので、遠目にも焦っているのがわかる。

「おまえら、いいかげん黙れよ。こっち向け」

浅井をはじめ、その周りにいる数名の男子はしつこく笑い続けていた。遅刻するまいと必死になって走っている姿が滑稽なのだろうが、それにしても悪ノリしすぎだ。

「おい、おまえらしつこいぞ。こっち向けって言うとるじゃろ」

浅井と、その周りの生徒はサッカー部員だった。この高校は公立ながらサッカーの強豪校で、その部員だというだけで一年でも幅をきかせている。

「何度言えばわかるんじゃ？　いいかげん黙れや」

恭平の注意を無視し、大声で笑い続ける浅井らに向かってさらに大きな声を張った。

「でも先生、見てくださいよ、あのブサ面。本気すぎて怖いって。あいつの鈍足で間に合うわけないのに。きっとあれ、おれらを笑わすためのネタですよ、ネタ。笑ってやんないと」

「おまえには耳がないんか。黙れって言うたら黙れやっ」

恭平は浅井に近づくと、体操着の襟ぐりを摑み無理やり立ち上がらせた。場の空気が急速に冷えていくが、今日に限って昂りを抑えられない。

「おまえ、ええかげんにせえよ。人間の言葉が通じんのか？」

目の端に梶谷を捉えながら、恭平は浅井の顔に自分の顔を近づけていく。体操着の襟ぐりを強く摑んだまま浅井の体を押し出すと、日に焼けた細い首が前後に揺れた。浅井と一緒になって笑っていた生徒たちの強張った顔が、恭平を凝視している。

「浅井、おまえは梶谷の気持ちがわからんのか。無理かもしれん、そう思っても、それでも必死で走る気持ちがわからんのか」

「わかりません。ぼくはいつも余裕なんで」

「そうか、じゃったらおまえは走れんわ」

恭平は拳で胸を押すように、思いきり浅井を突き飛ばす。両手を前に伸ばし、なにかを摑もうとする格好で、浅井が尻から頽《くずお》れた。

「いいか、おまえらもよう聞いとけよ。本気の人間を嘲笑《あざわら》う奴は、そいつ自身、ぎりぎりの時に踏ん張れんってことじゃ。そういう奴は何者にもなれん」

地面に転がったまま体を丸めている浅井を横目に、恭平は声を張った。梶谷はまさか自分のことで浅井が怒鳴られるとは思っていなかったようで、丸い肩をすくめ周囲を窺っている。

「梶谷、おまえは遅刻じゃ」

「……はい」

「浅井、いつまで寝そべっとるんじゃ、立て。授業始めるぞ」

怒りをしずめ恭平は促したが、浅井は横たわったまま起きようとはしない。恭平がもう一度「浅井、立てよ」と声をかければ顔だけ上げて、細く尖った目で恭平を睨みつけてきた。

「なんじゃ？　文句あるんじゃったら言うてみいっ」

体操着の背部分を摑んで引っ張り上げると、恭平を睨みつけていた細長い目に怯《おび》えが浮かぶ。尖った唇が狡猾《こうかつ》な鳥の嘴《くちばし》のようで、

「言いたいことあるんやったら口に出せ」

額と額をくっつけるようにしてすごむと、浅井は目の光を消して俯き、頰に飛んだ唾を拭った。

「これくらいでビビるなら、調子に乗んな」

グラウンドの一角が凍てついていた。生徒たちが息を詰め、恭平を見ている。いつもならたとえ大声を出しても散漫なままの子供たちの目線が、まっすぐこちらに向かっていた。

「よし、いまから走り幅跳びの記録とるぞ。記録を測定するポイントを説明するから、砂場の周りに集まれ」

その場で俯いている浅井を一瞥《いちべつ》した後、恭平は普段通りの調子で生徒たちに向き合う。誰もが従順に恭平の指示に従い、話し声はいっさいしない。

ほとんど誰も言葉を発しないまま、サイレントムービーのような走り幅跳びの記録会が始まった。運動靴が砂を掻く音と、記録を告げる声だけが繰り返される。浅井は、とその姿を探せば、全力ではないにしても真面目に取り組んでいた。浅井の仲間たちも黙々と跳び、記録の測定をしている。むしろ四メートルも跳べない梶谷のほうが、ふざけているかのようだ。

その日の放課後、校長室の黒い革張りのソファに腰掛け、恭平は宮村《みやむら》校長と向き合っていた。部屋のドアは閉じられ、防音設備でもあるかのように八畳ほどの部屋の中は静まり返っている。

「どうしましょうか、笹本先生」

宮村校長が今日何度目かの「どうしましょうか」を口にした。

「どうしましょうかと言われても、私はなんとも答えられませんが」

そして恭平も、さっきから同じ返答を繰り返している。

今朝の一限目、浅井とのやりとりを携帯で録画してSNSに上げた生徒がいたらしい。体育の授業に携帯を持ち込むなど論外だが、スマホ中毒の子供の中にはほんの一時間でも手放せない者もいる。そうした子供は携帯をズボンのポケットにしのばせて体育の授業を受けるのだ。

「これはパワハラだという声も上がっているんですよ」

「その声はどこから上がっているのですか」

宮村校長が口をつぐみ、これみよがしにため息をつく。

同じ高校で働くのは今年で四年目だが、この男はいつもこうだ。細かいことに口出しをしない、教師を信用して任せてくれる——。そういって、この口数の少ない宮村校長を支持する教師も少なくない。でも果たしてそうだろうか。教師の自主性を引き出すために発言を控えているように見せて、本当のところは責任を取ることから逃げているのではないか。時々そう感じることがある。

「さきほども説明しましたように、私は意味もなく浅井という生徒を怒鳴ったのではありません。浅井が私の注意を無視し、授業中であるにもかかわらず爆笑を続けていたからです」

その動画は「なんじゃ？　文句あるんじゃったら言うてみいっ」と恭平が浅井の体操着を摑んで無理に立ち上がらせたところから始まっていた。わずか二十秒ほどのもので、前後の様子はまったく映っていない。

宮村校長はさっきから表情を変えず、センターテーブルの上に置かれた携帯と恭平の顔を交互に見つめていた。

「浅井光也はサッカー部です」

しばらく間を置いた後、宮村校長が再び口を開く。

「そうですね。サッカー部です」

だからなんだというのだ。

「有望選手だと報告を受けています。この夏の大会でも、一年では唯一ベンチ入りした選手だとかで。小倉《おぐら》さんが中学生の頃から目をかけ時間をかけ、あからさまなリクルート活動ができないという公立のハンデを抱えながら、うちの高校に入学させた選手だと聞いていますが」

小倉というのは、サッカー部の外部コーチのことだった。サッカー部以外はすべて校内の教師が指導をしているのだが、サッカー部だけは外部からコーチを雇っている。元Jリーガーとかで、この高校のサッカー部は小倉の王国でもあった。

「だからといって、浅井を特別扱いする必要はまったくないと思いますが」

「そうですね。それもひとつの意見です。でもこの動画を観た人はどう感じるでしょうか」

はっきりとしない宮村校長の物言いに、恭平は苛立《いらだ》った。本当はわかっている。宮村校長は恭平に「やりすぎました」と言わせたいのだ。恭平自らが反省し、浅井に謝罪をするところまでもっていきたいのだろう。そして誰の携帯かは知らないが、この動画を削除させる。そうして事なきを得たいのだということくらい、察していた。

そうはいくか。いくらサッカー部が強豪だといっても、部員が優遇されるなんてことはあり得ない。外部のコーチにうちの生徒の生活指導まで任せるわけにはいかない。

「私は今日の指導に特に問題は感じておりません。校長、そろそろよろしいですか。野球部の練習が始まってますんで」

恭平は憤然とした顔つきで腰を浮かした。いますぐ部活に出て、少し早めに帰宅したかった。いま実家では、遼賀が在宅医療を受けている。

「笹本先生」

「はい？」

「このままこの動画を放置しておくと、後で面倒なことになりませんかね？」

「面倒なことになったらなったで、その時はその時です。もし動画が公になったとしても、私は正々堂々と対応するつもりでおります」

恭平は軽く会釈して静かすぎる校長室を出た。部屋を出るとようやくいろいろな音が耳に入ってきて、気持ちが落ち着いてくる。廊下を歩きながら自分が緊張していたことに気づいたが、怒りのほうが強くていままでわからなかった。

＊

「ただいま」

実家の玄関先で運動靴を脱ぎ、廊下の奥にある居間に向かって声をかけた。遼賀が東京から戻って来て以来、家の中に消毒液の匂いが満ちている。恭平は家に上がるとすぐに洗面所にいき、念入りに両手を洗ってから消毒液を擦り込んでおく。

「おっす」

居間に続くドアを開けると、遼賀は奥の壁に寄せて置かれた介護ベッドで眠っていた。足音を立てないように歩き、部屋の真ん中にあるソファに腰を下ろす。ソファはベッドに対面した位置に母が移動させたので、座りながらベッド上の遼賀と話せるようになっている。

遼賀が東京から岡山の実家に戻ってきたのは先週、八月終わりのことだ。

『岡山に戻ろうかと思ってる』

盆休みの最中に遼賀からそんな電話がかかってきて、定期検査で新たなリンパ節転移が見つかったことも同時に告げられた。今後どうするか、実家に戻ってゆっくり考えたい。そう話す電話口の遼賀は落ち着いていて、むしろ恭平のほうが動揺し、話の途中で何度も何度も声を詰まらせた。

携帯を取り出し、『今日は帰りが遅くなる』と妻の昌美に連絡していると、遼賀が目を覚ました。白のスウェットを着ているせいか、青白い顔がいっそう白く見える。

「来てたのか」

「おお、いま来たとこじゃ。お母さんは？」

「いないんだったら仕事かな」

「そうか。腹減ったから、なんか食わしてもらおうと思っとったんじゃけど」

恭平が言うと、遼賀は、「おまえはいっつも腹すかしてるな。昔から変わらんな」と笑い、ベッドに片手をついてゆっくりと体を起こした。

母不在のわが家はいつも静かに感じる。どれだけテレビの音量を大きくしてもゲームの電子音が鳴っていても、母のいない家はどこかひっそりとしている。生前の父も自分たち兄弟も、家に帰って来て母の姿が見えないと必ず「お母さんは？」と口にするのが常で、それはいまも同じだった。

「今日おれ、校長に呼び出されたんじゃ」

他に話すこともないので、愉快な話でもないが今日一番のニュースを口にする。

「校長に？　なにしたんだ」

案の定、遼賀が身を乗り出し訊いてきた。

「生徒を殴りかけた。襟ぐり摑んで振り回した場面を、別の生徒に撮影されとった」

「あほじゃー」

遼賀が大口を開けて笑ったので、胸に詰まっていた重苦しさが少し軽くなる。

「あほで悪かったな」

「なんでそんなことしたんだよ」

「なんでって……生徒が口頭で注意してもきかなかったから」

「大丈夫なのか、学校。クビになったりしないのか」

「これくらいでクビにはならんわ。殴りそうにはなったけど殴ったわけじゃないし」

「ならいいけど」

遼賀がベッドから下り、ソファの前の座卓に置いてあるノートパソコンを開いた。こんなふうに実家で過ごしていると、ふといまがお盆で、遼賀が帰省でもしているかのように思えてくる。

「なんじゃ、ええ治療法が見つかったか」

背中を丸めてパソコンに向かう遼賀の隣に、恭平は腰を下ろした。

「恭平、これどう思う？　この薬。がんの無限増殖能力を消滅させて、正常細胞に戻す作用があるらしい。スキルス性胃がんにも使ってるそうだ」

遼賀が熱心に検索しているのは、がんを対象としたいわゆる未承認薬だった。遼賀が調べたところアメリカや欧州ではすでに許可がおり、だが日本では未承認のがん治療薬は五十種類以上もあるという。遼賀はそうした未承認の新薬で、自分の胃がんに効果があるものを探していた。

「いまになって出っ歯のおばちゃんに感謝だよ」

キーボードを叩きながら遼賀がにやりと笑う。

「出っ歯のおばちゃんがどうした？」

出っ歯のおばちゃんといえば倉敷《くらしき》に住む母の従姉《いとこ》で、保険会社に勤めている。七十を過ぎたいまも凄腕《すごうで》の生保レディとして働いていて、恭平たちが最後に会ったのは四年前の父の葬式だが、祖母の家には時々顔を出しているらしい。

「出っ歯のおばちゃんの強引な勧誘のおかげで、おれ、就職してすぐにがん保険に入ったんだ。その保険のおかげで、仕事を休んでるいまも経済的にはゆとりがあるから」

「ああ、そうか。そういえばおれも入っとるわ、がん保険。あのおばちゃんの勧誘からは誰も逃れられんからな」

「でもありがたいよ。いまは入ってよかったと思ってる。地獄に出っ歯だ」

再発したからといって諦めたわけではない。一刻も早く仕事に復帰したいんだ。そう話す遼賀の横顔に頷きながら、今朝の一件を思い出していた。遅刻するまいと、懸命に走ってきた梶谷将介のことだ。間に合うわけない。その場にいた誰もがそう思っていた。始業のチャイムはあと数秒で鳴り終わる。なのに集合場所の砂場と梶谷の距離は、五十メートル近く離れていた。

梶谷将介は遅刻だな、あいつの足では間に合わない。本当は恭平も、心の中でそう思っていたのだ。だが梶谷がなりふりかまわず必死になって駆けてくる姿を見ていたら、「走れ」「頑張れ」と応援している自分がいた。なんとかなる。間に合う。諦めるな、と。だからかもしれない。浅井たちの笑い声が癇《かん》に障った。おまえが梶谷だったらどうなんだ？　もしおまえが梶谷の立場だったら、どうにかして間に合いたいと全力で走ってこないか？

笑い転げる浅井の姿を見て、自分の願いをも嘲笑われた気がしたのだ。

自分があんなふうに梶谷を庇《かば》ったのは、浅井に怒りが湧いたのは、懸命に治療に挑む遼賀の姿が頭の中にあったからかもしれない。

パソコンのキーボードを叩く音が部屋に響く中、玄関の呼び出し音が鳴った。顔を上げた遼賀に「おれ出てくるわ」と言い残し、居間を出て玄関のほうへと歩いていく。

「はい」

玄関の引き戸を開けて外をのぞくと、見知らぬ女性が立っていた。年の頃は母と同年代か少し若いくらいか。ずっしりと重そうな黒色のリュックを背負って、登山者のような佇《たたず》まいをしている。

「すみません、母はいま出掛けておりまして」

母の友人と思われる女性に、丁寧に対応する。見慣れない強面の男が出てきたからか、女性は少し驚いた顔で恭平を見上げていた。

「私、訪問看護師の道平《みちひら》です。今日の午後七時の約束で来たんじゃけど」

「あ、そうだったんですか。ありがとうございます。じゃあ中へ」

「あの……あなた、もしかして恭平くん?」

制服らしきエメラルド色のポロシャツにカーキ色のチノパンを合わせたその女性が、人差し指を恭平の鼻の辺りに突き出してきた。

「はい、恭平ですが」

「まあまあ、あらあら、やっぱり。えらい大きくなったんじゃねぇ。そうそう野球、甲子園は残念じゃったけど、でもよう頑張っとった。地方大会の決勝戦には私もマスカットスタジアムまで応援に行ったんじゃよ。そうじゃよね、ここ実家じゃもんね、恭平くんがおってもおかしくないわ」

あまりの勢いに、恭平は思わず半歩後ずさった。誰、なんだ。看護師の知り合いは矢田くらいしか思いつかない。

「あの……」

「私のこと、憶えとらん？　昔、小学校の裏にあるこじま医院で働いとったんよ。子供らにはミッチャンって呼ばれとった」

こじま小児科医院のことはよく知っていた。小学生までは、風邪を引くといつもその医院で甘いシロップの薬をもらって、それがかなり美味しかった。でも目の前に立つ道平のことはすっかり忘れている。

「あ、とにかく上がってください」

「ありがとう」

歩きやすそうな紺色のスニーカーを三和土で脱ぐと、道平が慣れた様子で家に上がった。いや、この家に慣れているというわけではなく、訪問看護師の仕事が長いからだろう。違和感なくその家の空気に溶け込んでいく。

「恭平くんは、いまなにしとるん？」

「地元で体育教師やってます」

「結婚は？　遼賀くんと同じでまだ独身なん」

「いえ、妻と娘が二人おります」

「そう。お父さんやっとるんじゃね」

道平は「手を洗わせてね」と言いながら廊下を進み、洗面所に続くドアの前で立ち止まると、

「それにしても、いまでも遼賀くんとよう似とるわ」

しみじみとした口調で、恭平の顔を眺めてきた。燈子さんがあんたを初めて医院に連れて来た時は、ほんと驚いたんじゃよ。二人があまりに似とるもんじゃから、遼賀くんは双子じゃったん、って訊いたくらいじゃったわ。大人になったいまもやっぱり似とる。

屈託のない道平の笑顔に戸惑っていると、「こんばんは」とドアが開き、中から遼賀が顔を出した。

「あら遼賀くん、起きてたの？　この前は寝とったのに」

「道平さんの声で起こされましたよ。それより、昨日から腰が痛いんですけど」

「腰？　どうしたんじゃろね、ちょっと見せてくれる？」

道平の顔から笑みが消え、恭平と話をしていたことなどすっかり忘れたように看護師の顔になる。遼賀がスウェットのズボンを脱ぎ始めたので、恭平は背を向けて廊下に出

た。そのまま玄関から外に出て庭に回る。

グラウンドの土で汚れた運動靴のつま先を見ながら、ゆっくりと庭を歩いた。そういえば実家の庭を歩くなんて何年ぶりだろうか。敷地はさほど広くもないのだが、祖父が植木職人だったせいか母は庭いじりが好きで、自分たちが小さな頃からうちの庭はいつも色鮮やかな草花でいっぱいになっていた。いまもピンクや白のコスモスが、庭の片隅を明るく照らしている。

「雑草を抜くことと同じじゃよ」

あれは、自分たち兄弟がまだ小学生の頃だったか。母がふとそんな言葉を口にしたのを思い出す。雑草は目についた時に抜いておくのがええ。そうすると庭はいつもきれいなままじゃ。雑草を放っておくと、いつしか庭は草にのみ込まれてしまう。雑草を抜こうという気持ちも萎えていく。雑草が蔓延《はびこ》った庭が当たり前になる。やがて雑草が雑草に見えなくなる。

「毎日を丁寧に生きるというのは、雑草を抜くことと同じじゃよ。雑草はどんな庭にも生える。家庭という庭にも生えるんよ。だからお母さんはこうして毎日雑草を抜いてるの。家族みんなの心に、いつもきれいな庭があるように」

母はどんな時でも一生懸命な人だった。優しい人だった。学生服を作る縫製工場で働きながら家族のために家を整え、どれほど忙しくても自分の手で料理を作ってくれた。

なにひとつ悪さなどしたことがない人なのに、たったひとりの息子ががんになるなんて……。

恭平はその場でしゃがみ込み、土に指をめりこませて雑草の根を引き抜いた。母はいまどんな気持ちでいるのだろう。目についた雑草を抜いているうちに無性に悔しくなってきて、爪の間に土がめりこむのも気にせず、片っ端から引っこ抜いた。なんじゃ。うちの大事な庭に生えてきやがって。ぶちぶちと草がちぎれる音に夢中になり、名前も知らない草を次々に引き抜いていった。

「じゃあまた来週。なにかあったらいつでも連絡ちょうだいね」

玄関のほうから道平の声がしたので、抜き終えた雑草を両手に持ったまま前庭に回った。

「あ、そうじゃ。後であんたらにサプライズがあるから」

チノパンのポケットからバイクの鍵を取り出しながら、道平が恭平と遼賀の顔を交互に見つめてくる。

「なんですか、サプライズって」

遼賀が訊くと、

「言ったらサプライズにならんじゃろう」

とはぐらかされる。

「でもサプライズがあるって教えた時点で、サプライズになりませんよ。なあ恭平」

「びっくりして、その後勇気が出るサプライズじゃよ。じゃあまた来週ね、なにかあったら連絡して」

期待値のハードルをめいっぱい上げ、道平が塀に沿って停めていたバイクに跨《また》がり帰っていく。恭平たちは道路まで出て道平を見送り、バイクが道の角を曲がると同時に目を合わせた。

「おまえ、なにしてんだ？」

「なにって、雑草を抜いとったんじゃけど」

「なんで」

「……別に。目についたから」

訝しげな遼賀の視線から逃れ、手に持っていた雑草を裏のポリバケツに捨てにいった。家に入ると遼賀が白い段ボール箱の中から瓶に入ったジュースを出し、ほらこれ、と恭平に見せてくる。

「あ、それ植草《うえくさ》農園のマスカットジュースか」

植草農園というのは、母の知り合いのぶどう農家だった。母は兄弟のどちらかが風邪を引いたりして学校を休むと、このマスカットジュースを買ってきてくれた。

「うん、この年になってまた植草さんのジュースが飲めるなんて思わなかったわ。ここ十年以上、飲み物っていったらコーヒーかビールと決まっとったから」

台所に戻ると、遼賀が棚からコップを出してきてジュースを注いでいた。ストローでジュースをちびちび吸い上げ、さも美味しそうに飲んでいる。「そうじゃよな」と返し、恭平は冷蔵庫を開けて発泡酒の缶を取り出したが、また元に戻す。遼賀になにかあったら、自分が対処しなくてはいけないのだ。しかもこれから車で自宅まで帰るのだから、飲むわけにはいかない。

遼賀が台所のテーブルの前に座っていたので、恭平もなんとなく椅子に腰掛けた。不思議と子供の時からの自分の場所に座ってしまう。遼賀と恭平は向き合って座り、遼賀は父の隣、恭平は母の隣というのが定位置だった。恭平のほうが手がかかるので、母がその配置にしたらしい。

目の前では遼賀がゆっくりと時間をかけてジュースを飲んでいた。冷たい飲料を飲んだり、一度にたくさんの量を食べることはできなくなったと聞いている。見た目はなにも変わっていないのに、遼賀の胃は三分の一しか残っていない。

話が途切れ、居間にあるテレビでもつけようかと立ち上がると、「腹減ってるならなにか作ろうか」と遼賀が言ってきた。

「おお、頼むわ。昼に弁当食ってからなんも口に入れとらんで」

ジュースを飲み終えた遼賀が立ち上がり、台所に向かう。母がいつも野菜を買い置きしているカゴの中をのぞき、冷蔵庫を開けると、「肉じゃがでいいか」と言ってくる。

「腹が膨れるならなんでも。それよりおまえ、料理できるんか」

「当たり前だ。厨房の人手が足りない時は、おれも手伝ってたんだ」

遼賀は水道で手を洗うと、カゴの中からじゃがいもを取り出し洗い始めた。

「お母さんが帰ってくるまで待っとってもええけど」

病人に料理を作らせることにふと罪悪感をおぼえて言うと、

「疲れて帰ってくるのに、いい年したおっさん二人の飯の支度させるのも悪いだろ。おれはずっと家におるから、これくらいせんと」

と遼賀が首を横に振る。恭平は「そうか」と頷き、ふんふんと鼻歌を歌いながらピーラーを握る遼賀の後ろ姿を眺めていた。

「そういえばおまえ、道平さんのこと憶えとった？　こじま医院にいた看護師じゃって」

道平の話をすると、遼賀はピーラーを持ったまま振り返る。

「いや、最初は気づかんかった」

「じゃよな。おれらがこじま医院に通っとったのって、せいぜい十二歳くらいまでじゃろうが。もう二十年以上前の話じゃ」

なのに向こうが自分を憶えていたことのほうが、奇跡に近い。

「でも言われてみれば、うっすらと記憶には残ってるよ。ミッチャンって呼ばれてた看護師さんがいたような気がする」

「まじか。おれはさっぱりじゃ」

「まあおれのほうがおまえより十一か月早く生まれてるからな。おまえが生まれた日に、おれはもう歩いてたんだぞ。歩くのが早かったらしい」

得意げに言うと、遼賀はあっという間にじゃがいも六個の皮を剝き、器用な手つきで芽を削り取っていく。煮込む前にレンジでチンすれば火の通りがいいのだと、底の深い器に入れてラップをかけている。

「遼賀、おまえは……」

言いかけて、口をつぐむ。

「ん？」

チンと鳴ったレンジから器を取り出していた遼賀が、こっちを振り向く。

「いや、なんでもない」

遼賀、おまえはおれを産んだ人の顔を憶えているのか？

おれより十一か月分長く記憶があるだろう？

そう言おうとして、やめた。この話は二度としない。そう遼賀と決めたから。

「そういや道平さんに、いまでもおれと遼賀がよく似てるって言われたわ」

恭平も台所に立ち、遼賀の隣に並んだ。遼賀は鍋に牛脂を入れ、牛肉を炒めている。肉の色が変わったところでスライスした玉ねぎを投入し、慣れた手つきでかき混ぜていた。油が跳ね、肉汁の匂いが充満する。

「さすがにいまはそんなに似てないだろ。体格が違いすぎるって」

「まあな。顔の造りの話じゃろうけど。それよりいい匂いするなー、腹減ったわ」

鍋の肉を見るふりをして、さりげなく遼賀の横顔に目をやった。コンロの青い炎を見つめる真剣な遼賀の顔つきが、あの日のことを思い出させる。

「おまえはどうしたいんじゃ？」

そう切り出した遼賀はその春十六歳になったばかりで、もちろん恭平も同じ高校一年生だった。恭平と遼賀は自宅の子供部屋で、なぜか正座で向き合っていた。母子手帳を絨毯の上に置いたまま、真剣な表情で顔を見合わせていた。

その母子手帳はうちではなく、母の実家で見つけたものだった。母に頼まれ、仕立て上がった祖父の浴衣《ゆかた》を持って、祖父母の家に立ち寄った時に偶然目にしたのだ。

あの日、恭平は横着して玄関からではなく、裏庭を抜けて祖父母の家に入っていった。蜜柑の樹木の間を縫って母屋に近づいていくと、庭の向こうに祖母の姿が見えた。縁側のある仏間でひとり正座をしている。思わず足を止めたのは、仏壇の前で祖母が泣いていたからだ。

ばあちゃん……？

祖母は小さな本のようなものを両手で胸に押しつけ、正座のまま体を前に傾けていた。

「ばあちゃん」

何度か声をかけたが、耳が遠くなり始めていた祖母の元までは届かない。恭平は蜜柑の樹木の陰から、しばらくじっと、むせび泣きする祖母と立ち上る線香の煙を見つめていた。

そのうち気を取り直すように祖母は割烹着《かっぽうぎ》の袖で目をこすり、ゆっくりと腰を上げた。祖母が仏間から出て行くのと同時に恭平は足音を殺して庭を横切り、縁側に上がって仏間に入り込んだ。

どうしてそんな真似をしてしまったのか……。でもなぜか胸騒ぎがして見過ごすことができなかった。

仏壇の下側にある小さな引き出しをそっと前に引いた。祖母が胸に抱いていたものを、その引き出しの中にしまうのを、恭平は見ていたのだ。

引き出しの中には経典というのだろうか、くねくねとした文字でお経らしきものが書かれた冊子が入っていた。恭平はさらに下を探った。経典の下には箱に入った線香があり、その箱で隠すようにして古びた「母子健康手帳」がしまってあった。

これだ、間違いない。さっきばあちゃんが手にしていたのはこの手帳に違いない。

ためらうことなく手に取り、中を広げた。「笹本恭平」そこには自分の名前があった。

なんじゃ、おれの母子手帳か。体重1890グラム。身長42・0センチ。ボールペンの文字で恭平の誕生時のサイズが記されている。未熟児だったとは聞いていたが、えらく小さい。なんじゃ、ばあちゃんはこんなの見て泣いとったのか。年寄りはどうしようもないな。いまはこんなに大きく育ったってのに。気が抜けていっきに興味がなくなって、そのまま手帳をまた引き出しに戻そうとした時に、ぎくりとした。そう、ぎくり、だ。誰かが自分の頭を摑んで無理やり首を曲げたような、そんな感覚。

母親の名前が、違っていた。

母親の名前は笹本燈子のはずだ。

なのにその手帳には「笹本音燈」と記されていた。

最初はただの書き間違いかと思った。産科医だか助産師だかが、書き違えたのかもしれない、と。だが次々ページを繰っていくうちに、これは「笹本音燈」の記録に間違いないと確信した。笹本音燈という女が男児を産み、育てた記録。バカげているが、最初の数分間はこの世にもうひとり「笹本恭平」という名前の子供がいるのかと思った。笹本音燈という女が産んだ、自分とは別の笹本恭平が。

だが蓋に「笹本音燈」と筆書きされたマッチほどの小箱を見つけた時、すべてが決定的になってしまった。その小さな桐《きり》の箱には乾燥した木の根のようなものが入っていた。箱の中に添えられていた小さな和紙には「長男恭平の臍《へそ》の緒」といまにも消えそうな黒マジックで書かれていた。

祖母には会わず、浴衣を縁側に置き、母子手帳を持って裏庭から祖父母の家を飛び出した。家までの帰り道、恭平は同じ野球部で、学年一成績のいい諸田の家を訪ね、「どうすれば自分の出生がわかるのか」と訊いた。諸田はあっさり「それなら戸籍謄本を見ればいい」と言い、役所で戸籍謄本を取得する方法を調べて紙に書いてくれた。

戸籍には、恭平が笹本音燈の長男であるようなことは記されていなかった。少し……いや、ものすごく安心したものの、また数日後、諸田の家を訪ねていった。そして「たとえばほんとは養子なのに、戸籍にはその事実が残らないようなことはあるのか」と質問した。「どうしたんだ、なにかあったのか」と諸田が心配そうに訊いてきたので、「おれの従兄《いとこ》がいろいろ悩んどって」と誤魔化すと、彼は親切にも弁護士の父親に電話をかけてくれた。諸田と同じくらい親切なその父親は、新しくできた養子縁組の形として「特別養子縁組」という制度があることを教えてくれた。この制度であれば戸籍を一見しただけでは養子とはわからない。ただ昭和六十三年に施行された新しい制度なので適用されている人数は少ない、とも。

「恭平の従兄っていくつなんだ？　おれらは昭和六十二年生まれだから、もしおれらと同じ年か年上だったらぎりぎりその制度は使えないよ。考えすぎだって言ってあげなよ」

と諸田は気を遣ってくれていたが、早生まれの恭平は昭和六十三年の三月生まれだった。

自分は両親の実子ではない。

そう確信した時は体中の力が抜けていくような、足の下にある地面が消えたような、そんな感覚だった。これまで信じていたものすべてが架空に思え、笹本恭平という自分の名前さえ空々しく感じられた。

それから数日後の日曜日、釣りから帰ってきた遼賀に、恭平は祖父母の家から持ち出した母子手帳を見せたのだ。ひとりきりで抱えられるような事実ではなかったから。でもそのことを話す相手は遼賀以外には考えられなかった。

恭平から母子手帳を見せられた遼賀は、しばらく口を閉ざした後、

「おまえはどうしたいんじゃ?」

と訊いてきた。優しい口調だった。

恭平は、「このことはお父さんとお母さんには言いたくない」と答えた。「じいちゃんやばあちゃんにも、自分が母子手帳を見てしまったことを話したくない、いまの、このままの家族でいたい」と。

遼賀は恭平の言葉に頷き、自分もそのほうがいいと思う、と真面目な顔で口にした。それから二人で「もう二度とこの話はしない」と決め、母子手帳を祖父母の家の仏壇の引き出しに戻し、これまでとなにひとつ変わらない暮らしを送ってきたのだ。

ただ、いまの両親が本当の親でないのだとしたら実の親はどこにいるのか。笹本音燈の行方を知りたいという気持ちだけは抑えられず、遼賀にも黙って母方の親戚のもとを訪ねたことがある。保険の外交員をしている母の従姉、出っ歯のおばちゃんが暮らす倉敷にひとりで向かった。頻繁に家を訪ねてくるわりに、母とそう仲がいいわけでもない出っ歯のおばちゃんなら隠さずに話してくれると思い、そしてその勘は当たった。おばちゃんが知っていることはそう多くはなかったけれど、それでも恭平が知りたかったいくつかは教えてくれた。

恭平を産んだ笹本音燈は母の双子の妹で、父親は不明。

笹本音燈という人がもうこの世にいないことを知った時だけ、恭平の目から涙がこぼれた。

「肉じゃができたぞ」

遼賀が鍋をテーブルに運んでいく。

「もうできたのか？　まだ十五分ほどしか経っとらんじゃろ。もっと煮込まんのか」

「これ圧力鍋だから、って知らないよな。圧力鍋を使うと煮込み料理もあっという間にできるんだ」

遼賀が深めの皿に肉じゃがをよそう。甘辛い煮汁の香りがたまらない。

「そんなに食べて大丈夫なのか」

小分けにして食べる、と言ってるわりに遼賀は自分の器にけっこうな量の肉じゃがをよそっていた。じゃがいもはともかく、肉の量が半端ない。恭平より多いくらいだ。

「最近、無性に肉が食いたいんだ。東京の病院で抗がん剤治療してた時は食欲が全然湧かなくてなんも食べられんかった。だけどいまは嘘のように腹が減って、それがなんかありがたいというか」

「まあ、それなら……じゃけど肉を食って食後に痛んだりしないのか」

「少しずつ食うから平気だ。おまえ、永井荷風《ながいかふう》を知ってるか」

「地元の奴？」

「昔の文豪だよ。永井荷風は胃潰瘍が原因で亡くなったらしいんだけど、死ぬ前日に食ったのがカツ丼だったそうだ」

白地の浴衣に痩身《そうしん》を包み、青白い顔をした文豪が死の前日にカツ丼を食べている。そんな光景を頭の中で描いてみる。

「文豪だけあって豪快だな」

「うん。おれも、そういうのがいいなと思ってる。病気だからって病人のように暮らしたくはない」

箸を持つ手を止めて、ほんの数秒、遼賀の顔を見つめた。遼賀は真面目な顔で頷いた後、ふっと肩の力を抜いて頬を緩めた。

「お母さんには、こういうことはなかなか言えない。だから恭平、おまえに頼みたい。難しいかもしれないけど、おれの病気を治るもんだと思っていてほしい。周りにいる人みんながおれに気を遣うんだ。言葉かけひとつにしたってなんにしたって、おれがもう治る見込みのないがん患者だからって丁寧に慎重に。でもそんなふうに気を遣われたら、こっちはどんなふうに振る舞えばいいかわからんようになる。笑われるかもしれないけど、おれはまだ、自分の病気は治ると思ってるんだ。本気で。だから……頼む」

頼む、という遼賀の声が掠れていた。このまま泣き出すのかと息をのんだが、遼賀は目線を下げただけで涙は見せなかった。そういえば父と祖父が亡くなった日以外に、遼賀が泣いたところを見たことがない。

「そんなこと頼まれなくても、おれはおまえが治ると信じとる。おまえ以上にそう思っとる」

「そうか」

「そうじゃ」

それから二人で黙々と肉じゃがを食べ、空になった皿を恭平が流しで洗っているところに電話が鳴った。母からだった。

『あら、恭平来とったの』

「うん。いま遼賀が肉じゃが作ってくれて食べてたところ」

『そう。お母さん、おばあちゃんの家に寄って帰るから、いつもより一時間ほど遅くなるわ』

「わかった。電話、遼賀に代わろうか?」

『うん、お願い』

受話器を渡すと、遼賀と母はしばらく話し込んでいた。なにを話しているのか気になったけれど、きっとたわいもないことなのだろう。遼賀は優しいから、母が悲しみそうなことは口にしない。

「なあ恭平、いまからばあちゃんのとこに連れてってくれないか。おれ、こっちに戻ってからまだ一度もばあちゃんに会ってないんだ」

電話を切ると同時に、遼賀が恭平を振り返る。ばあちゃんちでもどこでも、行きたいなら連れてってやる。そうおおげさに言ってやろうかと思ったけれど、よけいな気遣いはせずに「おお、ええよ」とあっさり返し、ポケットから車の鍵を取り出した。

助手席に遼賀を乗せ、田んぼ沿いの近道を走る。稲刈りを終えた田んぼにはあぜ焼きの黒い灰が残り、どこかで藁《わら》の焦げる匂いがした。外は暗く、目に映るのは彼岸花の濃い赤くらいだ。遼賀は家を出てからずっと無言で、だが気分が悪いというわけでもなさそうで、ただ窓の外を眺めている。なにが入っているのか紺色のトートバッグを大事そうに膝に載せていた。

「やっぱり田舎はいいな」

刈り入れが終わった田んぼに目をやり、遼賀がぼそりと呟く。「低い山がぐるりと町を囲んでるから、なんとなく守られてるような気がする」東京に出てから故郷のどこが好きだったのかがはっきりとわかったと、遼賀が笑う。

「低くても山は怖いぞ。おれはもう二度と山には登りたくないな」

中学の卒業式を目前に控えた二月、父と遼賀と三人で雪山に登った。標高一〇〇〇メートルかそこらの、子供でも余裕で登れる山だった。だがその山で、恭平は遼賀とともに遭難したのだ。幸いテントは持っていた。恭平はまるでだめだったが遼賀が組み立て方を憶えていて、その夜はテント内で過ごした。背と背をぴたりとくっつけ二人でひとつの寝袋に入って。背中に感じられた遼賀の体温は人のエネルギーそのもので、折れそうになっていた気持ちをなんとか奮い立たせてくれた。

「遼賀」

恭平はこれまでずっと訊きたくて、でもどうしても言えなかったことを口にしようとしていた。

「なんだ？」

「ちょっと訊きたいことがあるんじゃ」

いつか訊こうと思っていたが、そのいつかはいましかないような気がしていた。

車は田んぼ沿いの細道から大通りに入る。先に見えているのはグラウンドで、少年野球をしていた時の練習場だった。土日になると自転車に乗ってここに通い、練習後はまっすぐ祖父母の家に向かった。ばあちゃんの作った夕ご飯を食べ、風呂まで入ってほっこりしているところに母が迎えに来る。それがほぼ毎週末のことだった。そういえば祖母はしょっちゅう練習を見に来ていた。やれ麦茶だ、ハチミツ漬けのレモンだとたくさんの差し入れを抱えてやってくる祖母は、いつしか名物ばあちゃんとして児島ファイターズのマスコット的な存在になっていたっけ。

「ばあちゃん、いつもあの辺に座ってたな」

同じことを思い出していたのか、遼賀がフェンスの外側にある木製のベンチを指さす。水道のすぐ隣のベンチが祖母のお気に入りだった。

「座っとった。あそこが定位置じゃったな」

恭平はアクセルから足を離し、スピードを落とす。後続車がいないので、時速二十キロの徐行でグラウンドのわきを通り過ぎていく。もう時間が遅いからか、グラウンドに人影はない。

「なあ遼賀。おまえが高校で野球をやめたのは、足のせいか？　足の指を怪我したから……」

雪山で遭難した時に、遼賀の足は凍傷になった。切断は免れたが足の指は蠟《ろう》のように白く変色し、変形もしていた。遼賀がそうなったのは自分のせいだ。恭平が不注意で登山靴を濡らしてしまい、遼賀が自分のものと取り換えてくれたからだ。恭平が高校や大学で野球を続けられたのも、体育教師になれたのも、あの日遼賀が自分を助けてくれたからだった。

「いや。野球はもういい、そう思ったからやめただけだ。怪我をしようとすまいと、高校で野球を続ける気はなかったよ。……もしかしておまえの訊きたいことって、そのこと？」

本心を隠しているふうでもなく遼賀が答える。たいして上手《うま》くもなかったし、と笑っている。

「ごめんな。足のこと、本当はずっと気になっとったのに、おれちゃんと謝ってなくて」

「そんな謝ることじゃないって」

遭難した日からずっと言えなかった「ごめん」を、二十年近い歳月を経てようやく口にできた。

道路は山の麓《ふもと》へと続いていた。すぐ近くに川があり、流れに沿って西に進めば鬱蒼《うっそう》と茂る雑木林が見えてくる。遼賀は窓を開け、畝《うね》の端の焚火に目をやりながら鼻歌を歌っていた。久々の外出なのだろう、楽しそうにしている。時々はこうして外に連れ出してやらないとな、と恭平は運転席側の窓も開け風を通した。

「匂いがいいな」

「ただの土の匂いじゃ。あと、あぜ焼きの匂いか」

「心が落ち着くよ」

遼賀がそう言うので、恭平はさらにスピードを落とし遊園地のゴーカートのような速度で山間《やまあい》の道を走った。機嫌のいい声を聞いていると、本当に、遼賀が病気だということを忘れてしまいそうだ。でもこうして二人で過ごす時間ができたのは遼賀が病気になったからで、もしこれまで通りなら昔のことを謝罪する機会なんて、一生訪れなかったかもしれない。

父と母が本当の親でないとわかった高校一年の夏を境に、自分は変わった。簡単に言えば両親への感謝が増した。母とは少し血が繋がっている。じいちゃんとばあちゃんにとっても、自分は血の繋がった孫だ。でも父と血の繋がりはない。父の遺伝子を自分はなにひとつ受け継いでいない。子供の頃から父は優しい人だったけれど、事実を知った後は人間としての器の大きさを知った。

自分を育ててくれた両親のために、いい息子になろう。

夏休みの間中悩み、ひたすら考え、そしてそんな結論を出した。でもなにをどうすればいいかわからないので、これまで以上に野球に打ち込んだ。自分にできることがそれしかなかったのだ。この子を引き取ってよかった、育ててよかったと思ってもらえるように頑張るしかない。

それまでも努力はしていたが、この一件があってからは「野球バカ」と周りが呆れるくらい毎日練習に明け暮れた。楽しいとか、勝ちたいとか、甲子園に行きたいとか、もうそういうことではなくて、ただ自分の価値は野球にしかないと思い込んでいた。

幸運だったのは努力すればするほど、結果がついてきたことだ。二年の秋季大会で県優勝を遂げた時は甲子園が夢物語ではなくなっていた。両肩にかかる期待の重さはそのまま自分自身の価値のように思え、いっそう努力を続けた。

父も母も公式戦はもちろん、練習試合まで応援に来てくれた。両親に褒められると息子であることを認められたような気がして、嬉しくて、遼賀との差を少し埋められた気がした。遼賀はいつも自分を応援してくれていたのに、この頃の恭平は両親の目を自分に向けることばかり考えていた。

でも大人になり、自分もまた二人の娘を持つ親になってふと思うことがある。両親は本当に、心の底から恭平の活躍を喜んでくれていたのだろうか。恭平に光が当たれば当たるほど遼賀の存在は影に追いやられ、そんな息子を不憫《ふびん》に思ったりはしなかったのだろうか、と。

雑木林を抜けた先に祖母の家の竹垣が見えてきた。この竹垣は植木職人だった祖父が自ら造ったもので、正式には建仁寺垣《けんにんじがき》というらしい。

「久しぶりだな、じいちゃんと、ばあちゃんの家。あの垣根、懐かしー」

遼賀が窓から顔をのぞかせ、はしゃいだ声を出す。

「ああ。じいちゃん手製のやつな」

「おまえ憶えてるか？　あの建仁寺垣、完成までめちゃくちゃ時間がかかったんだ。竹を四つ割りにして隙間ができないように並べて、シュロ縄で括《くく》りつけて。おれは『正面だけにしたら』って言ったのに、じいちゃんが家の周り全部を囲うって頑《かたく》なに言い張って」

そういえばこの竹垣造りを、遼賀が手伝っていたような気がする。気がする、というのははっきりとは憶えていないからだ。自分の高校生活は野球ばかりで、正直それ以外の出来事はほとんど記憶に留まっていない。朝起きて朝練に行き、授業中は睡眠を確保、放課後はまた練習。家に帰ってからはランニングに出ていたので、家族がなにをしているのかすら知らない日々だった。

垣根に沿って車を停め、降りようとすると、「いまならわかるな」と遼賀が呟いた。聞こえるか聞こえないかの小さな声だったので独り言かとも思ったけれど、「なにが」と振り返る。

「じいちゃん、この垣根を造った翌月に死んだだろ」

「そうじゃったっけ」

「うん。完成したのは二〇〇五年の九月の十三日だ。それでじいちゃんが亡くなったのがその翌月の十月十五日で、おれらが高三の時」

「よう憶えとるなあ」

「じいちゃん、自分がもうすぐ死ぬことがわかってたんだ。だからあんなに急いでた」

竹材を扱う知り合いに連絡を取って竹を購入したのが七月。それから真夏の暑さの中で作業に没頭し、二か月かけて完成させた。夏休みだから自分も少しは手伝ったが、それでもじいちゃんの半分も働いていないと遼賀が垣根に視線を添わせる。

「でもじいちゃんの死因って心筋梗塞じゃろが。それって突然なるもんやないん?」

「じいちゃんは二度目だったからな」

「そうだったか?」

「その年の春にも心筋梗塞の軽いやつ、起こしてただろ」

「でもその時は治ったじゃろ」

「いや。命を取りとめても、それは治ったわけじゃないんだ。病院の看護師さんが言ってた。一度心筋梗塞を起こした人が再発したら、次はたいていだめなんだって。じいちゃん、それを知ってて急いだのかもしれない」

「それがなんで垣根なんじゃ？　死期に気づいとったなら、もっと、ほら、ばあちゃんと温泉旅行に行ったり、母ちゃんを連れて好きな寺社巡りをしたり、そういうことをして過ごすじゃろ。なにも建仁寺垣なんて造らんでも」

言いながら、恭平は祖父の日焼けした顔を思い出していた。機嫌の良し悪《あ》しに関係なく眉間に皺が刻まれ、いつも怒ったような表情をしている人だった。なにかを訊ねても素っ気ない言葉しか返ってこず、いたずらをすると容赦なく叱られた。だから正直なところ自分は祖父のことを祖母ほど好きではなかった。

「この竹垣はじいちゃんそのものだ」

ゆっくり時間をかけて車から降りると、遼賀は竹垣に手を置いてしばらくじっと佇んでいた。「自分がじきにこの世からいなくなるとわかっていて、それでこの頑丈な垣根を造った。これからも生きていくばあちゃんを守るために」

いまやっとじいちゃんの気持ちがわかった、と遼賀は頷き、竹垣を撫でた。恭平は遼賀の背中越しに、祖父の最後の仕事を見つめる。

祖父が二度目の心筋梗塞で倒れた日、恭平と遼賀は高校から直接病院に駆けつけたのだ。病院は学校から徒歩で二十分ほどの場所にあったので、同じように先生から呼び出しを受けた遼賀とともに走って行った。一度も休まず走り続け、遼賀は顎を上げて苦しそうな顔をしながらそれでも遅れずについてきていた。

「じいちゃんっ」

息をきらし個室に飛び込んだ時、幸運なことに祖父にはまだ意識があった。

「じいちゃん、だめじゃ。ばあちゃんを置いていったらだめじゃっ」

遼賀が叫ぶと、祖父の顎が微かに動いた。母が落ち着いた手つきで酸素マスクを外し、

「お父さん、遼賀と恭平が来ましたよ。兄弟二人が揃ってますよ」

と祖父の耳元で囁いた。

最後の力を振り絞ったのだろう。祖父が苦しそうに口を開き、「……ょう」と呼んだ。祖父は小さな頃から恭平を「きょう」、遼賀を「りょう」と呼んでいた。どちらが呼ばれたのか定かではなかったが、遼賀が先にベッドに駆け寄り、

「なんじゃ、じいちゃん」

手を握り、自分の耳を祖父の唇に近づけた。祖父が遼賀の耳元で言葉を告げるのを、恭平は少し離れた場所から眺めていた。

「なあ遼賀」

竹垣に手を添わせたまま玄関へと歩いていく遼賀の背中に、声をかける。

「なんだ」

「あの時じいちゃん、おまえになに言うとったん？」

「あの時って？」

「じいちゃんが息を引き取る時、おまえにもなにか言うたじゃろ。じいちゃん、おれとおまえと別々に最期の言葉を遺《のこ》したんじゃ」

「なんだよ、そんな昔の話。もう十六年も前のことだろ」

竹と竹を結んでいるシュロ縄が緩んでいたのか、遼賀がきつく結び直す。筋力が落ちているのだろう。縄を括るだけなのに奥歯を嚙み締め力を出している。でも恭平は手を出さなかった。この竹垣は遼賀と祖父で造ったものだ。

「教えてくれよ、じいちゃんの最期の言葉」

「お礼を言われただけだよ、垣根造りを手伝った……」

垣根ができるまで祖父母の家の周りに塀はなく、蜜柑の木が目隠し代わりに植えてあるだけだった。だから野良猫が入ってきたり、台風の時にはどこからかゴミ箱やビニールハウスの屋根などが飛んできたりして庭を汚したのだ。祖父はそれがずっと気がかりだったのだという。

「あと、頼むって」

「頼む？　なにを？」

「おまえのことだ。じいちゃん、おまえのこと最期まで心配してた。おまえはじいちゃんに似て気性の荒いところがあるからって」

紺色の上っ張りを羽織って、縁側で道具の手入れをしていた祖父を思い出す。無愛想で頑固で短気で。でも時々とても悲しそうな目をして自分を見ていた。恭平の中に亡くなった娘の面影を探していたのだろうか。そんな祖父が自分に遺した最期の言葉は「お父さんとお母さんに感謝しろ」だった。

遼賀の隣に並んで垣根に沿って歩いていると、玄関先に人が出てくるのが見えた。会うたびに縮んでいく祖母の富が、泣きそうな顔をして立っている。

「遼ちゃん……」

富がおぼつかない足取りで遼賀に近づいていく。そしてそのまま寄りかかるようにして、遼賀の体に腕を回す。

「遼ちゃん、遼ちゃん、ああ……遼ちゃん」

「ばあちゃん、泣かなくていいよ。おれは元気だから。ばあちゃん、家の中に入ろう、土産があるんだ」

仏壇の祖父の写真に手を合わせた後、遼賀は祖母と向き合って話し始めた。トートバッグに入れて持ってきたのは土産の絵ろうそくで、職場の従業員たちと福島県の会津《あいづ》に旅行へ行った時に買っておいたのだという。「一本ずつ手作業で絵が描いてあるんだ」「こっちは桔梗《ききょう》でこっちは桜」祖母は絵ろうそくの絵柄の説明をする遼賀の顔を嬉しそうに見つめながら、短く刈った髪に触れ、「野球やっとった頃みたいじゃねぇ」と笑っていた。楽しげな二人を仏間に残し、恭平は母のいる居間に移る。

「恭平、ありがとうね。遼賀を連れて来てくれて」

テーブルの前に腰掛けていた母が足音に気がつき、顔を上げる。

「ああ」

言いながら母の向かい側の椅子に座った。母は老眼鏡をかけ、一心になにかの本を読んでいた。手を伸ばして本の表紙を見ると、がんの食事療法に関するものだった。このところ母はこの手の本ばかり買っている。

「そうじゃ、今日、道平さんとかいう看護師さんが家に来た」

ページを繰っていた母の手が止まり、細い首筋に力がこもった。

「道平さん、そういえば今日来てくださる日じゃったね。あんた会ったの？　なんか言ってらした？」

「いや、なにも。おれとは挨拶しただけじゃ」

「そう……」

　母が肩の力を抜きまた視線を本に戻したのを見て、恭平はテーブルの上に置いてあった煎餅に手を伸ばした。気詰まりな沈黙を消したくて、大きな音を立てて煎餅を嚙みしだく。

「ああ、でもサプライズがどうとか」

「サプライズてなに？」

「驚かせるって意味じゃ。道平さんが後でおれたちを驚かせるって言ってた」

「驚かせる……なんじゃろ」

「さあ、おれにはさっぱり」

　母と一緒に首を傾げていると、携帯の着信音が鳴った。着信音は自分のスポーツバッグから聞こえてくる。

　画面を見て一瞬固まる。サプライズだ。それもかなり悪いやつ。

「高校からじゃ」

　心配そうに恭平を見つめてきた母にそれだけを言い残し、廊下に出た。担任を持ってるクラスの生徒が補導でもされたか。もしくは野球部の部員が……。いや違う。おそらく今朝の浅井の件だろう。

「はい、笹本です」

　と畏《かしこ》まった声を出すと、電話の向こうで宮村校長が耳障りな甲高い声で「困ったことになりました」と話し始める。宮村校長がいまからすぐに学校に来るようにと言ってきたので、ほんの少し間を取ってから「わかりました」と返し、すぐさま居間に戻った。

母に「ちょっと高校まで行ってくる。また戻ってくるから待っとって」とだけ告げ、携帯と車の鍵を持って足早に玄関に向かっていると、仏間のほうから祖母と遼賀の和やかな話し声が流れてきた。


校長室のドアを開けると、数時間前に自分が腰掛けていたソファには、すでに人が座っていた。

「お待たせしてすみません。笹本です」

電話を受けてから十分ほどしか経っていないが、待たせたことに違いはない。恭平は腰を折って挨拶をする。

「笹本先生。こちらに」

宮村校長が、自分の隣の席に恭平を促す。

ひとり掛けのソファに腰を下ろしながら、目の前に座る浅井光也の顔を正面から見つめる。両親と思われる男女が、浅井の両隣に座っていた。父親は仕事帰りなのかスーツを着てネクタイを締め、母親のほうも勤めをしているのかグレーのパンツスーツといった服装をしている。

「いや、話というのは今日の一限の授業の件なんですが……。笹本先生の浅井光也くんへの行為ですが、あれは体罰ではないかと親御さんからご指摘がありまして」

恭平はすぐさま事情を把握した。今朝のことを浅井が両親に話したのだろう。

「今朝のことは、指導の範疇《はんちゅう》だと思ってます」

指導という言葉を口にしたと同時に、俯いていた浅井が反抗的な目を恭平に向け、両親が怒りと呆れが入り混じった表情を作る。

「あれが指導だって？　岡山の高校はあんな指導をするのか？　光也、地面に叩きつけられてたぞ。こっちは動画を見て言ってるんだ。あれは指導でもなんでもない、体罰だ、暴力だろう」

父親のほうが立ち上がり、恭平を指さしていきなり怒鳴ってきた。

「その動画は私も見ましたが、映像の前の出来事は映ってませんでした。浅井くんは、ある生徒が本気で走ってくる姿を肴《さかな》に嗤《わら》っていました。私は嗤うのをやめろと注意しました。授業も始まっとりましたし。でも浅井くんはやめず、周囲を巻き込んでひとりの生徒を攻撃しとりました。何度も口で制止しましたが、結局はやめませんでした。それで、動画で見てくださったような状況になったというわけです。なあ、そうだよな、浅井」

静かな声で浅井に問いかける。浅井は恭平から目を逸らし、ローテーブルの端のほうに視線を移した。

「でもあれは行き過ぎでしょう？　光也、ひどく怖がってたわ。口だけの注意ならまだしも、生徒の体に触れるといったあなたの行為は明らかにハラスメントでしょう。誰に聞いてもそうジャッジするわよ」

　母親のヘアピンのように細い目が息子そっくりで、一瞬浅井本人と話しているような錯覚に陥る。

「そうでもしないと、息子さんが私の注意に気づかなかったからです。言葉だけでは足りなかったからです」

「でも教師ならもっと違うやり方があるでしょう？」

「教師だから、あの程度でやめておいたんです。ご両親の頭の中から大事なことが抜けとります。浅井くんはなんの罪もない同級生をバカにして嗤っとった。嗤われた生徒は悔しかったでしょうし、悲しかったでしょう。ご両親がさきほど口にされた、怖いという感情もあったかもしれません。人の気持ちを傷つけるという一種の暴力行為を、浅井くんがやっていた。だから私はそのことに気づかせた。これは指導です」

　いつもの自分なら、ここまで歯向かわなかったかもしれない。もっと早い段階で諦め、両親に謝罪をして浅井にも「やりすぎた」と頭を下げて騒ぎをおさめていたに違いない。そうする理由は、ただ面倒だからだ。わが子の非をこれっぽっちも疑わない親は、なに分を言っても納得などしない。教師も十二年目ともなれば、諦め時もわかってくる。自分には妻や娘がいる。家族との生活を守るためなら頭を下げることくらいなんでもない。だが今日はそう簡単に浅井を許すわけにはいかない、と思っている自分がいた。人の本気を嘲笑う奴に、頭を下げることはできない。

「浅井がこのままの性根で社会に出たならもっと酷《ひど》いことになりますよ。自分に非があるにもかかわらず、そのことを上司に叱責されたら、そこでもまたパワハラだと訴えるんですか。悪いのは自分だ、だから叱られて当然だ。そういう思考を身につけないまま社会に出たら、泣きをみるのは浅井自身ですよ」

世の中には自分の非を認めない人間が多すぎる。自分に不利なことが生じれば、すぐ他人のせいにする。「怖かった」「傷ついた」と訴えれば誰でも被害者の顔になる。

「プロ野球の選手がヒットを打てなくなったら、投手が球を投げられなくなったら、引退しますよ。職人が良いものを作れなくなったら誰も必要としない。医師が病気を診られなくなったら、もう患者の前に立ってほしくないと思いませんか。教師はどうなんでしょうか。教師は人を育てるのが仕事です。教師が生徒を本気で指導しなくなったら、教師をやってる意味がありません。授業だけこなす教師など、教師じゃない。私はそう思っとります」

この職業に就いて一番驚いたのは、生徒をバカにしている教師が存在するということだった。ある高校に赴任した時、定期テストの出来が悪いことを嘆いていると「これがうちのレベルだから」と鼻で笑われたことがある。「勉強も運動もできない、いわゆる底辺の十五歳を両手で掬い集めた場所がここですよ。笹本先生はうちの高校の偏差値を知ってるんですか。十五年間もなんの努力もせずに生きてきた子供を、いまさらどうにもできませんよ」と言われて愕然《がくぜん》とした。

五十代後半のその男性教師は、言葉を失くしている恭平に、ご丁寧にも「ほら」と昨年の進路状況一覧を持ってきて見せた。見せたというより、恭平の机の上に放り投げた。学年で最も成績の良かった女子の進路先を指さし、「学年トップの進学先がこの大学です。お粗末なもんでしょ」とにやにやしていた。スポーツ推薦で大学に進む生徒もいなかったので、たしかにその高校の進路実績は優秀な中学生が入学したいと思うようなものではなかった。「うちの高校の生徒たちは無気力な奴ばっかじゃから」とその教師は言い捨てた。生徒のやる気がないから、教師もその程度の仕事量でいいのだとも。

まだ二十代だった恭平は、その時はなにも言い返さなかった。反論してもしかたがないことだし、目の前の教師が心底鬱陶しくて一刻も早くその場から立ち去りたかったからだ。だがいまなら「おまえこそ底辺じゃ」と一喝するだろう。やる気のない生徒を頑張らせるのが教師だろうが、と。その教師は三年生を担任していたが、春休みに入ると一度も学校に姿を見せなかった。合格発表を待つ生徒や、受験した大学がすべて不合格になり途方に暮れている生徒がまだいたというのに。

「笹本先生、とりあえず謝罪を」

黙り込む恭平に宮村校長が耳打ちしてきた。保護者のクレームはそのまま受け止め謝罪をする。そんなマニュアルがあったような気もする。だが恭平は宮村校長の言葉を無視した。

「浅井、おまえは自分の態度について、どう思っとる？」

恭平は、俯く浅井に言葉をかけた。

「おい、そういうのが、ハラスメントだと言ってるんだ。『おまえはどう思う』と訊きながら、もし反論めいたことを言えばまたやり返すんだろう。こういうやり方を、田舎の体育教師はするんだ。この高校は時代と逆行してる、もう話にならない。もっと上の人間、県の教育委員会に話を持っていく」

父親がまず部屋を出て行き、母親と浅井が数秒遅れて腰を浮かした。田舎と言うところを見れば、おそらく地元の人間ではないのだろう。転勤かなにかでこっちに来たのか。浅井たちが校長室を出て行くのを、恭平はソファに腰掛けたまま横目で見ていた。無意識に大きなため息が出て、それが聞こえたのか浅井がちらりと振り返った。余裕のある勝ち誇った表情だった。

教師だからといって、すべての生徒と心を通わせることなどできやしない。顧問をしている野球部の部員でさえも、全員が恭平を慕っているわけではない。顧問のやり方が気にくわない。顧問と合わない。そんな理由でやめていく人間は一定数いる。

浅井一家の後を追って宮村校長が部屋を出て行くと、恭平はソファの背もたれに体重をかけた。ふうっともう一度深く息を吐き、携帯を手に取る。宮村校長がいつ戻ってくるかわからないので、時間潰しに「永井荷風」と検索してみた。遼賀の言ってた通り有名な作家らしく、検索結果がたくさん出てきたが、死の前日にカツ丼を食べたというエピソードは見つからなかった。それにしてもずいぶん自由気ままに生きてきた作家じゃな。いや、これこそ文豪なのか。作家の略歴や『あめりか物語』『ふらんす物語』『濹東《ぼくとう》綺譚《きだん》』といった著作名をぼんやり目で追っていると亡くなった年に目がいった。享年七十九歳。なんじゃ、と思う。この時代なら大往生だ。なんだか裏切られたような気分になり画面を閉じた。

「ただいま。悪い、遅くなった」

祖母の家に戻れたのは午後九時を過ぎてからだった。浅井の家族を追っていった宮村校長が戻ってきたのはあれから三十分近く後のことで、校長が部屋に入ってきた時、恭平はタイミング悪く居眠りしていた。朝からずっと動き続けているのだ、居眠りくらいするだろう。

「笹本先生、しばらく自宅待機でお願いします」

校長は無表情のまま、それだけを恭平に告げてきた。自宅待機には謹慎の意味が含まれていることくらい承知している。

「わかりました」

恭平もそれ以外はなにも言わなかった。言い訳も反論も無駄だと思っていた。おそらく職員会議かなにかで話し合いをもち、浅井の両親の出方を見て、恭平の処分を決めるのだろう。少なくとも恭平が胸を張って訴えた「教師としてやるべきことをやった」という主張を校長はまったく受け入れていない。

台所から笑い声が聞こえてきたので入っていくと、遼賀と祖母と母がテーブルの前に座っていた。見ると祖母が作ったママカリの甘露煮を食べている。

「学校からの呼び出しって、大丈夫なのか」

草食動物のように奥歯を擦り合わせ、慎重に咀嚼《そしゃく》しながら遼賀が訊いてくる。

「平気平気、せわーねー」

自宅待機という名の謹慎になったことは、後で遼賀にだけこっそり伝えようと思う。いまここで口にすれば母と祖母が「すぐ謝りに行け」と騒ぎ出すのが目に見えている。

「それより遼賀、おまえ、ママカリなんか食って平気なのか。消化に悪いだろ」

「大丈夫だよ。ばあちゃんの甘露煮はとろとろだし」

じゃあおれも、と恭平はひとつだけ空いていた席に座った。祖父の定位置だった場所に腰掛けると、不思議とぐっと年を取ったような気になる。祖父はここからこんなふうにして娘や、孫のおれたちを眺めていたのだ。娘や孫たちが自分の家で食事をし、笑っている姿を見て過ごす時間は幸せだったに違いない。祖父の人生はいいものだったのだなと、いまさら思う。

そろそろ帰ろうか、という頃になると、「泊まりんせい」と祖母の口癖が出た。自分たちが小さい頃、母は毎日のように兄弟を祖母に預けていたが、夜には必ず家に連れ帰った。それは母なりの線引きだったようで、祖父は黙って玄関先まで見送りに来るのだが、祖母はいつも別れを寂しがった。明日また会えるのに、「泊まりんせい」と言って引き留めるのだ。

「明日は朝から仕事があるから無理じゃよ。恭平も、昌美さんが待っとるし」

やんわりと断る母の言葉も、だいたい昔と同じだ。祖母がまるで今生の別れのような表情をするのも変わらなくて、恭平は時間が巻き戻ったような気持ちになる。

「ばあちゃん、また来るよ」

祖母にもらった甘露煮の容器を胸の前で抱え、遼賀が笑う。

「遼ちゃん」

祖母が目いっぱいに涙を溜めて、一歩、二歩と前に出てきた。手を伸ばして遼賀に触れようとする。遼賀が容器を廊下に置いて、笑いながら両手を伸ばし、祖母の手を摑んだ。

「ばあちゃん、また来るから」

遼賀がもう一度そう口にすると、祖母はこっくりと頷き、「明日おいで」と遼賀の手を力いっぱい握りしめた。


遼賀と母を実家に送る途中、車の中では母ばかりが話していた。珍しいことではない。家族四人でいた時から、会話の八割は母が占めていたから。話の内容はほとんどが工場での出来事で、「今日は地元の小学生の社会見学があって、お母さんが案内役をしたんじゃ」というほのぼの系から、「研修でやって来た女の子が夜逃げした」というキナ臭いもの、「工場長と縫い子さんが不倫してて」というスキャンダルまでバラエティに富んでいた。

だが今日はずっと、祖母のことを話している。

「おばあちゃん、施設に入るってきかんのじゃ。ヘルパーさんに週四で来てもらっとるし、私もほぼ毎日通ってるからこのまま家におっても問題ないじゃろって言っても、施設に入れてくれの一点ばりで。遼賀にも説得してもらったんじゃけど、なかなか頑固で……。どうしたもんじゃろうなぁ」

施設の話は、父が入院した時にも出たことがある。だが祖母は家から離れたくないと頑なに突っぱねたのだ。そして母もその気持ちを受け止め、精一杯の介護を今日まで続けてきた。

母の話が途切れたところで、遼賀が疲れているかもしれないと思いラジオをつけた。ラジオから落ち着いたクラシック音楽が流れてくると母は小さく息をついた後、口を閉ざした。

雑木林の中を、車のライトだけを頼りに進んでいく。遼賀は黙ったまま窓を開け、秋の風を吸い込んでいる。

実家に着くと、先に車から降りて遼賀に手を貸した。暗がりで顔色までわからなかったが、遼賀は疲れた様子でシートにもたれかかっていた。祖母の前だから無理して元気に振る舞っていたのだろう。

「よいしょっと」

声をかけ遼賀を助手席から立ち上がらせると、思った以上に足に力が入っておらず、その場でよろめいた。恭平はとっさに遼賀の脇を抱き、その左腕を自分の肩に回して体重を預けさせる。

「悪いな……」

「気にすんな。歩けないならおぶってやる」

小さな一軒家なので、門柱から玄関ドアまでほんの数メートルしかない。背負っても歩ける。だが遼賀は首を振り、小さな歩幅で玄関までの前庭を歩いた。雑草を抜いておいてよかった。この感じなら小さなものにでも躓いてしまいそうだ。

母が先回りして玄関のドアを開けていた。不安そうにこっちを見たので、「道平さんに連絡しようか」と訊いてみる。だが遼賀が「横になってればじき戻るから」と言ったので、そのまま居間のベッドに連れていった。

そろそろ自宅に帰らなくてはと思いながらもなかなか実家を出られずにいると、玄関の呼び出し音が鳴った。時刻は十時を過ぎている。こんな時間に誰だろう。ほんの一瞬、宮村校長の顔が頭の中をよぎったが、あの男が来るとしたら恭平の自宅のほうだろう。まさか実家に来るわけはない。

「おれ出てくるわ」

居間のソファに座って遼賀を見守っている母を振り返り、部屋を出た。やっぱり道平に連絡を取ったほうがいいかもしれない。ベッドに横になってもまだ遼賀は浅い呼吸を繰り返している。

「はい、どちらさ――」

玄関の引き戸を開けるとエメラルド色のポロシャツに、大きな黒いリュックを背負った、よく知った顔が月明かりに照らされていた。恭平は言葉を失くし、口を開けたまま夜遅くに現れた突然の訪問者に向き合う。

「遅い時間にごめんね。挨拶だけでもと思って」

「お……おまえ……。なんでおるんじゃ」

「なんでって道平さんから聞いてない？　私が次回から遼賀くんの担当になるんだよ」

肩に掛けていたリュックを足元に下ろすと、矢田がリュックのポケットから手のひらサイズの名刺入れを取り出した。暗がりの下、慣れない手つきで名刺を差し出し、「これからよろしくお願いします」と律儀に頭を下げてくる。名刺には『訪問看護師　矢田泉』と印刷されていた。

「でもおまえ、東京の病院は？」

「八月いっぱいで退職してきた。そうそう恭平くん、退職金、いくら出たか教えてあげようか。二十五万じゃよ、二十五万。十二年間働いてたったそれだけ。後悔ないわー」

岡山駅の近くにマンションを借り、三日前に引っ越しを済ませたのだと矢田が笑う。

「こっちで暮らすことにしたんか」

「うん。遼賀くんのことが気になってたし、ちょうどいい機会だと思って帰ってきたの。私も新しいこと始めてみようと思って」

これが道平の言ってた「びっくりして、その後勇気が出る」サプライズか。ほんまじや道平さん、ものすごい勇気、湧いてきた。恭平は、自信に満ちた表情で立つ、かつての同級生の顔を頼もしく見つめた。

「逵賀くんにも挨拶していいかな」

「あ、ああ……ちょうどいま逵賀、具合悪うなって。とにかく中に入ってくれよ」

「そうなの？　じゃあちょっと上がらせてもらうね」

おじゃましまーす、とよく通る声が薄暗い廊下に響く。

玄関の鍵を閉め直して振り向くと、ちょうど矢田が居間に続くドアを開けているところだった。居間のほうから母と逵賀の驚く声が響いてくる。

蛍光灯の白い光が、恭平の立つ場所にまで細長く届いていた。

第五章

高那裕也が岡山の実家に突然現れたのは、二月の半ばを過ぎた頃のことだった。

「すみません、こちら笹本遼賀さんのお宅ですか」

玄関先で叫ぶ男の声が聞こえ、介護ベッドから這《は》い出て行くと、髪をこざっぱりと切った高那がにこやかな笑みをたたえて立っていた。

「あ、店長！」

目が合うと、高那がその場で背筋を伸ばす。久々に「店長」などと呼ばれたものだから、遼賀はどんな顔をしていいのかわからなくなる。

「すみません、どこに呼び鈴があるかわからなくて。おれ、あんま、こういう一軒家に慣れてないから」

「いや、うちのはわかりにくいから。それより、どうした突然」

治療のために休職した後も高那とは時々連絡を取っていたのだが、昨年の八月に実家に戻ってからは音信不通になっていた。「実家に帰ることにした」という連絡をして、たしかその時に実家の住所を教えてはいたが、自分たちは店長とアルバイトという関係だったので、そこで連絡が途絶えてもおかしくないと思っていたのだ。

「まあ上がれよ。ごちゃごちゃしてるけど」

「すみません、急に。実はおれ、誰よりも先に店長に伝えたいことがあって。あ、これ土産です。店長の好きな東京ばな奈。ベタですけど」

ありがとう、と高那から紙袋を受け取り居間に通す。いま家には遼賀しかいないが、あと一時間もすれば母が仕事から戻ってくるはずだ。

高那をソファに座るよう促すと、遼賀は台所に立って湯を沸かした。

「ところで店長、体調はどうなんですか」

高那は遼賀の体調不良にいち早く気づき、病院へ行くように勧めてくれた恩人だった。胃がんが見つかったことも手術をしたことも話していたが、がんがリンパ節へ転移していたことまでは伝えていない。むやみに心配をかけてもいけないと思ったし、彼の口から他のアルバイトに病状を知られるのも避けたかったのだ。だから高那は、遼賀が店に戻ってくるといまも信じている。

「まあぼちぼちだな」

「そうですか。まあ急ぐことないですよ。回復したらまた働き詰めですから、いま十分休んでください」

「そうだな。焦らずにしっかり治そうと思ってるよ」

ソファの前の横長のテーブルに、高那のために淹れたホットコーヒーを置く。自分には薬缶に煮出してあったほうじ茶をコップに入れた。

「それよりなんだ、伝えたいことって」

介護ベッドに腰掛け高那と目を合わすと、以前より痩せたような気がした。いや、痩せたというより引き締まったというべきか。

「いやあ、実は、おれ……」

と間をとりながら、「大学受験したんです」と照れくさそうに口にする。

「えっ、大学?」

「はい。昨年の三月に高校卒業して、そっからまあいちおう受験勉強つうのを十か月ほどやってみて、それで今月受験したんですよ」

「受かったのか」

「ええ、まあ。あ、二部ですよ。大学にも一部と二部があって、二部っていうのは夜間の学部で」

「知ってるよ。それくらいはおれも知ってる」

「二部だっていっても、おれにとっては大学進学なんて夢のまた夢だったから……」

「すごいな、おまえ」

遼賀は思わず、ベッドから立ち上がった。

「え……あ、ありがとうございます」

遼賀につられ、高那も腰を浮かせる。

「おめでとう」

遼賀が右手を前に差し出すと、高那が大きな手でがっちりと握り返してきた。

「店長のおかげですよ」

「おれはなんもしてないよ」

「いや、店長がトラモントに採用してくれたから、おれは定時制高校に通えたわけだし。高校を卒業できたから、大学に行く気にもなった。店長と出会ってなければ、おれはいまだに、ただきついだけの労働に明け暮れてたと思います」

「なんだよ、そんなおおげさな」

「いや、ほんとです。おれ、あの時……トラモントの面接受けに行った時、まじしんどくて。もうここダメだったらオカンも妹も捨ててどっか遠くにばっくれようって考えて」

足元に置いていた赤地のスポーツバッグから、高那がクリアファイルを取り出す。それには厚手の紙が挟んであり、高那は丁寧な手つきで抜き出すと、「あの、これ」と遼賀に手渡してきた。

上質なその紙には、『合格通知』と記してあり、大学名と『高那裕也』という文字が記されていた。遼賀はしばらく無言のまま、白く光る合格通知を見つめる。

初めて店に現れた高那の第一印象は、正直ひどいものだった。面接だというのに襟ぐりが伸びたTシャツを着て、色の抜けたジーンズを穿いていた。無造作に伸ばした縮れ髪を黒ゴムで束ね、顔は整っていたが、歪んだ口元や時おり滲む攻撃的な目の色は、とてもじゃないが飲食店で働く外見ではなかった。面接時間の五分前に到着したという一点を除いて、どう好意的に見ても高那に加点するべき所はなにひとつなかったのだ。

だがTシャツから伸びた高那の逞《たくま》しい肘に生々しい傷痕を見つけた瞬間、遼賀は早々に切り上げるはずだった面接時間を延長した。そして話を聞いているうちに、高那が高校野球の強豪校で投手をしていたことを知った。高校中退の理由は、怪我をして野球部にいられなくなったから。野球ができなくなった自分がスポーツ推薦で入学した高校に通うわけにはいかない。そう考える高那の気持ちはよくわかった。

採用を決めた自分の判断が間違っていなかったことは、高那が働き始めて一週間も経てばわかった。ホールを任せてもキッチンを任せても、高那はバイト二人分の働きをみせた。小さい頃から厳しい上下関係の中に身を置いていたせいか、接客態度も悪くはなかった。髪を整えるように言えば、翌日には短く切ってきた。金がないので散髪代を節約してくせ毛を伸ばしていたというのは、後で知ったことだ。髪を短く刈り揃え、ウエイターの制服を身に着けた高那は、体格の良さもあり見栄えがした。彼が店に出るようになってから若い女性の客が増えたのもたしかだ。店で働き始めてしばらくしてから定時制高校に通い始めたが、始業前と放課後は店に顔を出し、忙しい時間帯を受け持ってくれた。人件費節減のためにぎりぎりのスタッフで店を回す自分にとって、文句を言わずにヘルプに駆けつけてくれる高那の存在は本当にありがたかった。

「おまえすごいな。ごめん、ボキャブラリーが少なくて、さっきから『すごい』しか言えてないけど」

「いや、おれ、店長にまず報告したくて。どうやって感謝の気持ちを伝えればいいのかなって、ずっと考えてて」

「感謝なんてしなくていいよ。むしろこっちがお礼を言いたいくらいだ」

他のアルバイトが突然休んで困っていると、「おれまだいけますよ」と十数時間ぶっ通しで入ってくれるような男だった。長時間労働は法律違反になるからと断っても、「それならいまタイムカード切って、ここからのぶんは別の日に働いたことにしますよ」と言ってくる。高那がいなければ回り切らない局面が、何度もあった。

「合格おめでとう」

遼賀はもう一度高那の手を取り、力を込める。

「ありがとうございます、店長」

嬉しそうに笑いながら合格通知をクリアファイルに戻しスポーツバッグにしまうと、高那が白いビニール袋を取り出した。袋から柑橘《かんきつ》系の香りが漂ってくる。

「これ」

袋の中から丸いオレンジ色の果物が現れる。

「蜜柑か……」

「はい、ついに生ったんですよ。まだ硬いし、酸っぱいですけど」

店で育てていた蜜柑の木が実をつけたのだと高那が話す。昨年の一月に本社から来た店長はまだルーチン業務以外のことをする余裕がないから、店内の植物はいまは高那が育てているという。新しい店長のこと。遼賀がいない間に辞めていったアルバイトのこと。新しく増えたメニュー。強烈なキャラの常連客。高那の口からトラモントの話を聞けば、遠ざかっていた自分の居場所がいっきに身近に感じられる。戻りたい。忙しかったけれど、ここは自分の店なのだと大切に守ってきたあの場所に帰りたい。希望と自信に満ちた高那の顔を見ていると、健康だった頃の自分を猛烈に取り戻したくなった。

高那と一時間近く話し込んでいたところに、

「ただいま。遼賀、起きとる？　いまから病院じゃったよね」

母が仕事から戻ってきた。玄関先から声が聞こえる。

「じゃあそろそろおれ、帰ります」

「悪いな、せっかく来てくれたのに」

「いえ。とにかく店長に会えて、大学のことも報告できて、まじ嬉しかったです」

「おれもだ。久々に会えてよかったよ」

今日は本当に楽しかった。自分の稼ぎで定時制高校を卒業し、大学進学を決めた高那。その力強さが眩しくて、久しぶりに明るい色で胸が膨らんだ。

居間に続くドアをなにげなく開けた母が、高那の姿に目を見開いている。恭平が来ていると思っていたのだろう。もともと低い腰を何度も折って、母が高那に礼を告げる。

「じゃあ店長、また」

「ああ、またな。大学、頑張れ」

玄関まで見送りたかったが、痛み止めのオキシコンチンが切れてきたのか、腰が痛くて立ち上がれそうにない。ベッドに座ったまま手を上げると、高那が何度も振り返りながら居間を出て行く。高那に会うのはこれが最後かもしれない。そんなことを思いながらがっしりとした背中を見送った。母が玄関先までついていき、仕事帰りに近所のスーパーで買ってきたいちごを「お土産に」と持たせようとしている。

岡山市内にある総合病院へは、母が運転する軽自動車で向かった。実家に戻って来てから五か月ほどが経つが、月に一度のペースで病院通いをしている。基本的には在宅医療を受け、検査が必要な時には総合病院に出向くという感じだった。

だが今日は検査目的で来たわけではない。

タクシーが病院の正面玄関前に着くと、ほとんど取ってしまったはずの胃に痛みを感じた。病院に対する恐怖心、嫌悪感のようなものが全身に染みついてしまっていて、息苦しくなってくるのだ。

「あんたはここに座っとって」

正面玄関を抜けたところにロビーがあり、母が椅子に座っておくよう遼賀を振り返る。高那を前にしていつもより快活に振る舞っていたからか体が怠《だる》く、母に言われた通り近くにあった椅子に腰を下ろした。椅子の背もたれに体重を預けたまま、ベージュのダウンジャケットを着込んだ母が受付カウンターへと向かっていくのを見つめる。

「遼賀、歩ける？　二階に腫瘍内科の受付があって、そこに行ってくださいって」

「わかった」

言いながら、必死で目を開ける。いつしか瞼が塞がっていた。抗がん剤TS－1の副作用なのか自分の意思とはまるで関係なく眠りに落ちていく。それにしても、このところ目に見えて筋力が落ちている。

椅子の背に手をかけながら立ち上がろうとしたが、両足に力が入らなかった。腰が重くて思うように体が動かない。母は気が急《せ》いているのか中央にあるエスカレーターのほうに目線を向けていて、遼賀の異変には気づかない。

下半身に麻酔をかけられたような状態で顔だけを右、左に動かしていると、尾骶《びてい》骨の辺りにこれまで感じたことのない痛みが走った。思わず奥歯を嚙み締め、きつく目を閉じる。なんだ……これは……。いままでとは明らかに違う猛烈な痛みに、呼吸が浅くなる。それでもなんとか顔を上げ、椅子の背もたれを押し出すようにして立ち上がる。いったん腰を伸ばせば痛みが少し引いたような気にもなったが、たったそれだけの動作で額に汗が滲んだ。

病気になって、これまで無意識にしていた動作をひとつひとつ確認しながら行うことが増えた。いまもそうだ。右足を出す。左足を出す。そんなふうに頭の中で声かけをしながら遼賀は歩く。母が足早に進んでいくのを必死に追っていると、ふと体が軽くなった。ふわりと体が宙に浮いたかのようだ。驚いて首を回すと、

「おっす」

日に焼けた恭平の顔が視界いっぱいに入ってきた。体が軽く感じたのは、恭平の手が遼賀の脇腹に差し込まれたからで、逞しい二の腕が体重を支えてくれている。

「恭平……」

「間に合ったな。お母さんは？」

「あそこだ。エスカレーターの」

病院の一階から二階にかけては吹き抜けになっていて、中央に設置されたエスカレーターのすぐ下に母は立っていた。エスカレーターに足をかけようとしながらこちらを振り返っている。遼賀の代わりに恭平が軽く手を上げると、母が両肩の力を抜き、あからさまにほっとした顔を見せた。

二階の受付にいた女性が案内してくれた一室は、廊下つきあたりの小部屋だった。ドアを開けるとテーブルと椅子が四脚置いてあり、奥にある細長い窓から青い空が少しだけ見える。こんな小さな部屋にもちゃんと窓があるんだな……。そんなことを思いながらテーブルの端を摑んで体を支え、近くにあった椅子に腰を下ろした。

「まもなく担当の者が来ると思いますので、しばらくこちらでお待ちください」

女性が頭を下げ部屋から出て行くと、恭平が万歳をするように両手を上げ、大きく伸びをする。熱量の多い恭平が動くたびに、部屋の空気も大きくうねる。

「悪いな、恭平。学校を早退してくれたんだろ」

暖房は入っているようだが、ひとけのなかった室内は冷えていて、体のいろいろなところが痛み始める。背中や腰、尾骶骨の辺り。体重が八キロ落ち、肉が薄くなったせいか、この頃は気温の変化にめっきり弱くなった。自分の体を信じられず、どんな動作をするにも恐怖心が伴う。

「いや、授業はやってきたから。まあ引き継ぎ業務はいろいろ残っとるけど」

生徒に対して不適切な指導をしたという理由で、恭平は昨年の九月から冬休みにかけて、三か月間の謹慎処分を受けていた。詳しくは聞いていないが、恭平の指導に対して保護者から抗議があったらしい。だが結局、その一件をきっかけにクラスに潜んでいた日常的ないじめが発覚し、恭平のとった行動に共感する声があちらこちらから上がってきた。いじめを受けていた生徒とその両親も恭平を擁護するべく立ち上がってくれ、無事にまた学校に戻ることができたのだ。ただその一件が関係しているのかいないのか、来月三月いっぱいで恭平は他校へ異動することになった。

「異動はかまわんけど、野球部から離れるのは辛いわ。春季大会を目前にして、部員たちには申し訳ないことをしてしまった」

恭平が野球部の話をしているところに、ドアが開いた。

「お待たせしました」

声のするほうに顔を向けると、白衣を着た五十がらみの男性が入ってくるのが見えた。その後ろに紺色のパンツスーツを着た、髪を肩まで伸ばした女性がついてきている。恭平と母はその場で立ち上がったが自分はとっさに動くことができず、座ったまま頭を下げた。

男性は「腫瘍内科の柿本《かきもと》です」と会釈し、スーツ姿の女性は「臨床研究コーディネーターの吉田《よしだ》と申します」と名乗った。女性のほうは矢田が看護学校に通っていた時の同級生だそうで、数年前までは都内の大学病院で働いていたという。

「さっそくですが、治験についてご説明します」

挨拶もそこそこに、柿本が机の上に青色の表紙のパンフレットを広げた。母が慌てた仕草で膝の上に置いていたハンドバッグの中から老眼鏡を取り出してかける。

「治験に参加するには、まずうちの病院で事前検査を受けていただく必要があります。その結果が病院の提示する条件と合致するものであれば、そこで初めて治験開始ということになります。治験の費用は全額を製薬会社が負担し、わずかですが謝礼もあります」

これまで何十回と繰り返してきたのだろう、柿本が淀《よど》みのない口調で説明を続ける。隣に座る恭平が眉間に皺を刻みながら、パンフレットと柿本の顔を交互に見つめていた。

「新薬を試してみたらどうかな。日本では未承認の新薬のこと、遼賀くんも前にパソコンで調べてたでしょう?」

訪問看護の際、そう言い出したのは矢田だった。日本では未承認でも、海外ではすでに承認され、効果が認められている抗がん剤がいくつかある。自分が知ってる進行性の胃がん患者の中にも渡米して治療し、進行が止まった人がいた。たしかその患者も遼賀と同じようにリンパ節転移まで進んでいたはずだ、と。

「ただね、海外でその新薬を使うには、費用が三千万円ほどかかるそうなのよ」

「三千万て、おまえ」

恭平が呆れたように呟き、首を振った。

「私もその金額を聞いた時は、絶句したけど」

矢田はそう言ってなにか考えているような表情をし、それから慎重な口調で「治験に参加してみたらどうかな」と口にしたのだ。看護学校時代の同級生に、臨床研究コーディネーターの仕事をしている子がいる。一度連絡を取ってみようかと思う。そう言い出したのがいまから一か月ほど前のことだった。


「治療じゃないって、どういうことですか」

早口で進んでいく柿本の説明を、恭平の声が止めた。

話の途中で質問されたからか、ほんの一瞬、柿本の表情が翳《かげ》る。

「治験は安全性や有効性に関する客観的なデータを得ることが目的ですから、治療とはいえないということです」

「でも薬は、病気を治すために使うもんですよね」

「ええ、最終目的は。ですが治験の場合、未承認の新薬を使うわけですから副作用についても未知なわけで、確立された既存の治療とは異なります」

不穏な雰囲気を察知したコーディネーターが、「笹本さん、万が一副作用が出たとしても、その保障も製薬会社のほうが請け負いますのでご心配には及びません」と間に入ってきたが、恭平の顔にあからさまな不信感が滲んでいく。

「万が一って言われても……本当のところ、どれくらいの確率で副作用が出るんですか。中には重篤なものもあるんですよね」

恭平の眉間の皺が深くなる。

「副作用の出ない抗がん剤はありません」

コーディネーターが言葉を発する前に、柿本の平たい声が返ってくる。

「つまり、命にかかわるような副作用もあるってことですか」

恭平がさらに問いを重ねると、ほんの数秒、部屋の中が無音になった。遼賀は、自分もなにか言わなくてはと口を開く。だが息を深く吸い込むと同時に背中や腰の痛みが増して、声を出すことができない。

「どちらにしても、まず事前検査を受けてみないと治験に参加できるかどうかもわかりませんし。とりあえず検査を受けてみてはどうでしょうか。治験に参加できることになってから、改めて考えてもらうのでも」

とりなすようにコーディネーターが柔らかな笑みを浮かべたが、

「とりあえず？　改めて？　こっちはそんな悠長なことは言ってられんのです」

恭平は顔をしかめたまま尖った声を出し、コーディネーターを黙らせてしまった。

「……失礼しました。『とりあえず』と申し上げたのは、できるだけ早くという意味です。『改めて』は最もよいタイミングにということで……。とにかく事前検査を今日明日中にも病院で受けていただいて……」

「先生、副作用はどんなものがあるんですか」

コーディネーターの女性から柿本に視線を移し、恭平の質問は続いた。遼賀も母も口を挟むことができず、ただ黙って目の前のやりとりを見つめている。

柿本は表情ひとつ変えずに頷くと、

「現在国内で確認されているのは代表的なところで下痢、吐き気、食欲不振といったものです。これらはほとんどの抗がん剤によって起こり得る副作用です。ですが治験に使用する新薬は、こうした副作用以外にも予測していないような症状を引き起こすことが考えられます。海外で取られたデータはもちろんありますが、日本人を対象にしたものはまだ不十分です。臨床研究の過程ですから」

と淡々と話す。

「臨床研究？」

「治験は人を対象とした研究分野です。治験を受けていただく患者さんの中にはプラセボを服用していただくこともあって……ああ、プラセボというのは偽薬のことで、ある一定数の患者さんには効果も副作用もないプラセボを服用してもらい、被験薬と比較することもしています」

柿本を見据えていた恭平が、すっくと立ち上がった。その大きな動作に、隣で体を強張らせていた母の両肩がびくりと持ち上がる。

「すみません、私たちの勉強不足でした。もう少し治験について詳しく調べてから出直してきます。今日はお忙しいなかお時間を作っていただき、本当に申し訳ありませんでした」

頭を下げながら、恭平が片手で遼賀の腕を摑み、もう一方の手で腰を抱きかかえるようにして立ち上がらせた。母は恭平の鞄《かばん》を持って深々と腰を折った後、後ろをついてくる。

「あの、ちょっと待ってください。説明はまだ、あのっ」

コーディネーターのうろたえたような声が背中から追ってくるのもかまわずに、恭平は遼賀をしっかりと支え、廊下を突き進んでいく。

恭平の車で自宅に戻ると、門扉の前に矢田が立っていた。家を囲むブロック塀に沿って恭平が車を停めると、エンジン音に気づいた矢田が顔を上げる。仕事帰りにそのまま来たのか、エメラルドグリーンのポロシャツの上に白のダウンを羽織った矢田は、いつもの黒いリュックを背負っていた。

「遼賀くんっ」

矢田の顔を見て、病院でのやりとりをすでに彼女が知っているのだとわかる。

「吉田から……コーディネーターの吉田さんから電話もらったよ。いま病院に行ってきたんでしょう？　患者の家族が説明の途中で怒り出して、患者を連れて帰ってしまったって……。どういうこと？　遼賀くんはそれでよかったの？　まだ医師の説明が全部終わらないうちに退席したっていうじゃない。恭平くん、どういうことよ、説明して」

家の前の狭い道路で、矢田と恭平が睨み合っていた。母はおろおろとした様子で、「矢田さん、とにかく家の中に入って。道路に立ってたら危ないし。ほら、恭平も」と二人を家の中へと促す。「恭平、入ろう」と遼賀が声をかけると、恭平は無言のまま体を反転させ玄関に向かって歩き始め、矢田がその後をついていく。

火の気のない家の中は寒く、足元から伝わる床の冷たさに鳩尾辺りが強く痛んだ。母が居間の石油ストーブを点けてくれたが、寒すぎて上着が脱げない。

「柿本とかいうあの医者が気に入らんかったんじゃ」

どうして途中退席をしたのかという矢田の問いかけに、恭平が返す。

「気に入らないって、なにがよ。そんなの恭平くんの主観でしょ。子供じゃないんだから、気に入るとか気に入らないとか、そういう次元で途中退席なんてしないでよ」

台所に立っていた母がお盆に熱いお茶を載せて運んできたが、矢田も恭平も立ったまま言い合っている。遼賀は介護ベッドに腰掛け、母が淹れてくれたお茶を手に、かじかんだ指先を温めていた。二人の間に入っていく言葉が見つからず、途方に暮れる。

「あの医者は信用できない」

「なにが？　なにを根拠にそんなこと言うのよ。柿本先生は抗がん剤治療の臨床研究を長くやってる医師だって聞いてるよ。高名な医学誌に論文も発表してて、学会でも権威が……」

「そういうことじゃない。あの医者に、遼賀の命を預けることはできん。おれはそう思ったんだ。直感じゃ」

恭平が大きな声を出したので、矢田は言いかけていた言葉をのみ込んだ。母が「そんな言い方したらいかん」と叱りつけたが、恭平は吊り上げた目を矢田に向けたままだ。

「直感って……なんの直感なのよ。恭平くんは医療者でもなんでもないじゃない。医療的な知識のない素人でしょ？」

「人を信用できるかできんかに、知識は必要ない。目を見て話をしたらわかる。医療者ではないけど、おれは教師じゃ。人を見ることに関しては素人じゃない。あの医者は、遼賀を研究対象にしか見とらんかった。ネズミやウサギと同じじゃ」

「しょうがないじゃない……治験ってそういうもんだから……」

矢田がうな垂れ両手で顔を覆ったので、母が背中をさすりながら台所のほうに連れていく。台所には四人掛けのテーブルがあり、その椅子のひとつに矢田を座らせ、耳元でなにか囁いている。

重苦しい沈黙が部屋を満たしていた。

恭平の怒り。矢田の落胆。母の狼狽《ろうばい》。それらを引き起こしているのが自分の病気だと思うと、遼賀は情けなくてたまらなくなった。自分がこんな病気にさえならなければ、家族や友人をこれほど苦しめることはなかった。迷惑をかけることはなかった。どうすればよかったのだろう。東京でひっそりと死んでいけばよかったのかもしれない。独りで病気に向き合う恐怖に耐えられなかった自分を、改めて恥じた。

「やめてくれよ」

意思とは関係なく、口が開く。「おれは、お母さんや恭平や矢田が言い争うのは見たくない。喧嘩の原因が自分だと思うと、本当に……辛いんだ」

いつしかため息が漏れていた。体の中に溜め込んでいた暗い感情がすべて出たような、大きく深い息だった。家族や友人が自分のために時間を削っている。神経を摩り減らしている。だからこれまで弱音を吐くことは許されないと思っていた。恭平も母も矢田も、忙しい日々の中で自分の生活を支えてくれているのだ。もうひとりでは、病院に出向くことすらできなくなった自分のために。だから前向きにならなくてはいけないと奮い立たせてきた。でも自分のことで周りの人たちが疲弊していく姿を見るのは、耐えられない。

「おれも、治験はしたくないと思ったよ」

矢田の背中に向かって遼賀は話す。「もう残り時間がさほどないんだとしたら……できる限り、自分の納得できることに時間を使いたい。おれも恭平と同じで、あの医者に命を預けてみようとは思えんかった。治験を受ける準備をしてくれた矢田や吉田さんには申し訳ないと思うけど」

遼賀にがんの告知をした松原医師も冷静な人ではあったけれど、それでもその目には感情を持つ人の揺らぎがあった。そうした医師の揺らぎが患者にとっては救いになることがある。だが柿本にとっての自分は、恭平の言うようにただの研究の対象でしかないように思えた。そんな男にあとわずかかもしれない残り時間を委ねるわけにはいかない。

「……わかった」

自分の腕に触れていた母の手をそっと外し、矢田が立ち上がって遼賀を振り返る。

「ごめんね、感情的になって。おばさん、すみません。私、身内でもなんでもないのにどんどん踏み込んでしまって」

床に置いていたリュックを肩に掛けると、矢田が小さくお辞儀をする。「また次の訪問で」と玄関に向かって歩いていく。遼賀は骨が軋《きし》むような痛みを腰に感じながら、その後を追った。

遼賀が玄関に辿り着いた時にはもう、矢田の姿はなかった。でもまだ間に合うと思い、スポーツシューズを引っかけ、外に出る。

「遼賀、あんたそんな体でどこいくのっ」

母が慌てた様子で玄関先まで出てきたが、

「ちょっと出てくる。心配しないで」

と庭に置いてあった自転車に跨った。この体で自転車に乗れるのかと恐怖心が一瞬よぎり、でも思いきってペダルを踏み込む。一瞬体のバランスを失いかけ、なんとか立て直し、右足、左足と力を込めて前に進んだ。

家の前の道路を進み、角を曲がったところで矢田の後ろ姿が見えた。一本橋の上を進むような不安定さで、遼賀は自転車を漕《こ》いでいく。だがしだいに尻がサドルに打ちつけられる痛みが強くなってきて漕ぐのを諦め、タイヤの回転にまかせて前に進んでいく。

あと少しで矢田に追いつく、そう思った時だった。背骨から腰にかけて鈍い痛みが走り、遼賀は力いっぱいブレーキを握りしめた。全身を粟立《あわだ》たせるような金属音が、周囲に響く。

「遼賀くんっ」

振り返った矢田と目が合ったその瞬間、ハンドルが大きく左に傾き、自転車から振り落とされた。いつもの慣れた鈍痛ではなく、熱く浅い衝撃が左半身に走る。

「遼賀くんっ、大丈夫っ」

泣きそうな顔で走ってきた矢田に向かって、

「そこまで送ってくよ」

と遼賀は声を振り絞る。道に投げ出され、助け起こしてもらいながら自分はなにを言っているのかと笑えたが、矢田はそんな遼賀を真面目な顔で見つめている。

「怪我はない？　歩ける？」

遼賀が立ち上がると、矢田が訊いてきた。心配そうに顔をのぞきこんでくる。遼賀は「大丈夫。いけるいける」と笑い返し、もう一度、

「そこまで送ってくよ」

と口にする。右手でそっと腰の辺りを撫でると、痛みはおさまっていた。このままあと少しだけ、矢田を駅に送り届けるまではもってくれよ、と自分の体に言い聞かせる。

矢田はしばらく遼賀を見ていたが、大切なことを決める時のように慎重に頷き、

「ありがとう、じゃあ送ってもらう」

と言ってきた。自転車は私が押していくねと、道路に倒れていたママチャリをひょいと持ち上げ、横に並ぶ。

「荷物、自転車のカゴに載せたら？」

遼賀は矢田が背負っているリュックを指さした。矢田は素直にリュックを下ろし、カゴの中にすぽりと入れる。リュックの重みで、自転車の前のタイヤが少し沈んだのが遼賀にもわかった。訪問看護師が患者の日常を支える重みだった。

「……さっきはごめんね」

なにか話さないと、と話題を探していたところに矢田が言ってくる。

「いや、おれたちのほうこそ、せっかく治験の話を通してくれたっていうのに。矢田の友達にも面目ない」

「そのことは気にしないで。……正直『なんで』って思ったけど、遼賀くんたちの言うことも理解はできる。私はその場にいなかったから推測でしかないけど、その柿本ってドクターがうまく説明しきれなかったんだと思う。たまにいるのよ。悪い人じゃないんだけど、言葉足らずな人とか、逆によけいなひと言を口に出しちゃう人とか。それより、遼賀くんの前で私や恭平くんが揉めてしまったこと、反省してる。嫌だよね、自分のことが理由で周りの人が喧嘩するなんて」

肯定も否定もせずに、遼賀は黙ったまま歩き続けた。矢田の言う「嫌だ」というのとは、少し違う。相手を責める気持ちはない。ただやりきれない。専門学校を卒業して働くようになってから、誰にも迷惑をかけずにやってきたという自負があった。自慢できるような人生ではないにしても、それでも人並みに生きてきたつもりだ。でもいまはもう人に頼らなくては生きていけない。比喩ではなく本当に生きていけないのだ。いまの気持ちを言葉にすればなんになるのか。虚しい。惨め。情けない。その三つを合わせてもまだ足りないくらいのやるせなさで、遼賀の心は沈んでいた。自分が無力であることを突きつけられる。それなのに、こんな状態でもまだ必死になって探している。自分にもまだなにかできることがあるのではと、そのなにかを探している。正面から風が吹いてきて、薄く軽くなった体が吹っ飛びそうだった。隣を歩く矢田は風など感じていないかのように進んでいくが、遼賀は下腹に力を込めて、風に耐える。

「あれ、うちらの制服じゃない」

耳の奥でカラカラと自転車の車輪が回る音を聞いていたら、矢田の声が落ちてきた。ほんの数分だけど、矢田が隣にいたことを忘れていた。最近、時々こんなふうになる。そばに人がいるのに、その存在を忘れてしまう。時には人と話している最中にうつらうつらしてしまう時すらある。薬のせいかもしれないが、こちらの世界に留まる時間が短くなっているからかと考えることもある。

「え……制服？」

「いますれ違った子が着てた制服、私たちの高校のだよ。驚いた、卒業して十五年以上経つのにデザインが変わってない」

矢田の視線をたどって振り返れば、グレーの制服を身に着けた男女が仲睦まじく寄り添っている。

「そうだ遼賀くん、高校に寄ってみようよ」

「いまから？」

「うん。外から見るだけでも」

通っていた高校は、遼賀の家から歩いて十五分の所にある。向かい側には小学校が建っていて、その隣の敷地にはスーパーマーケットや小さな商店があり、いちおうは地域の繁華街のような場所になっていた。繁華街といってもここ数年は店の多くにシャッターが下り、スーパーマーケットもオーナーが替わったのか、名前が違っている。

「もし遼賀くんの体調が良ければ、だけど」

「いいよ。行ってみよ」

遼賀は腰の痛みを気にしながらも、背筋を伸ばした。次の角で右に曲がれば、この辺では一番の繁華街が見えてくるはずだ。

「うわぁ、めっちゃ懐かしい」

校舎の白壁が目に入るなり、矢田が声を上げた。

「遼賀くんは何年ぶり？」

「おれは一昨年《おととし》の正月にこの辺を通ったから、二年ぶりかな」

「そっか、じゃあこの感動は分かち合えないね」

自分は卒業式以来だと、矢田が目を細める。高校を卒業して岡山を離れ、それから実家に戻ってきた回数は片手の指で足りるくらいだ。母校を懐かしむ気持ちもこれまで一度も起こらなかったからと、矢田が機嫌よく笑っている。

「ありがとう」

「なにが？」

「遼賀くんのおかげで私はここに帰って来られた」

岡山に戻って再就職したことを母親に伝えに行ったら、涙を浮かべて喜ばれた。母の再婚相手もいま改めて会うと普通にいい人で、自分が不在だった十五年間、二人は幸せに過ごしていたのだとわかった。いまになってようやく母を祝福できる気持ちになったと矢田が話す。

「ねえ、ちょっとだけ中に入ってみない？　このまま生徒たちに紛れて入れば気づかれないと思う」

ちょうど下校時間なのか、正門からグレーの制服を着た生徒たちが次々に出てきていた。もし誰かに呼び止められたら、卒業生だと正直に言えばいいか……。

遼賀は頷き、自転車を押す矢田に並んで学校の敷地内に入っていく。なんの違和感もなく入って行けるのは、この学校に通った三年間を体が記憶しているからだ。駐輪場に自転車を停め、ひんやりとした空気が満ちる学校内を歩いていく。

「あー。あの音、懐かしいなぁ」

香りをたどるような表情で、矢田が斜め上に顔を向けた。「音楽室から聞こえてくるあの音色はコントラバスとチューバだよ」

敷地の中に校舎は二棟あり、音楽室は奥の棟の三階の端にあったはずだ。いま立っている場所からは遠く、遼賀の耳には不協和音にしか聞こえない。

「おれには音の違いがわからないな」

部活が始まる時間なのかあちこちから声が聞こえてくるが、楽器の音色はわからない。

「私は毎日のように聞いてたから。美術室までよく聞こえてきて」

高校の三年間は、美術部がすべてだった。勉強も運動もそれほど頑張った記憶はないが、部活にだけは休まず通っていた。美大に進もうなんてだいそれた考えはなかったけれど、ただ絵を描くのが楽しかったと矢田が懐かしそうに微笑む。

「すべてか。そんなふうに言えるのはいいな。矢田の絵とか、恭平の野球とか」

恭平も野球をするために高校に通っていた。授業は充電時間のようなもので、体力と集中力を温存し、部活になるとスイッチをオンにするといった日々を送っていた。放課後に息を吹き返すような生徒が、うちの高校には大勢いた。

ゆったりとした足取りで校舎の周りを歩いていく。すれ違う生徒たちを見ているとずいぶん隔たりがあるように思えるが、それでも、もしいま高校生に戻れと言われたなら制服の集団に簡単に溶け込めるような気もしてくる。本当はまだ自分は高校生で、卒業してからの十六年間は長い夢。病気もなにもかも悪い夢だったら……。そんなことをふと考える。

隣を歩く矢田がハミングし、金属バットが硬球を弾く高音が、グラウンドから聞こえてくる。グラウンドに続くなだらかなスロープを歩いていると、その先にプレハブの体育倉庫が見えてきた。倉庫は最近建て替えたのか新しく、遼賀が記憶している木造の掘っ立て小屋ではなくなっている。

「遼賀くん、どうしたの、急に黙り込んで」

「あ、ごめん。懐かしいなと思って」

矢田にはそう返したが、本当は懐かしんでいたわけじゃない。夕暮れまでの数時間、生徒たちが一番自分らしくいられる時間に、高校生の自分はどこにいて、なにをしていたのか思い出そうとしていたのだ。美術室にいる矢田。グラウンドでボールを追う恭平。その姿はいとも簡単に思い浮かべることができるのだけれど、自分の姿がどこにもない。放課後の景色の中に、笹本遼賀を見つけようとするが、隠し絵を眺めているようになかなか見つからない。グラウンドをぐるりと囲んでいるのは桜だったろうか。どの木も伸び放題になっていて、枝の一部がフェンスから突き出しているものもある。そういえば昔、この木のどれかによじ登ったことがあった。高校生が木登りするなど考えてみればおかしな話だけれど、たしかに登った記憶がある。

「遼賀くんって、放課後はしょっちゅう職員室にいたよね」

遼賀の心を読み取ったかのように、矢田が言葉を差し出す。大事なものが見当たらず、きょろきょろと辺りを見回している子供に、これでしょ、と懐から差し出すみたいに。

「職員室に？　おれが？」

「うん。私、よく見かけたよ、遼賀くんが職員室にいるところ」

六限目の授業が終わると、先生から声をかけられていた。国語の山際《やまぎわ》先生。化学の池《いけ》田《だ》先生。体育の坂本《さかもと》先生。先生と連れだって職員室に向かっていく遼賀を、自分はたびたび見かけていたと矢田が話す。悪いことをしそうにもない遼賀が、どうして呼び出されるんだろう。そう不思議に思っていたのだが、先生の用事を手伝っている姿を見て合点がいったと矢田は笑う。

「そうだった。そういえば放課後は学校に残って、いろいろやってたかもしれない」

不要になった図書室の本を段ボール箱に詰め込む作業だとか、理科の実験室に置くためのＤＮＡ模型の組み立てとか。教師に指示されるまま「はいはい」と手を動かしていたような。

「そうか……」

「なに、どしたの？」

「おれ、校庭の木に登ったことがあって」

あれは、体育科の坂本先生に、木の枝に引っかかったバドミントンの羽根を取ってくるように頼まれたのだ。木を揺らしたり箒《ほうき》の柄《え》を使ってみたりしたが、うまくいかなくて、最終的には木によじ登って直接手で取った。シャトルと呼ばれる羽根を摑んだ、本物の鳥を捕らえたようなふんわりとした感触が手のひらに蘇ってくる。そういえば、そんなことがあった。

「危ないなぁ」

「落ちたら大怪我だ」

運動部にも文化部にも所属しておらず、まして生徒会や塾通いをしているわけでもない遼賀は、教師にとって頼みごとをしやすい存在だったのだろう。生物の小菅《こすげ》先生には月末になるとメダカの水槽を洗ってくれと言われたし、エサを買いに行かされることもあった。面倒ではあったけれど授業を離れ、普段よりずっと軽やかな先生たちと接することはそれはそれで楽しかった。

「でも矢田、よくそんなこと憶えてるな。おれが放課後になると職員室にいたって」

「だって遼賀くん、目立たないところで目立ってたし」

「どういう意味」

「人前でなにかするってことはなかったけど、人のいないところで活躍する人だった気がする」

「便利屋ってことだな」

「そうじゃなくて。リモコンの5についてる突起みたいな感じ？　基準点みたいな」

「なんだそれ」

「ほら、テレビなんかのリモコンの5の部分に小さな突起がついてるの知らない？　目の不自由な人でもその場所が5だとわかれば操作できるように。あと暗闇でもわかるようにって。ユニバーサルデザインっていうらしいんだけどね。遼賀くんって、困った時に思わず探してしまうのよ」

「そうなの？」

「そうだよー。私だけじゃないよ、みんな頼りにしてた」

遼賀は校庭や校舎に視線を巡らせた。矢田と話しているうちに、隠し絵の中に潜む自分の姿を見つけた。

「遼賀くんもだけど、笹本家の人たちってほんと優しいよね。私も看護師の仕事長くやってるけど、笹本家ほどお互いを思いやってる家族にはそうそう出会わないよ。血を分けた兄弟姉妹なのに、互いの心をえぐるような言葉を平気で口にする人もいて。家族ってなんなんだろうって、正直思っちゃうよ」

みんなわがままなのだと、矢田が口を尖らせる。「いまの世の中、自分のことしか考えてない人が多すぎる。これまでどれだけ破綻した家族関係を見せられてきたことか」と矢田が顔をしかめた。

矢田の嘆きを聞きながら、遼賀は冬枯れの桜の樹々を眺めていた。あとひと月もすれば桜の花が校庭をピンク色に染め上げるのだろうが、自分は果たしてその頃、どこにいるのだろうか。桜の花を見て、ちゃんと美しいと思えるのだろうか……。突然胸が強く締めつけられ、

「おれと恭平は……本当の兄弟じゃないんだ」

絞りだすように口にしていた。矢田の顔から笑みが消える。

「え？　それって、どういう……」

「恭平はおれのお母さんの妹の子供で……あいつが三歳の時にうちに引き取られた」

「お母さんの妹の子供……って、従兄弟《いとこ》ってこと？　え、でも二人、すごく似てて」

「双子だったんだ、母親同士が双子の姉妹で」

恭平がうちにやって来た時、遼賀は四歳になったばかりだった。

母親の死を理解できず、突然親戚の家に連れて行かれた恭平は「ママ、ママ」と夜通し泣き叫んでいた。自分の涙を喉に詰まらせ、むせびながら泣き続ける恭平をそばで見ていて、自分も悲しくなって涙をこぼした。今日から恭ちゃんはうちの子じゃよ。みんなで恭ちゃんを育てるんじゃよ。あんたは恭ちゃんの兄ちゃんじゃからね、優しくして

やってね。母は泣き疲れて眠る恭平の汗をタオルで拭きながらそう口にした。

「恭平はちびの頃からずっと、すごかったんだ。大泣きしたのはうちに連れて来られた日の夜くらいで、翌日からは飯も食ったし、おれの隣の布団で泣かずにちゃんと眠ったよ。うちに連れて来られた時はあんなに弱ってたのに、あいつはどんどん強くなっていった。恭平が自分が養子だと知ったのは、おれらが高一の時だったんだ。でもなにも変わらなかった。恭平が自分の意思で、なにも変えなかった」

「恭平くんの意思って、どういうこと」

「うちの家族の仲の良さは、客観的に見れば普通じゃないと思う。でもそれは、両親やおれたち兄弟がそれぞれ、そうありたいと願い続けてきたからなんだ。ちゃんと、家族になろうって。だから恭平は自分が養子だとわかっても両親にはなにも言わなかった。これまで通りでいると決めたんだ」

「遼賀くん、どうして私にそんな大事な話をしてくれるの？」

「なんでだろ……うちの家族のこと、矢田に知ってほしくなったんだ」

外からは当たり前に見える四人家族。でもそれぞれが当たり前ではない思いを持って、ひとつ屋根の下で暮らしてきた。自分がいなくなる前に、そのことを誰かに話しておきたかった。

真っ白のユニホームを着て二列に並んだ野球部員たちが、目の前を走り抜けていく。

スパイクが地面を穿《うが》ち、砂埃が上がる。土の匂いが懐かしい。背後の校舎からは楽器の音が聞こえてくる。個々の基礎練習が終わったのか合奏が始まり、太く束になった迫力のある音色が、風に乗って流れてくる。

「じゃあ私もひとつ。秘密、打ち明けていいかな」

すうっと深く息を吸い込んだ矢田が、いたずらっぽい視線を向けてくる。

「私ね、高校の三年間ずっと、遼賀くんのことが好きだったの。でも告白はできなかった。理由は単純明快、私が可愛くなかったから。自信がなかったの」

だから卒業前の文化祭で、遼賀くんと劇の背景を作った時はほんとに嬉しかった、と矢田が肩をすくめる。

「下校時間ぎりぎりまで二人で教室に残って、それから家にまでお邪魔させてもらって。あんな素敵な出来事が自分みたいな女子に起こるなんて、奇跡だって思った。あの一日は、私の青春だった」

遼賀の頭の中に、青空に向かって枝を伸ばす桜の木が浮かんでくる。そうだった。たしかそんなことがあった。ピンクの絵具で花びらを描き、赤と白の絵具がなくなってからは母親にピンク色の布をもらって花びらを作ったのだ。自分の人生にもそんな眩しい一日があったことを、遼賀はいま思い出す。

「おれもだよ」

「え？」

「矢田とお母さんとばあちゃんとで、夜中まで作業したんだ」

「そうそう」

「矢田がそんなふうにおれを見ていてくれたことは気づかんかったけど、あの日は本当に楽しかった。おれにとっても青春だった」

　矢田が両目を見開き、驚いた顔をしている。遼賀は視線を逸らさず笑みで応えた。東京の大学病院で偶然再会してから今日までの日々が蘇ってくる。家族には見せられない重くて暗くてやり場のない感情を矢田は受け止めてくれた。どれだけその存在に救われてきただろう。いつかきちんと気持ちを言葉にしなくてはいけない、と思っていた。

「おれは矢田がそばにいてくれて」

　そう言いかけた時、足元に硬球が転がってきた。

　拾ってやろうとグラウンドの土の上に足を踏み入れ、膝を曲げた瞬間、鈍く疼《うず》いていた腰にとどめのような激痛が走る。両膝の力が瞬時に抜け、その場に頽れる。

　全身から汗が噴き出し息遣いが荒くなっていくが、隣にいる矢田は気づかない。声も出ない。時間にすればわずか数秒の出来事だが、遼賀にとってはあまりに長い時間が過ぎる。

「遼賀くん？　どうしたの、大丈夫？　遼賀くんっ」

声を絞りだそうとするのだが、烈しい痛みに息を吸うことすらできなくなっていた。矢田が体を屈め、顔をのぞきこんでくる。「……騒がないでほしい」それだけを言って、遼賀は強く両目を閉じた。密やかに侵入した母校で、大勢の生徒たちがいる前で、騒動を起こしたくない。そんな遼賀の気持ちが伝わったのか、矢田が耳元で「わかった」と返し、携帯を手にして電話をかける。

*

目が覚めると、自宅のベッドで横になっていた。窓にはカーテンが閉められていて、いまが何時かわからない。

矢田と高校を訪れたのも、そこで気を失うほどの痛みに襲われたのも、その後病院に運び込まれたのもすべて夢かと思ったけれど、そうではないらしい。体から土の匂いがした。病気になって多くの機能が衰える中、嗅覚だけは妙に冴えている。

そのまま病院で検査を受け、がんが腰椎《ようつい》に転移していることがわかった。

医師の説明を一緒に聞いていた母はその場で泣き崩れたが、遼賀はついにそこまできたのかと進行の速さにただ愕然としていた。骨転移をしたからといって、死がすぐ目の前にあるわけではない。骨転移がわかってから何年も生きる人だっている。一年、二年、あるいはもっと長く。遼賀に病状を説明してくれた医師は、自分の患者の中には骨転移が判明してから六年以上生存している人が存在することを教えてくれた。薬で痛みのコントロールを続けながら仕事に復帰している人もいるのだ、と。そうした話を聞くとここで終わりじゃないと思えたが、でも遼賀の体内にある砂時計はこれまで以上のスピードで残り時間を落とし始めている。

こわごわ体をずらすと、やはり同じ痛みが尾骶骨の辺りに走った。ただ、昼間ほどの痛みではない。枕元に置いたスタンドのスイッチを入れると、白い光が部屋を照らした。ベッド柵を摑み、柵を引っ張るようにして体を起こす。昼間の激痛を記憶していて少し体を動かしただけで脂汗が額に滲んだが、思ったよりスムーズにベッドの上に座ることができた。もし痛みが強くなるようならモルヒネを持続的に皮下注射する方法もある、と医師は提案してきた。血管に針を留置して、ポンプに入ったモルヒネを持続的に体内に注入すればずいぶん痛みがましになるらしい。でもその処置をしてもらう前に、自分にはまだやりたいことがある。体を自由に動かせるうちに、どうしても……。

飲み薬が効いているのか、足を床に下ろしてもさほど痛みはなく、歩くことはできる。テーブルの上に携帯が置いてあるのを見つけ時間を確かめると、朝の五時を過ぎたところだった。どこからか新聞配達らしいバイクのエンジン音が聞こえてくる。

遼賀は足音を潜めて二階に続く階段を上がった。いま二階を使っているのは母だけで、両親の寝室だった部屋でひとり眠っている。

遼賀は隣の部屋で眠っている母を起こさないようそっとドアを開け、かつて兄弟で使っていた部屋に入った。ひんやりとした部屋に電気を点け、そのまま押入れに近づいていく。母が遼賀の私物を勝手に処分するようなことはなかったので、これまで溜めたものが全部、この押入れには詰まっている。

身辺整理を始めなくては、と思う。

そう決意をさせるほど、腰におぼえた痛みは衝撃的だった。このまま死んでもおかしくない、そう思わせる激痛だった。できることがひとつ、またひとつと減っていき、いつしかなにもできなくなるのだろう。

押入れの引き戸を左側にずらすと、右側の縦半分が露《あらわ》になった。下段にはプラスチックの衣装ケースが入っていて、その中にはこれまで買った漫画や釣りの専門誌が詰め込んである。父が定期購読していた山の雑誌まで律儀に残してあった。

遼賀は衣装ケースの透明の引き出しを開けたままそばに座り込み、部屋の隅に雑誌を積み上げていく。このケースはすぐ空っぽにできそうだ。束にした雑誌は紐で縛り、週末に近所を回る古紙回収のトラックに出せばいい。

押入れ右側の下段、全体の四分の一を占めていた衣装ケースの中身を空にすると、人生の四分の一を川に流したような気になった。今度は引き戸を右側に寄せ、左側の下半分になにが入っているのかを確かめた。座ったまま体を移動させ、左側の下段に顔を寄せる。ここには衣装ケースではなく大きな段ボール箱がそのまま突っ込んであった。中になにが入っているのかまったく記憶にない。箱の蓋にあたる部分を摑みずっしりと重みのある箱をぐいと引き出せば、鋭利なナイフで刺されたような痛みが腰に走った。

「あ……」

だが思わず声が漏れたのは、痛みのせいではなく、段ボール箱の中に懐かしいものが詰め込まれていたからだ。登山用の中型バックパック。防寒用のヤッケとグローブ。カンテラやカラビナ、ナイフなども透明なビニール袋に入れて無造作に突っ込んであった。道具ひとつひとつに登った時の苦労や感動なんかが宿っていて、高価だったこともあってここにあるものは捨てられなかったのだ。父親にもらったものもあれば、小遣いを貯めて買ったものもある。だがどれも簡単に手に入れたものではない。

十五歳の冬に雪山で遭難した直後、恭平は持っていた登山用具をすべて処分した。自分はそこまで徹底できなかったけれど、それでも山への思いはこの段ボール箱に、遭難の恐怖とともに封印したのだ。父だけはその後も時々ひとりで登っていたが、冬山には行かなくなった。

懐かしい登山用具を手に取り、この道具を使って山を登っていた頃のことを思い出す。父に導かれるまま、頂上を目指して急斜面を登っていった日のことだ。どれだけ長い距離を歩いても、若くて健康な肉体は持ちこたえた。瞬発力や身体能力では恭平に及ばなかったが持久力だけは自分にもあって、疲れてへたりこむ弟に向かって「頑張れ」と声をかけることもしばしばあった。もしかして父は、だから自分たち兄弟に登山をさせたのだろうか。いや、それは考えすぎか……。苦笑いしながら歪に膨らんだ足の指を靴下の上からなぞる。

そうだ、あの日、雪山で遭難した日に書いた手紙は、どこにあるのだろう。

不穏な静けさがテントを包む中、恭平とペンを走らせたのだ。もしこのまま帰れなかったら、もう二度とお父さんとお母さんに会うことはできない。だから手紙を残しておこう。そう言い出したのは遼賀だった。万が一、もしもどちらか片方が命を落としてしまったら、生き残ったほうがこの手紙を渡す。「わかったな」と念を押す遼賀に、恭平が唇を噛み締め頷いていた。

手紙を書いている間、寝袋の中にいた恭平が「早く戻って。ひとりだと寒い」と言ってきた。自分も震えていた。でも、自分のものではない熱がすぐそばにあることが心強かった。

段ボール箱の中身をすべて絨毯の上に出し、遼賀は手紙が紛れていそうな場所を丹念に調べた。バックパックの中。ヤッケのポケット。たしか雪で濡れないように、二通の手紙はビニールに包んだように思う。

死を覚悟した十五歳の自分は、いったいどんな言葉を記したのだろう。

あの夜、自分がなにを考えていたのかを無性に知りたくて、遼賀は段ボール箱の中を必死でかき回した。中のものを次々に放り投げ、やがて段ボール箱は空になった。だが結局手紙は見つからない。恭平が自分の登山用具を処分した時、一緒に捨ててしまったのかもしれない。


カーテンの隙間から朝の光が射し込み始めた頃、小さな足音が聞こえてきた。部屋の前で足音が止まり、ノックの後にドアが開く。

「遼賀、ここにおったん」

パジャマの上に臙脂色の毛糸のカーディガンを羽織った母が、ドアの向こうから顔を出す。

「ベッドで寝とらんから心配したわ。ここで……なにしとるん」

「押入れの整理」

「こんな時間にどうしたん?」

遼賀が黙っていると、母の顔がしだいに翳っていく。「起こしてごめん」と呟き、絨毯の上に放り出していた登山用具を段ボール箱の中に片付けていく。これは段ボール箱ごと処分すればいいだろう。

「お母さん、この箱の中に……」

遺書、と口に出しそうになり、慌てて「手紙が入ってなかった？」と言い直した。

「……手紙」

「手紙っていっても、封筒に入ったちゃんとしたのじゃなくて。なんかの紙の裏に走り書きしたようなもんだけど」

困惑を顔に浮かべた母が、

「山で書いた手紙じゃったらお母さんが持っとるけど……。なんでいま頃探しとるん？」

と訊いてくる。

「いや、別に……」

読みたくなって、とはなんとなく言いづらくて、お母さんが持ってるならそれでいい、と誤魔化した。

登山用具をすべて段ボール箱の中にしまい終えると、蓋をしてゆっくりと立ち上がる。長く同じ姿勢を取っていたせいか、骨がこすれるような痛みが腰に走った。

「痛むの？」

「いや、そうでもないよ」

「無理せんでええんよ」

「うん……ちょっと痛い。それよりお母さん、折り入って相談があるんだ。相談というより頼みごとなんだけど」

　頼みごとがある。そう口にしただけなのに母が両目いっぱいに涙を浮かべ、無言のまま遼賀の体に両腕を回し、驚くほど強い力で抱きしめてくる。戸惑っていると「ごめんせよ」というくぐもった声が胸の辺りから聞こえてくる。

「ごめんって、なんで……」

「あんた、小さい頃からなんの文句も言わんから。それでお母さん、あんたのこと、いっつも後回しにばっかしとった。ええよ遼賀……頼みごとでもなんでも……なんでも好きなことを言いなさい。お母さん、なんだって聞いてあげる。あんたは人に優しくするばっかりで、自分に優しくするのをいつも忘れて……」

　遼賀はぶらりと垂らしていた腕を持ち上げ、母の背に回した。丸くて小さな体が遼賀の腕の中にすっぽりとおさまる。

　昨日、矢田と二人で母校を訪れ、わかったことがある。おれは、おれらしく生きてきたのだ。気負うことなく好きなことをして、周りの人たちと誠実に関わりながら生きてきた。リモコンの5の部分についている小さな突起。それが自分の役割だった。「みんな頼りにしていた」というのは矢田のお世辞かもしれないけれど、でも自分にはちゃんと居場所があった。

「お母さんおれ、生まれてきてよかったよ」

遼賀はそう呟くと、泣き出した母を強く、強く抱きしめた。

＊

一か月半後、遼賀は登山道の入り口に立ち、春の空を見上げていた。朝のうちは霧が立ち込めていたのだが、十一時を回った頃から陽射しが強くなり、白い煙は森の中へと消えていった。ようやく霧が晴れ、無事にスタートできることに感謝しつつ、ゆっくりと後ろを振り返る。

「出発しようか」

そう声をかけると、恭平が「おう」と片手を上げた。恭平の背中には遼賀が歩けなくなった時に備えて、折り畳まれた登山用車椅子が担がれている。

「もう一度、那岐山に登りたい」

そんな望みをひと月ほど前に母に告げてから、恭平が準備してくれたものだ。

那岐山は標高一二五五メートルの山で、通常なら二時間半程度で頂上まで行ける。今日のように天候が良ければ危険な山ではない。だが今回は遼賀の容体が悪化した時のために、恭平だけでなく矢田や高那までが付き添ってくれている。

「高那、ほんとに登れるのか」

山の景色が珍しいのか、高那はさっきから携帯で写真ばかり撮っている。

「余裕ですよ。店長も知ってるでしょ、おれの体力」

友達から借りてきた防寒着やゴーグルといった服装だけを見ると熟練の登山者のようだが、登山は生まれて初めてだという。

「高那くんは元高校球児じゃろ？　矢田をおぶってでも登れるよな」

恭平の軽口に、「もちろんです。なんならお姫様抱っこで登りますよ」と高那が笑う。矢田がまんざらでもなさそうな顔をして、高那の背中を軽く叩く。

「行こうか。午後二時頃には山頂に着いておきたいから」

もう一度声をかけると、遼賀を先頭にしてすぐ後ろを矢田が、その後に高那、恭平という順で一列に並んだ。

出発から十分ほど歩くとコースの分岐点が見えてきた。遼賀は十九年前と同じ、大神岩を目指すCコースを選び、そこからしばらく続く森林の中を進んでいく。春の登山は、山道に美しい花々が咲いているのがいい。小さな壺《つぼ》のような形をしたドウダンツツジの白色。アセビにスミレにイチリンソウ。陽射しが優しく、風が柔らかい。遼賀は一度立ち止まり、花々に視線を向けたまま草木の甘い香りを吸い込んだ。

だが意気揚々と登山口には立ったものの、歩き続けているうちに呼吸が荒くなってきた。認めたくないがこのところ体の状態は日ごとに悪くなっている。

「遼賀、大丈夫か」

背後から恭平の声がした。

自分が足を止めると、後ろに続く三人も足を止める。自分が先頭に立ったのは、自分のペースで歩けるからだ。疲れたら好きなだけ休めばいい。行けるところまで進み、途中で下山するのも自由。「歩けなくなったら人の手を借りればいいだけだ」と恭平は出発前に、近所のスーパーにでも行くかのような気軽さで遼賀に言った。

「行けそうか」

振り返ると斜面に立つ恭平が、両手を腰に当てて見上げている。

「問題ない」

「疲れたら遠慮せずに言えよ」

十キロ以上もある登山用車椅子を背負いながらも、恭平は憎らしいほど余裕だ。母にはこの先も恭平がついている。そう思うと、頼もしいような寂しいような気がして、遼賀は小さく笑ってみせた。

なだらかな斜面が続く山道を、一歩、二歩と登り続けた。山道には丸太で作った階段が埋め込まれ、おかげで足を滑らせることはない。膝も腰もじんと熱く痺れてはいるが痛み止めが効いているのか、いまのところ問題なく動く。検査を受けた総合病院の医師から「転倒したら、脆くなった骨が折れる可能性がある」と忠告を受けているので慎重に歩みを進める。

分岐点から三十分ほど歩いたところに、水場があった。水場といってもパイプから水が出ているだけなのだが、手に取って掬ってみると驚くほど冷たい。この冷たさがたまらなくて、手のひらに水を溜めるとそのまま口に含んだ。

「わっ、冷た。遼賀くん、こんなに冷たい水飲んで大丈夫なの？」

遼賀の隣で湧き水に触れていた矢田が、驚いて手を引っ込める。

「平気だよ」

遼賀は大きく深呼吸し、もう一度周りの景色に目を向けた。硬い外皮を脱いだ新芽が樹木の枝から吹き出している。自分が立ち止まっている間にも季節は巡り、新しい命が芽生えている。残された時間が短いのなら、短いからこそ季節を感じて生きたい。自分が生きてきた世界を、この目に焼き付けておきたかった。

水場を過ぎると、そこからはぎざぎざに屈曲した山道が延々と続いた。どこかで休憩を挟みたいという気持ちはあったが一度立ち止まったらそのまま座り込んでしまいそうで、遼賀は必死に足を前に出す。標高一〇〇〇メートル辺りに大神岩と呼ばれる岩があるはずなのだが、それらしきものは見えてはこない。

「まだかなぁ、大神岩」

すぐ後ろを歩く矢田が、息を弾ませる。

「なんですか、大神岩って」

高那の声が聞こえてくる。

「山頂までの目印だよ。大神岩から山頂まで一時間ほどだってガイドブックに書いてあったから、まだなのかなーと思って。もうそろそろ出発して三時間になるし」

十九年前、兄弟は大神岩を通り過ぎた後、登山道を外れた。あの日、積雪の中でも『大神岩』と書かれた木の杭だけは雪の中に見えていて、谷底に落ちてからはその目印を目指して歩いていたのだ。

ペースが落ちているのか。自分ではかなり速く歩いているつもりが、きっとかなり遅れているのだろう。ペースアップしなければ日没までに下山ができないかもしれない。だがそうは思っても体が重く、これ以上速くは歩けそうにない。

「店長、この荷物、おれ持ちますよ」

ふと背中が軽くなり、振り返ると高那が遼賀のリュックの底を持ち上げている。

「いいよ。ほとんどなにも入ってないから」

「いいからいいから」

リュックのベルトを肩から外されると、体がとたんに軽くなる。高那や恭平に比べれば自分の担いでいた荷物など子供のおつかいレベルの重さだ。それでも荷物を預ければ驚くほどに体が楽になる。遼賀はもう一度深く息を吸った。肺いっぱいに新鮮な空気を満たせば、体が大きく膨らみ、まだ頑張れそうな気がする。

「なあ高那。おまえの親父さんは、何歳で亡くなったんだ？」

道幅が少し広くなってきたので、遼賀は高那の隣に並んだ。ウエアやリュックを貸してくれた友人に靴までは借りられなかったのか、高那の足元は登山には似つかわしくない白地のスニーカーだった。それでもいたって軽快に草を踏み、斜面を登っている。

「三十八の時です。おれが十二で」

「若い父親だな」

「うちの親、デキ婚なんで」

父親は電子部品を作る町工場の営業をしていた。母親は工場近くの居酒屋で働いていて、父親はその店の常連客だった。自分が生まれたのは父親が二十五、母親が二十の時。いま親父が生きてたら五十ですかね、と高那が両手の指を折って数える。

「親父さんが亡くなった時のことって憶えてるか」

「そりゃ憶えてますよ、おれもう中学生だったし」

「なにか言われたか」

「なにかって？」

「その……最期の言葉というか。遺言めいた」

「ああ、そういう系ですか。うーん、どうだったかな、あったような、なかったような」

そういえば亡くなる数日前、意識が混濁する前に一緒にビールを飲んだな、と高那がブナの枝を見上げる。酒好きだった父だが、さすがに病気になってぴたりと止めた。だが「最期の時はおれにビールを飲ませてくれ」と常々口にしていて、その日は自分が病室に顔を出すといきなり、「ビール買って来てくれ」と五百円玉を渡してきた。息子が来るのをずっと待っていたのか、父の手の中にあった五百円玉が熱くなっていたのだと高那が静かに笑う。

「一緒にビールを飲んだって、おまえはまだ中学生だったんだろ」

「ほんのちょっとですよ」

酸素吸入もしていたし、もう味もわからなくなっていただろうに、父親は「乾杯」とコップを掲げると、ビールを口に含んだ。すぐに吐き出したけれど、満足そうにしていた。

「その時に、なんとなく遺言めいたことを言われました」

「もしよければ聞かせてくれるか」

「野球頑張れよって、それだけ。あ、でもその後、こうも言いました。もし野球がだめになったらその時はその時だ。また違うものを見つければいいんだって。おれはだめになるなんてこれっぽっちも思ってなかったから、正直、なに言ってんだってむっとしましたけどね」

でも、いまとなってはその言葉に救われている。父親にはおれの未来が透けて見えていたのかもしれませんねぇ、と高那が遠くの林へ視線を延ばした。

最期の時、自分は恭平になにを伝えるだろうか。

母や祖母や矢田には、感謝の気持ちしかない。ただ感謝だけだ。大切にされることの幸せや安心感。男は女の人の手に包まれて生きている。もし生まれ変わったら、結婚がしたいな。結婚をして自分が育ったような家庭を持ちたい。


五分歩いては五分休むといったペースで、遼賀たちはブナ林の中を歩き続けた。予定では出発から一時間半で標高一〇〇〇メートルの目印となる大神岩に辿り着いているはずだった。だがペースが遅くてすでに四時間が経とうとしている。やっぱり無理だ。そう何度かギブアップを口に出そうとしたけれど、ブナの梢《こずえ》越しに広がる青空に目をやり必死に思いとどまる。山頂の景色を見たい。ここまで来て引き返すことはできないと、自分自身を奮い立たせる。

「遼賀くん、大神岩ってあれのこと?」

すぐ後ろを歩く矢田が、遼賀の肩を後ろから叩いてきた。指さす方向に目をやれば、そう巨大でもない岩山が目に入り、『大神岩』と書かれた木の杭が立てられていた。

「おお。やっと着いたか。ちょっと登ってみるか」

恭平が大股で近づいてきて、遼賀の腕を軽く摑んだ。

「いや。先を急ごう。予定よりだいぶ遅れてる」

ここまで辿り着けたことに新たな力が湧いてきたが、この地点でまだ標高一〇〇〇メートルかと思うと安堵《あんど》より不安のほうが強かった。日没は六時半。それまでには下山しておかなくてはいけない。

そこからは、先行者の踏み跡を自分の靴でなぞるように歩いていった。

誰かがこの道を来た。自分はその後を追っている。それは生きることや死ぬことに似ているような気がする。人は生を歩き続け、やがてどこかでその歩みを止めるのだ。なにも特別なことじゃない。怖れることではない。

足元に咲く花に励まされながら大神岩から五十分ほど歩くと、

「遼賀、そろそろ山頂だぞ。標識が出とる」

恭平の大声が頭の上を飛び越えていった。地面に張りついていた視線を上げれば、すぐ先で『山頂まで５００ｍ』と書かれた道標が山頂を指している。いつしか周囲に光が増している。

「遼賀、まだ歩けるか」

「ああ、いける」

いったん立ち止まり、これから登る尾根を見上げる。

あの先が、山頂。

ゴールが近づいたことに胸が高鳴った。なんともいえない昂揚《こうよう》感。体全体が喜びに震えるのを久しぶりに感じる。

だが山頂に続くなだらかな尾根に出たとたん、風が急に強くなり体を支えるのが難しくなった。足に力が入らず何度か転びそうになりながら、トレッキングポールをついて耐える。だがまた数歩歩いただけで両足の筋肉がつり、踵が地面に張りついたかのように足が上がらなくなった。登山靴のつま先が地面に引っかかり両膝をつく。

「遼賀くんっ」

後ろにいた矢田が駆け寄ってきた。脂汗が額や脇に滲み、息がしだいに荒くなっていく。登山道に映る樹々の影が上下左右に細かく揺れたかと思うと、眩暈がした。呼吸がうまくできない。

「大丈夫ですかっ」

高那も後ろから声をかけてきたが、振り返るのも辛く前を向いたまま頷く。トレッキングポールを握る両手にも力が入らない。

「遼賀、乗るか」

土を踏む力強い足音が、背後から聞こえてくる。恭平が遼賀のすぐ隣まで駆け上がってきて、背負っていた車椅子を地面に下ろす。まだいける、と断ろうと思ったが声も出ず、よろける体を高那に抱えられた。

車椅子に乗り込むと、前方に括りつけられた二本のロープの右側を恭平、左側を高那が引いた。背後には矢田が回り、車椅子を支えてくれる。登山用の車椅子は三輪になっていて、後方の車輪二つに加えて前方にひとつ、幅の広いタイヤが付いている。ロープは前輪の軸に取り付けられているので、遼賀は恭平と高那の背中を見ながら山を登る。

いつしか目の周りの筋肉にも力が入らなくなり、眠りかけていた遼賀を人の手が揺さぶった。思うように目が開かず、指を目の上と下に当て無理に瞼を開ける。

「おい遼賀、着いたぞ。山頂だ！」

「……山頂？」

「ああ、ここがてっぺんだ」

自力で歩けなくなってから三十分ほどで辿り着いた山頂は、草原のように広々としていた。太陽が近く、辺り一面が白く光って見える。

「いい……景色だな」

視界を遮るものがなにひとつないので、はるか先の山並みまで見渡せた。東に兵庫県境にある岡山県最高峰の後山《うしろやま》。西には大山《だいせん》。遠くには瀬戸内海や海に浮かぶ島々が広がっている。地上よりずっと近くに感じる太陽が眩しくて、その温かみに全身に蔓延る倦怠感が和らいでいく。

「きれい。気持ちいーい」

矢田が声を弾ませ、大きく伸びをしている。

これでやり残したことはない。矢田に自分の一番好きな故郷の景色を見せることができた。そう思うと胸が熱くなり、涙が滲んできた。

「やっぱり山はいいな」

恭平が顔を綻《ほころ》ばせる足元で、高那が胡坐《あぐら》をかいて目の前に広がる景色を見つめている。

「ではティータイムといきましょうか」

矢田が赤色のデイパックを肩から下ろして高那の隣にしゃがみ込むと、中からレジャーシートを取り出した。オレンジ色のシートが草の上にふわりと広がる。

「準備がいいな」

笑いながら恭平が遼賀に向かって右手を差し出してきたので、その手を摑んだ。恭平に体を抱えてもらいなんとかシートまで移動し、腰を下ろす。矢田が空気を入れて膨ませるクッションを準備してくれていた。高那は長い脚をシートからはみ出させ、ごろりと寝そべっていた。両目を閉じ、気持ちよさそうな表情をしている。

「ホットコーヒーがいい人」

矢田の声に、恭平と高那が手を挙げる。

「じゃあ私と遼賀くんはお茶ね」

デイパックの中から二本の水筒を出すと、矢田がステンレス製のマグカップを四つ並べた。そのうちに紙皿も出てきてチョコレートやクッキー、なぜかチーズかまぼこが並べられていく。女の人はどうしていつも、ふんだんにお菓子を持ち歩いているのだろう。母も遊びに出掛けた時は何種類もの飴をバッグの中から取り出しては、家族に振る舞った。

「恭平、おれのリュック、取ってくれないか」

口の中にチョコを放り込んでいた恭平が、首を左右に回し小ぶりのリュックを探す。山鳥の鳴き声がすぐ近くから聞こえてくる。

「これか」

恭平が紺色のリュックを遼賀の目の前に掲げる。

「中を開けてくれないか。お母さんから預かったものがあるんだ。茶封筒の中に入れてある」

母は登山口のすぐ近くにある「山の駅」で待機していた。初めは自分も一緒に登りたいと言っていたのだが、矢田や高那が同行するのだと伝えたら、それなら安心だとあっさり撤回したのだ。

「あったあった。これじゃな」

恭平がリュックの中から、真新しい茶封筒を取り出す。

「なんじゃろ」

封筒の口を開け、小さく折り畳まれた紙を抜き出すと、恭平が丁寧な手つきで広げていく。古びた紙には、文字がびっしりと並んでいた。

「なになに、おばさんからの手紙？　なにが書いてあるの」

矢田に促された恭平が、綴られた文字を読み始める。だが数行読んだところで顔色を変えて「あ、これやばいやつ。昔おれが書いたやつだ」と慌てて紙を折り畳んでしまった。

「なによ、最後まで読んでよ」

矢田が手を伸ばして紙を取り上げようとしたが、恭平は背を向けた。その動作の隙にすかさず手紙を引き抜くと、

「『お父さん、お母さんへ。おれはいま谷底にいます』」

矢田が声に出して読み始めた。慌てた恭平が必死の形相で手を出したが、

「別にいいじゃない。子供の時に書いたものでしょ」

矢田は毛づくろいをする猿のように背を丸める。

手紙は、十九年前にこの山で遭難した時に記したものだった。今朝、家を出る直前に

母が「はい、これ。あんたが探しとった手紙」と言って手渡してくれたものだ。山で書いた手紙じゃから、山で読みなさい。そう口にした母は、なぜ遼賀がもう一度山に登りたいなどと言い出したのか、その気持ちをわかっているようだった。

矢田が声に出して手紙を読み始めると、恭平はもうどうにでもなれという顔をしてシートの上にごろりと寝そべり、空を見つめた。

お父さん、お母さんへ。

おれはいま谷底にいます。

小便をした後、せり出した雪に体重を乗せ足を滑らせてしまったのです。

滑落していくおれの手を遼賀がとっさにつかみ、二人で落ちてしまいました。そのうえおれは足まで怪我をして最悪です。

この手紙は遼賀とテントの中で書いてます。ボールペンが一本しかなかったのでおれが先に書くことになりました。

おれは小学校二年生の時に児島ファイターズに入りました。はじめのうちは練習時間が長くてつらかったです。夏は暑いし冬は寒いし。土日も遊びに行けないので、入って失敗したと思いました。でもどんどんうまくなって、三年生の時に監督からピッチャーをするように言われてからは、なによりも野球が好きになりました。

小学六年生の時に全国大会で優勝した時は最高にうれしかったです。苦しい思いをして登ってきたからこそ、見える景色がある。

前に大山に登った時、お父さんがそう言ってたけれど、全国大会のマウンドに立って見た景色はそんな感じだった。決勝戦のマウンドに立った時は山の頂上に立った時と同じ気持ちがしました。

でも中学生になって入部したクラブチームは、監督と合わずにやめてしまいました。本当は合わなかったわけではありません。監督がおれを嫌っていたからです。おれは自分が監督に嫌われていることを、お父さんとお母さんには話せんかった。がっかりされるのが怖かったからです。弱い自分が恥ずかしかったからです。

その時、遼賀がそんなチームやめてもいい、中学の野球部に入ればいいと言ってくれて、ほっとして涙が出ました。これまで人の前で泣きたくないと思っていたけれど、遼賀の前でなら泣くことができました。

いまおれたちがいるテントの設営は遼賀が全部やってくれました。設営の手順をおれは全然おぼえてなくて、遼賀がおぼえてくれていたので助かりました。でも食料は明日の朝のぶんまでしかありません。今日の夜はオートミールを食べました。おれはインスタントラーメンがよかったけれど、遼賀が、それは明日の朝の楽しみにしようと言うので我慢しました。

手紙を書いておこうと言い出したのは、遼賀です。

もしどちらかひとりだけが生き残ったら、この手紙をお父さんとお母さんに届けるんじゃと遼賀は言ったけど、おれは死ぬのが怖いです。生きたいです。

お父さん、お母さん、助けてください。

まだまだやりたいことがいっぱいある。このまま死んだら後悔だらけの人生だ。

風の音が強くて、今日は怖くて眠れないかもしれない。手も足も冷たいし、まだ腹も減ってます。外は真っ暗で風でテントも揺れていて、でも遼賀がいるので怖さは半分になっています。

遼賀はこんな時なのに、家にいる時のようにしゃべり、笑います。おれの兄ちゃんが遼賀でよかったです。

それからおれは、お父さんとお母さんの子供でよかったです。

早く家に帰ってすき焼きが食べたいです。おいしい岡山牛を腹いっぱい食べたいです。

笹本恭平

作文が大の苦手だった恭平が、紙を余すことなく文字を綴っていたことに驚いた。手紙を読み上げていた矢田が途中で笑い出したり、声を詰まらせたりするのを、遼賀たちは静かに黙って聞いていた。

「恭平くんらしい手紙だったね」

手紙を折り畳み、茶封筒に戻しながら矢田が穏やかに笑う。

「なんじゃ、おれらしいって」

「この上なく正直だから」

「あほか。人生で最後になるかもしれん手紙に、嘘書いてどうするんじゃ」

「手紙の最後をすき焼きで締めくくるあたりがらしいわ」

二杯目のコーヒーを飲んでいた恭平が、子供じみた仕草で矢田の手にあった茶封筒を取り返し、遼賀の胸に押しつけてきた。

おれは、お父さんとお母さんの子供でよかったです――。

父と母はこの手紙を読んで泣いただろうな、と遼賀は思った。嬉しかっただろう、と。だから遭難の後、恭平に事実を告げることができなかった。でもいまはそれでよかったんじゃないかと思う。恭平もたぶん、そう思っている。

遼賀は茶封筒の中に残っていたもう一通の手紙を手に取ると、ヤッケのポケットにそっとしまった。恭平のように、みんなの前で読み上げられるのは勘弁してほしかったからだ。だがそんな心配をするまでもなく、矢田は遼賀の手紙を読もうとはしなかった。

山頂でお茶を飲んだ後、避難小屋に立ち寄った。十九年前に父が立てていた計画では、この山小屋でインスタントラーメンを作って食べることになっていた。だが辿り着けず、兄弟にとっては幻のゴールになっている。

「こんにちは」

恭平は入り口でそう声をかけてから、遼賀を車椅子のまま、小上がりになったL字形の板の間まで移動させた。高那と二人でゆっくりと体を支え、板の間に座らせてくれる。

「ありがと」

頭《こうべ》を回《めぐ》らし、小屋の中を見回した。小屋の中ではすでに登山者たち数名が休憩を取っていて、土間にコンロを置いて調理をしているグループもあった。こっちにちらりと目をやり、会釈する人もいる。山は誰のものでもない。訪れた者すべてを受け入れる。だから登山者たちは、同じ山に挑む者をどこか同志のように感じるんだ。父が昔、そんなことを言っていたような気がする。

「今日はどちらから」

コンロを使って調理していた男性ひとり、女性二人グループの、最年長らしき高齢の男性がにこやかに話しかけてきた。雪のように真っ白な短髪がむしろ精悍《せいかん》で、老人という感じはしない。

「岡山です。私たち三人は地元の者なんですよ。彼だけが東京から遊びに来てて」

矢田が愛想よく答える。

よかったら一緒に食べませんか、と男性は手招きし、そばにいた二人の女性が発泡スチロールの器にラーメンを入れてくれた。湯気が立ち、手に取ると醬油《しょうゆ》とごま油のいい香りがする。男性は岡山在住だが、女性二人は大阪から登山旅行に来ているのだと話が弾む。高那がトラモントの話題を出せば「東京に行った時には絶対に行くわ」と顔を綻ばせる。

「実はぼく、この山で遭難したことがあるんですよ」

恭平がさらに場を盛り上げようと昔話を持ち出した時、遼賀以外の全員がラーメンを食べ終えていた。遼賀だけがもそもそと麺を口に運んでいる。

「遭難？　那岐山で？」

白髪の男性が笑顔を消し、眉間の皺を深める。

「あり得ないですよね、一〇〇〇メートル級の山で遭難なんて。でも本当なんですよ、十九年も前のことです。ぼくと兄がまだ十五の時で」

なあ遼賀、と恭平が軽やかに話をふってきたので、箸を手に持ったまま頷くと、「冬でしたか？　冬の雪山で」と男性が真剣に訊いてきた。その問いかけに、ただの世間話とは違った熱がこもっているのに気づき、恭平は口元の笑みを消して「ええ、そうですけど」と答える。

「もしかしてきみたちは……あの時の兄弟か」

白髪の男性が、突然口調を変えた。

「あ、失礼。実は私、二十代の半ばから四十年近く、山の捜索隊員として活動していたんですよ。一昨年に引退してからは、登山ボランティアをしているんですが」

男性は小林《こばやし》と名乗り、いまから十九年前、この山で捜索をしたことがあるのだと語り始めた。

「遭難したのが十五の子供だと連絡を受けた時、本当のところ、もう無理だろうと思ってたんです。子供はなにより経験値が低いから、非常事態が発生するとパニックを起こすんです。どんなに賢い子供でも冷静な判断ができなくなる。吹雪の中で雪洞《せつどう》を掘る、凍った手袋でテントを設営するという作業は、思うよりずっと難しいことですからね」

恐怖と疲労で正常な判断ができなくなり、体力を失い力尽きる。錯乱状態に陥った年若い登山者の亡骸《なきがら》を、それまでも何度か目にしてきた。経験豊富な登山者でも遭難時に冷静でいることは難しいのだと小林が話す。

「夜が明けるのを待って子供たちが滑落したと思われる地点に行ってみましたが、降り積もった雪のせいで、足跡などの手がかりはなにひとつ残っていませんでした」

繰り返し大声で名前を呼んでもみたが、叫び声はたちまち雪の奥深くに吸い込まれていく。いまならドローンを飛ばすなどの手段もあるのだろうが、当時は人の目で捜す以外の方法はなく、雪深い場所に踏み込むことはできなかった。

「捜索開始から四時間ほどが経った時、隊員のひとりが、別のルートを捜してみようと言い出したんです。まだ十五歳の子供なのだ。恐怖にかられやみくもに歩き回り、まったく別の登山ルートに迷いこんだのかもしれないから、と。でもその可能性を、兄弟の父親ははっきりと否定しました。うちの息子たちは決して恐怖にのみ込まれたりはしない。必ずこの登山道に向かっているはずだと言って、彼らの辿ってきた登山道から離れようとはしませんでした」

父親がそこまで言うのだからと、親子がはぐれた場所を中心に捜索を続けた。崖下に向かって声をかけ、気配を探った。だがやっぱり手がかりは見つからず、登山道を離れて別のルートを捜そうと、隊長が号令をかけた。

「その時でした。父親が、雄たけびのような大声を上げながら、雪の中を走り出したのです。子供を思うあまり気でも狂ったのかと私たちは目を見開き、駆けていく父親の背を追いました」

あの時の光景は、いまでもはっきり憶えています、と小林が声を高くした。白一色の雪景色の中、オレンジと青の登山靴を履いた少年二人が肩を組み、足を引きずりながら登山道の向こうから歩いてきた。

「奇跡が起こったんだと思いましたよ。百年に一度の奇跡が、いま目の前で起こっているのだとね。後になって兄弟のひとりが凍傷になったと聞いたんですが……」

小林が視線を右へ左へ動かし恭平と遼賀を交互に見つめてきたので、「ぼくのほうです。でも幸い、切断にはいたりませんでした」と笑ってみせる。

「そうですか。よかった。本当によかった。いや、今日はきみたちと、大人になったきみたちとここで会えて、こんなに嬉しいことはない」

日に焼けた大きな手で小林が握手を求め、恭平がそれに応えた。遼賀にも同じように右手が差し出され、いま残っている精一杯の力を込めてその手を摑んだ。

「じゃあ元気で」

満足そうな面持ちで避難小屋を後にする小林に礼を告げ、手を振って見送る。小屋を出る時、入り口のすぐそばに置いてあった車椅子に目をやった小林が遼賀を振り返ったが、彼はなにも言わず、ただ力強く頷いた。

*

下山する頃にはもう、日が傾き始めていた。

日暮れの山道は冬に逆戻りしたかと思うほど寒くて、遼賀はヤッケのファスナーを首元まで上げた。上りの車椅子の時とは逆に、遼賀を乗せた車椅子が先に進み、ロープを肩に巻き付けた恭平と高那が速度が出すぎないよう背後からロープを引き気味にしながらついてくる。矢田はすぐ背後を歩き、車椅子のハンドルを握っている。自分の足で山を下りたいという思いはあったけれど、もうとっくに体力の限界がきていた。

「緑の山に夕陽が落ちて、今日という一日が過ぎゆくぅー」

しんとした山道に、矢田の歌声が響く。

「なんでいま高校の校歌なんじゃ」

恭平が呆れたように笑うと、「熊よけ。鈴の代わり。暗くなってきて、なんか怖いじゃん」と矢田がさらに声を高くする。「美声ですね」と高那が適当な褒め方をすれば、恭平が「この校歌、甲子園で歌いたかったわ」と矢田の歌に自分の低い声を重ねた。

楽しそうな三人の話し声を背中で聞きながら、遼賀は前を向いたまま、山の端に落ちていく夕陽を見ていた。登山道や山を覆う樹々や空が、うっすらオレンジ色に染まっていくのを見ていると、ここが現実の世界とは思えず、もう長く続いている痛みや倦怠感までが薄れていくようだった。悲しみや虚しささえ遠ざかっていく生と死の境の時間。小石が海に沈むように、意識が徐々に薄れていく。

遼賀はヤッケのポケットにしまっておいた手紙をそっと取り出し、静かに広げた。まだ太陽が残っているうちに、この場所で読んでおきたいと思った。

お父さん、お母さんへ

はじめに、こんなことになってしまって、本当にごめんなさい。

ぼくはいま、手紙を書きながら小さかった頃のことを思い出しています。

小二の時に始めた野球はなかなかうまくならなくて、レギュラーに入れず、やめたいと思ったことが時々ありました。でも練習が終わった時、お茶当番のお母さんたち（うちはばあちゃんでした）が準備してくれる冷たい麦茶がとてもおいしくて、野球をやめたらこんな楽しみもなくなるのかと思うとそれは残念で続けようかと思いました。練習が終わった後、山鳥が影絵のように並ぶ夕焼けの中をみんなで列になって自転車で帰るのも楽しかったです。

勉強でもスポーツでもぼくは活躍できませんでした。絵がうまいとかピアノが弾けるとか将棋が得意とか、人に自慢できるような特技もありません。

でも、それでも、ぼくにとっては最高の十五年間でした。

お父さんと山に登ったり、海で釣ってきたタコをお母さんに煮つけてもらったり、その煮つけをばあちゃんちに持って行ってみんなで食べたり、じいちゃんに庭の仕事を教えてもらったり、ぼくの人生には楽しいことが数えきれないくらいありました。

お父さんとお母さんは、ぼくの人生が短くてかわいそうですか？

でもぼくはかわいそうではありません。

ぼくの人生は本当に幸せでした。

家族のおかげで楽しいことだらけでした。

ぼくは生まれてきたことに感謝しています。

風が強くなってきました。雪洞を作ってからそこにテントを張れば、もっと暖かかったかもしれない。そこまで頭が回らなかったけれど、隣に恭平がいるので大丈夫です。恭平がそばにいると、ぼくはどうしてか頑張れます。小さなころからずっとそうです。お父さん、お母さん、恭平を弟にしてくれてありがとう。

ぼくは、うちの家族が大好きです。うちは四人家族でよかったと思います。

笹本遼賀

手紙を読み終えると、すでについている折り目に合わせて畳み、またヤッケの胸ポケットにしまった。下りは楽に歩けるからか、恭平たちの笑い声が途切れることなく後ろから聞こえてきた。人見知りをする高那が、恭平や矢田と打ち解けている。

死を覚悟してこの手紙を書いた十五の時から十九年間、自分はなにも変わっていないなと思う。新聞に載るほどの良いことも悪いこともせず、特に目立つこともなく生きて……。山に生える、一本の木のような人生だ。

でも、間違いなく自分は幸せだった。過去の笹本遼賀が感じていた幸せを、その後十九年間、同じように感じ続けてこられたように思う。

怠くて重くて、体のあちこちに痛みがあるこの体はもう、元通りにはならないだろう。でも心は、心だけはこのところ一日一日軽くなっていくように感じる。いまはそばにいる恭平たちよりも父や祖父のほうが近くに思え、二人が死を目前にして考えていたことがわかる気がする。自分はいい人生を生きた。悔いはない。二人とも、そう思っていたに違いない。

みんなにありがとうを伝えたい。

忙しい日々の中、闘病を支えてくれた恭平に。どんな時でも変わらない愛情を差し出してくれる母と祖母に。そばにいるからと故郷に戻ってきてくれた矢田に。いまも変わらず慕ってくれる高那に。いまはただ感謝を伝えたい。

最期に人はたったひとつの気持ちをもって逝くのかもしれない。このところ、そんなことをよく考える。

遼賀は草木の匂いを思いきり吸い込み、両目を閉じた。

（みんな、ありがとう）

目を瞑ったまま唇を動かす。

（恭平、あとは頼む）

残るすべての力を喉に込めたが声にならず、吐息のかけらとなって空気に紛れる。三人の笑い声が後ろから聞こえている。昔から人が楽しそうに過ごしている姿を見るのが好きだった。だからトラモントの仕事も好きだった。自分の仕事が誰かの幸せな時間を作り出している。そんな自負があったのかもしれない。

タイヤが丸太階段を踏む振動が、背に伝わってくる。閉じていた瞼を開こうと力を入れたがどうにもうまくいかず、でもそのかわりに瞼の裏にオレンジの光が満ちた。樹々を揺らす風の音。土を踏む力強い足音。三人の笑い声。いま聞こえるすべての音を記憶に留めたくて耳を澄ます。

もう一度山に登りたかったのは、十九年前の自分の強さを思い出したかったからだ。これから先、自分の身に起きるだろうことに怖れず挑んでいけるよう、十五歳の自分に力をもらいにきた。

光がどんどん強くなり、辺り一面が真っ白な雪景色に変わり、遠くのほうに人が立っているのが見えた。

父だった。

父が、「遼賀!」と大きな声で自分の名を呼んでいた。

両腕を広げた父が光の中に浮かび、もうすぐすべてを終えるのだと悟る。

兄としての役目も終わるのだ、と握っていた拳をふっと緩めた。

(遼賀、ごくろうさん)

父に優しい声で言われ、最後の力を振り絞って両目を開いた。

瞼を開けると父の姿は消えてしまい、かわりに恭平たちの長い影が登山道に伸びているのが見えた。

エピローグ

笹本家の墓は遼賀の自宅から車で三十分ほど走った、小さな山の中腹にあった。山の麓に草地の駐車スペースがあり、そこからはつづら折りになった石の階段を上がっていかなくてはいけない。

仕事で使っている軽自動車を停めると、泉はゆっくりとドアを開け外に出る。皮膚を刺す八月半ばの陽射しは強烈で、助手席に置いていた帽子を慌てて手に取った。

果てしなく続きそうな石段を、一段一段上がっていく。疲れてくると後ろを振り返り、どれだけ上ってきたかを確かめ、それを励みにする。石段の勾配はかなり急なので踊り場に着くたびに深呼吸をしなくてはならず、ひと息で上りきるというわけにはいかない。

遼賀の体調が急変したのは、四月に那岐山へ登った、その翌月のことだった。

登山を終えてからしばらくは見違えるほどに調子がよく、痛みも薬でコントロールできていた。泉が訪問した時もベッドを離れていることが多く、台所に立って料理をしていたり、庭に出て雑草を抜いていたり。「あんまり元気にしてると、近所の人から引きこもり中年って思われるかな」と彼自身、妙な心配をしていたくらいだった。だが五月に入って腹水が増え始め、手足がむくみ、体のだるさを口にするようになった。六月には一日中ベッドで横になっていることも多く、食べ物はもちろん水分すらも摂れない状態が続いた。

そして六月のある日曜の朝、遼賀は昏睡《こんすい》状態に陥った。

その前日に急激な血圧低下を起こしていたが、延命措置は要らないという彼の希望通り、病院には搬送されることなく自宅のベッドで最期を迎えた。

泉が「話せなくなっても、耳は聞こえているんです。だから話しかけてあげて下さい」と家族に伝えたので、遼賀の目が開かなくなってからも彼の母や祖母は普段と同じように話し続けてくれた。遼賀の髪を撫でたり、頰に触れたり。彼がこの世に誕生した時と同じように、大切に大切に――。ただ恭平だけは遼賀の顔を時おり見つめるだけで、泉の前で彼になにか言葉をかけることはなかった。

泉がお墓に参るのは、遼賀が亡くなってから二度目のことだ。七月に行われた四十九日の法要を兼ねた納骨式以来のことで、その時は泉も参列させてもらった。家族ではないからと遠慮したのだが、恭平とおばさんが「遼賀が喜ぶだろうから」と言ってくれたのだった。

遼賀を見送ってからの二か月間、泉はずっと同じことばかりを考えている。仕事は休まずに続けているので四六時中というわけにはいかないが、気がつけばひとつのことばかり思っている。

　なぜ自分は遼賀と再会したのか。

　遼賀に訊いておけばよかったと悔やむのだが、それも叶わず悶々《もんもん》としている。もう二度と会えないと思ったとたんに話したいことが次々と浮かんでくる。おばさんや恭平、おばあさんもそうなのだろうか。でも遼賀と一緒にいた時に「私たちが再会した意味は」なんて口にしたら、それはちょっと重たすぎて気まずくなっていたかもしれない。そんなどうしようもないことを頭の中でぐるぐると考えながら、長い石段をくじけずに上がっていく。


「矢田、ちょっといいかな」

　遼賀がそんなふうに言ってきたのは、昏睡状態に陥る前日、土曜日の夜のことだった。その時すでに遼賀の意識は朦朧としていて、起きていても話ができる時間は短かった。

「うん、どしたの？」

　泉に視線を合わせようと頭を無理に持ち上げながら、遼賀が真剣な表情で頷く。

「恭平に伝えてほしいことがあるんだ」

「恭平くんに？　直接言えばいいじゃん。明日は日曜だから奥さんと娘さんを連れて朝からこっちに来るって言ってたよ」

「……いいんだ。矢田から伝えておいて」

いまから思えば、もう恭平とは話せないことを、遼賀は悟っていたのかもしれない。彼は自分が死ぬことを前提に話をし、泉はそれを否定しなかった。なに言ってるの。弱気になっちゃだめ。そんな言葉を挟んでいる時間がないことを、二人ともわかっていた。

恭平への伝言を受け止め、泉が頷くと、彼は閉じかけていた瞼に力を込めた。必死で両目を見開き、泉を見つめてくる。

「それから……矢田にも」

「私に？　なに」

息の量が少なくて、言葉が聞き取りにくかった。泉はベッド上の遼賀に覆いかぶさるように体を折り曲げ、その口元に耳を近づけた。

「矢田に……えて」

「ごめん、遼賀くん、聞こえない。もう一度言って」

こんなに苦しそうな人に無理をさせてはいけないと思いつつ、でもいま遼賀の言葉を聞かなければ一生の後悔になると、泉は言葉の先を促した。

「矢田に会えて……よかっ……た。ありがとう」

遼賀の瞼が徐々に落ちていく。泉は彼をこの世界に留めようと名前を呼び続けた。だが瞼はぴたりと閉じられ、彼は深い眠りに入っていった。

ようやく石段を上がりきると、視界はいっきに開け、整然と並ぶ大小の墓石が目に入った。笹本家の墓地は敷地の奥、右端にあり、周囲には蜜柑と梅の木が植えられている。今日は遼賀の月命日だった。

「あれ、矢田？」

砂利敷きの上を歩いていると、「笹本家先祖代々之墓」と刻まれた墓石の前に立っていた恭平が振り返った。恭平と会うのも納骨式以来のことで、すでに懐かしい。それまで毎日のように顔を合わせていたのが嘘のようだ。

「なんじゃ、おまえも来るんだったら一緒に車に乗っけてやればよかったな」

恭平は笑みを浮かべながら、手に持っていた白菊の供花を小さな花立てに移している。その隣でおばさんが墓石に水をかけ、ブラシで丁寧にこすっていた。

「恭平くん、おばさん、お久しぶりです。実はいま、仕事帰りなの。あ、これお花。一緒に供えてもらえると嬉しい」

泉はハイビスカスやヒマワリ、ノウゼンカズラの花束を、恭平に差し出した。「なんじゃ、この独特な花のチョイスは」と苦笑しながら、恭平が大ぶりな花立てに色鮮やかな花を飾ってくれる。

「矢田さん、お参りありがとうね。それより、お盆なのに働いとるん？」

「はい。この仕事に盆も正月もないですから」

「そりゃそうじゃねぇ。おつかれさま」

おばさんと話している間、恭平は線香に火をつけ、小分けにして線香立てに供えていた。泉は肩に掛けていたバッグから数珠を取り出し、手の中に握りしめる。

「矢田も知っとったんじゃな、遼賀とおれが本当は兄弟じゃなくて従兄弟同士だってこと」

墓石の前で手を合わせ、恭平が口にした。今年の夏は蟬《せみ》の鳴き声がいつもより大きい気がする。そんなふうに思い、ああ、ここが田舎だからだとひとりで納得する。昨年まで自分は東京で暮らしていたのだ。

「遼賀がまだちょっと元気だった時に言ってきたんだ。矢田におれたちのことを話したって。だからもう二人だけの秘密にしておく必要はない、お母さんやばあちゃんにもおれらが知らんふりしとったことを話そうって……」

恭平が言葉の途中で口をつぐむと、隣に立つおばさんが悲しそうに眉をひそめる。

「これまで二人に気を遣わせていたのかと思うと、親として申し訳なくてね……。こんな大事なこと、いつかはわかるはずじゃよね。隠し通せるもんでもないってわかってたんじゃけど」

でもどうしても言い出せなかったのだ、とおばさんは恭平に目を向けた。なにより夫がそう望んだから……。

「遼賀、おれが家に来た日のことを憶えてるって言っとったわ。遼賀が四歳で、おれが三歳で。おれがずっと泣いていたから、自分ももらい泣きしたって」

「うん、私にも話してくれた。恭平くんが、お母さんに会いたくて、ずっと泣いてたって」

恭平が「まさかそんな小さい頃から知っとったなんてな……」と呟いた。なにか言いかけて口を開き、でもすぐに諦めた顔をして首を振る。

「あの子はなんも言わんからね。しんどいこともあったんじゃろうけど」

おばさんの目から涙がこぼれ落ちる。姿がなくなってからもなお、彼の優しさは自分たちの胸を締めつける。不思議なことだと思う。人は死んでも、誰かの心を震わせることができる。

なにかを探すようにおばさんの視線が周囲を彷徨《さまよ》い、やがて真夏の空に向けられた。

「遼賀、矢田のおかげで話せたんだ」

恭平が、ぽつりと言った。

「え、なにを」

「あいつ、おれにはひと言もそんなことは話さんかった。高一の時におれが気づいた時だって、自分も初めて知ったような顔しとった」

「そう……」

「おまえに話せて、ほっとしただろうな。ありがとうな、矢田。遼賀のそばにいてくれて、ほんとにありがとう」

恭平は荒っぽい仕草で額の汗と目尻を拭ってから、「花はこのままお供えしておいていいのかな、暑いからすぐ枯れるけど」と明るい声で訊いてきた。

「うん、せっかくきれいに咲いてるし、いいんじゃない」

この二か月間泣いてばかりいて、涙はもう涸《か》れ果てたと思っていたのに、また喉の奥が熱くなる。遼賀と恭平。二人からもらった「ありがとう」の言葉でこれほど幸せな気持ちになれるのなら、遼賀と再会したことに特別な意味なんていらないのかもしれない。私はこの先も生きていける。泉はふとそう思った。

「それにしても、今年の夏は暑いな」

「それ毎年言ってるけどね」

「遼賀、暑さに弱かったからこの墓の上に庇《ひさし》でも作ってやりたいぐらいだ」

もう一度柄杓《ひしやく》で墓石に水をかけると、恭平はおばさんのほうを見て、「そろそろ戻るか。ばあちゃんが待っとるわ」と空になったバケツを持ち上げた。「じゃあまたな」と泉に別れを告げ、恭平がおばさんを伴って蝉しぐれの中を歩いていく。

遠ざかっていく二人の背中をしばらくぼんやり見つめながら、泉は遼賀が自分に託した伝言を思い出していた。彼が恭平に残した言葉は、頑張りすぎんな、だった。

「恭平に、頑張りすぎんなって、言っといてくれないか」

そう口にした後、遼賀は喉を詰まらせ、しばらく辛そうに目を閉じていた。こんなに苦しいのに最後まで弟の心配をする遼賀が哀れで、でも愛しくて、泉が泣きながら、「わかった。伝える」と小さく叫ぶと、遼賀は笑みらしきものを唇に浮かべた。泉が大好きな彼らしい静かな笑みだった。

「恭平くーん」

箒を肩に担ぎ、ゆったりと歩いていく大きな背中に呼びかける。

立ち止まった恭平が、振り返り首を傾げる。

「あんまり頑張りすぎちゃだめだよ、わかってる？」

泉が叫ぶと、恭平はほんの一瞬だけ子供の泣き顔のような表情をし、

「おまえもなっ」

と声を張る。

夏の空は青く、蟬の声はまだまだ高く低く鳴き続けていた。

解説

大島真寿美

ふと、道端に咲く花に目を留めることがある。

これ見よがしに存在を主張しているわけでも、名の通った花でもない。けれども、ひっそりと咲く、その、ささやかな美しさに惹かれ、つい見惚れてしまう。そうしてじっと眺めているうちに、自分までもが清められていくような気がしてくる。アスファルトの脇の、わずかな隙間に根を張り、ただ静かに咲いている花は、そこに存在しているだけなのに、こちら側の心の強張《こわば》りをほぐしてくれる。

この小説の読み心地はそれと似ている。

といって、のんびりとした、やさしい物語ではない。

遼賀という、主人公の青年が辿る道は、ある意味、過酷だ。

三十三歳という若さで、彼は深刻な病に冒されてしまう。読者はそんな彼を、凝視することになる。

闘病ものか？

たしかに闘病ものではある。しかも、刻々と、とてつもなくシビアな症状になっていく彼を我々は見守りつづけなければならない。遼賀も逃げられないが、読者も逃げられない。

作者の藤岡陽子さんは、それを綿密に書く。病の進行具合や変化していく治療内容、その過程での患者の状態、治療の選択肢、じつにリアルだ。医師とのやり取りであったり、病室や病院内の景色であったり、看護師の振る舞い、手術前後の患者のあれこれ、それを見守る家族の役割等々、身近で経験したことがある者なら読んでいるだけで身につまされるだろう。

藤岡さんは実際に、看護師として働いておられる方だそうで、そのあたりは、おそらく実体験に基づいているのだろう。

看護師として働く、ということはつまり、藤岡さんは、これまでの人生において、病とともにある人々をたくさんたくさん見てこられたわけだ。周囲で支える人も、現場で働く医療従事者もたくさんたくさん見てこられ……、いや、今もまさに、日常的に、たくさんたくさん見ておられるのだと思う。

本作にも、看護師として働く者の胸中が赤裸々に綴られている。少し引用しよう。

〝私たちだって一生懸命やってるよ。義務、惰性、意地……いろんな感情を抱えながら毎日毎日、それこそもう何千人もの患者さんの看護をしてきたの。（中略）もう毎日めいっぱい。余裕なんてどこにもない〟
〝毎日蓄積されていく疲労をどうやってリセットするか。時おり津波のように襲いかかってくる虚無感をどうやり過ごすか〟

こういう実体験を積まれた方が、こういう小説を書くとは、どういうことなのだろうと考えずにはいられない。

経験を積まれているからこそ、なまじな覚悟では書けないはずだ。

さまざまな経験をされていればいるほど、それを物語に落とし込むのは容易ではない。リアルには書けても、だからこそ、容易に書いてはならないと戒める気持ちも起きるだろうし、物語として消費されてしまうことへの抵抗、恐れもあるだろう。感動させればいいってものではないし、御涙を頂戴すればいいってものでもない。

同じ病を得ている人やそれを支える人を奈落に突き落とすことなく、絶望の淵に追いやることなく書き切らねばならない。といって、嘘くさい希望を提示するだけではだめだ。そんなものはすぐに見抜かれる。見抜かれれば、むしろ毒になる。そういうことも、藤岡さんは日々、経験し、いやというほど実感しておられるのではないか。

じつをいうと、私は、自分の書く小説（私も小説家です）では、具体的な病名をなるべく書かないようにしている。とくにシビアな方向へいってしまう場合、描写によってある程度推測される可能性があったとしても、はっきりとした病名を出さないで想像の余地を残すようにしている。同じ病で闘病している人が、フィクション内とはいえ、ふいに辛い現実に引き戻され、悲しみにくれたり苦しい思いにさせられたりするのはこちらの本意ではないし、現実世界への絶望を深めてほしくないからだ。こんなものはフィクションですから、このようにはなりませんよ、といちいち注釈を付けられないから、私はそうしている。というくらい、フィクションには力があるとも、私は思っているわけだ。そう。こんなものはフィクションですから、と思いつつ、私はフィクションの力を畏れているし、それをうみだす者にはそれなりに責任があるとも思っている。むろん、すべての責任を負えるわけではない。それもまた重々承知のうえで、でも、だからといってそれに甘んじてはならないと思うし、無自覚であってはならないと思っている。

であるからして、つまり、看護師である藤岡さんは、並々ならぬ覚悟でこの小説を書かれたのだろう、と思うのである。

この小説を読んでいるとそれがよくわかる。その覚悟が伝わってくる。

生きることと死ぬこと、というか、死ぬこととは生きることなのだ、ということを藤岡さんはきっちり書きたかったのではないか。

生きることだけでは生きることについて書いたことにはならない。生きることとは死ぬことであるし、死ぬこととは生きることであると、藤岡さんは、ほんとうに真摯にそれを書こうとしたのだと思う。

それゆえ、冒頭から遼賀の病名は隠さずに出てくる。具体的な病気に苦しめられていくこの青年と、私たちは真っ向から対峙するよう求められる。覚悟を決めて書いた藤岡さんは、覚悟を決めて読むように促している。私のやり方とは真逆に見えるが、そうではなく、同じだ、と私には感じられた。具体的に書くのであればここまできちんと丁寧に具体的でなければならないし、不意打ちであってはならない。そして誠実に、（フィクションであれ）遼賀という青年を弄《もてあそ》ばずに筆を進めなければならない。

遼賀は、じつに気持ちのいい青年だ。

彼が好青年であればあるほど、病は誰にも平等に訪れるし、死もまた平等に訪れると私たちは突きつけられる。なにもこの若さでこんな目に遭わなくたっていいだろうと悔しい気持ちにもさせられる。

彼ももちろん苦しむし、狼狽《うろた》える。絶望するし、悲しむ。

それを支える人々も同じだ。

遼賀と双子ということになっている恭平。二人を育てた母、燈子。高校時代の同級生で看護師の矢田泉。遼賀が店長であるイタリアンレストランのアルバイト、高那裕也。皆、この理不尽な現実に憤りつつも、それを受け入れ、なんとか遼賀の助けになろうと心を砕く。遼賀を思うことで、彼らもまた生と死を捉え直さねばならない。遼賀を簡単に死なせたくはないからこそ、彼ら一人一人が、死とはなにか、生とはなにか、あらためて考えずにはいられなくなるのである。

そしてまた、遼賀と恭平には、中学時代、亡き父と登った冬山で遭難し、九死に一生を得たという辛い過去がある。そちらからも、生きるということ、死ぬということについてもう一段階、深いところを照射される。

こうして徹底的に、この小説では、生きることと死ぬことが描かれるのである。死ぬこととは生きることだと描かれるのである。

それにしても、この小説は、闘病ものでありながら、暗い閉塞感がない。輝くオレンジ色の光がいつもどこかから差し込んでいる。

私はそれを、人の善なる面、善なる力が放つ輝きなのではないか、と感じたのだがどうだろう。ちがうだろうか。ほんのりとした光が世界を照らしている。

その光はどこからくるのだろう?

遼賀だろうと思う。彼の気質というか性根というか。

たとえば、彼の家族は、彼と恭平にかかわる大きな秘密を抱えているのだが、とても円満で、それについて遼賀はこう述べている。

〝うちの家族の仲の良さは、客観的に見れば普通じゃないと思う。でもそれは、両親やおれたち兄弟がそれぞれ、そうありたいと願い続けてきたからなんだ。ちゃんと、家族になろうって〟

ここで語られているのは、家族の意思についてだが、遼賀がどう生きてきたかがよくわかる。彼には意思がある。どう生きるかという意思。どう生きていくかという意思。彼はそれ《善なるもの》を手放さない。病に冒されても、深刻な状態に陥っても、死が目前に迫ってきても、彼はどう生きるかという己の善、その意思を貫く。藤岡さんが書きたかったのは、ここではないかと私は思う。

遼賀は、病を得たからこうなったのではなく、彼はずっとこうだったのだ。病を得て、いっそう、そこが鮮明になっただけだ。人は生きてきたようにしか死んでいけない。そこはごまかせない。そうして、どう生きるかというのは己の意思で形作られる。それはまた、周囲にも伝播していく。影響し、影響され、世界は作られる。

道端の花にささくれた心が溶かされるように、遼賀のような心根で生きている人は周囲の人々の心を溶かす。

この小説にはそこまでちゃんと書かれているから、読者もまた、可憐な美しい花に触れた心地がするのだろうと思う。

私たちはもっと善なるものの力を信じていいのかもしれない。私はそんな気持ちでこの本を閉じた。

（おおしま・ますみ　小説家）

本書は二〇二〇年十月、集英社より刊行されました。
初出　「小説すばる」二〇二〇年二月号～八月号
単行本化にあたり、「夕空のうらがわ」を改題しました。

藤岡陽子の本

金の角持つ子どもたち

突然、中学受験を決意した小六の俊介。その頑張りに、周囲も変化していき――。人は挑むことで自分を変えることができる。未来を切り開こうと奮闘する人々を描く感動長編。

集英社文庫

集英社文庫　目録（日本文学）

広瀬正　エロス
広瀬正　鏡の国のアリス
広瀬正　T型フォード殺人事件
広瀬正　タイムマシンのつくり方
広谷鏡子　シャッター通りに陽が昇る
広中平祐　生きること学ぶこと
アーサー・ビナード　出世ミミズ
アーサー・ビナード　空からきた魚
マーク・ピーターセン　日本人の英語はなぜ間違うのか？
深川峻太郎　キャプテン翼勝利学
深田祐介　翼の時代　フカダ青年の戦後と恋
深谷敏雄　日本国最後の帰還兵　深谷義治とその家族
深町秋生　バッドカンパニー
深町秋生　オーバーキル　バッドカンパニーII
福田和代　怪物
福田和代　緑衣のメトセラ

福田和代　梟の一族
福田隆浩　熱風
ふくだももこ　おいしい家族
福本清三　小田豊二　どこかで誰かが見ていてくれる　日本一の斬られ役 福本清三
藤井誠二　沖縄アンダーグラウンド　売春街を生きた者たち
藤岡陽子　金の角持つ子どもたち
藤岡陽子　きのうのオレンジ
藤島大　北風　小説 早稲田大学ラグビー部
藤田宜永　はなかげ
藤野可織　パトロネ
藤本ひとみ　快楽の伏流
藤本ひとみ　離婚まで
藤本ひとみ　令嬢テレジアと華麗なる愛人たち
藤本ひとみ　ブルボンの封印（上）（下）
藤本ひとみ　ダ・ヴィンチの愛人
藤本ひとみ　マリー・アントワネットの恋人

藤本ひとみ　令嬢たちの世にも恐ろしい物語
藤本ひとみ　皇后ジョゼフィーヌの恋
藤原章生　絵はがきにされた少年
藤原新也　全東洋街道（上）（下）
藤原新也　アメリカ
藤原新也　ディングルの入江
藤原美子　我が家の流儀　藤原家の闘う子育て
藤原美子　家族の流儀　藤原家の褒める子育て
布施祐仁　三浦英之　日報隠蔽　自衛隊が最も「戦場」に近づいた日
船戸与一　猛《たけ》き箱舟（上）（下）
船戸与一　炎　流れる彼方
船戸与一　虹の谷の五月（上）（下）
船戸与一　降臨の群れ（上）（下）
船戸与一　河畔《かはん》に標《しるべ》なく
船戸与一　夢は荒れ地を
船戸与一　蝶舞う館

集英社文庫　目録（日本文学）

古川日出男　サウンドトラック(上)(下)
古川日出男　g i f t
古川日出男　あるいは修羅の十億年
古川真人　背高泡立草
辺見　庸　水の透視画法
保坂展人　いじめの光景
星野智幸　ファンタジスタ
星野博美　島へ免許を取りに行く
干場義雅　世界のビジネスエリートは知っている お洒落の本質
干場義雅　色　気　力
細谷正充・編　時代小説傑作選 江戸の爆笑力
細谷正充　宮本武蔵の『五輪書』が面白いほどわかる本
細谷正充・編　時代小説アンソロジー くノ一、百華
細谷正充・編　野辺に朽ちぬとも 吉田松陰と松下村塾の男たち
細谷正充・編　新選組傑作選 誠の旗がゆく
細谷正充・編　時代小説傑作選 土方歳三がゆく

堀田善衞　若き日の詩人たちの肖像（上・下）
堀田善衞　めぐりあいし人びと
堀田善衞　ミシェル城館の人 第一部 争乱の時代
堀田善衞　ミシェル城館の人 第二部 自然 理性 運命
堀田善衞　ミシェル城館の人 第三部 精神の祝祭
堀田善衞　ラ・ロシュフーコー公爵傳説
堀田善衞　上海にて
堀田善衞　ゴヤ Ⅰ スペイン・光と影
堀田善衞　ゴヤ Ⅱ マドリード・砂漠と緑
堀田善衞　ゴヤ Ⅲ 巨人の影に
堀田善衞　ゴヤ Ⅳ 運命・黒い絵
穂村　弘　本当はちがうんだ日記
堀　辰雄　風立ちぬ
堀江貴文　徹底抗戦
堀江敏幸　なずな
本上まなみ　めがね日和

本多孝好　MOMENT
本多孝好　正義のミカタ I'm a loser
本多孝好　WILL
本多孝好　MEMORY
本多孝好　ストレイヤーズ・クロニクル ACT-1
本多孝好　ストレイヤーズ・クロニクル ACT-2
本多孝好　ストレイヤーズ・クロニクル ACT-3
本多孝好　Good old boys
誉田哲也　あなたが愛した記憶
本多有香　犬と、走る
本間洋平　家族ゲーム
前川奈緒 深谷かほる・原作　ハガネの女
槇村さとる　イマジン・ノート
槇村さとる キム・ミョンガン　あなた、今、幸せ？
槇村さとる　ふたり歩きの設計図
万城目学　ザ・万遊記

集英社文庫 目録（日本文学）

集英社文庫　目録（日本文学）

松樹剛史　スポーツドクター
松樹剛史　GO-ONE
松樹剛史　エアエイジ
松澤くれは　りさ子のガチ恋♡俳優沼
松澤くれは　鷗外パイセン非リア文豪記
松澤くれは　想いが幕を下ろすまで　胡桃沢狐珀の浄演
松澤くれは　暗転するから煌めいて　胡桃沢狐珀の浄演
松嶋智左　流《る》警《けい》　傘見警部交番事件ファイル
松田志乃ぶ　嘘つきは姫君のはじまり
松永多佳倫　沖縄を変えた男　栽弘義――高校野球に捧げた生涯
松永多佳倫　偏差値70からの甲子園　僕たちは野球も学業も頂点を目指す
松永多佳倫　偏差値70の甲子園　僕たちは文武両道で東大も目指す
松永多佳倫　まかちょーけ　興南　甲子園春夏連覇のその後
松永天馬　少女か小説か
松本侑子　花の寝床
モンゴメリ　松本侑子・訳　赤毛のアン
モンゴメリ　松本侑子・訳　アンの青春
モンゴメリ　松本侑子・訳　アンの愛情
丸谷才一　星のあひびき
丸谷才一　別れの挨拶
麻耶雄嵩　メルカトルと美袋《みなぎ》のための殺人
麻耶雄嵩　貴族探偵
麻耶雄嵩　あいにくの雨で
麻耶雄嵩　貴族探偵対女探偵
眉村卓　僕と妻の1778話
まんしゅうきつこ　まんしゅう家の憂鬱
三浦綾子　裁きの家
三浦綾子　残像
三浦綾子　石の森
三浦綾子　ちいろば先生物語(上)(下)
三浦綾子　明日のあなたへ　愛するとは許すこと
みうらじゅん　とんまつりJAPAN　日本全国とんまな祭りガイド
みうらじゅん　宮藤官九郎　どうして人はキスをしたくなるんだろう?　みうらじゅんと宮藤官九郎の世界全体会議
三浦しをん　光
三浦しをん　のっけから失礼します
三浦英之　五色の虹　満州建国大学卒業生たちの戦後
三浦英之　南三陸日記
三浦英之　水が消えた大河で　ルポJR東日本・信濃川不正取水事件
三浦英之　帰れない村　福島県浪江町「DASH村」の10年
三木卓　柴笛と地図
三崎亜記　となり町戦争
三崎亜記　バスジャック
三崎亜記　失われた町
三崎亜記　鼓笛隊の襲来
三崎亜記　廃墟建築士
三崎亜記　逆回りのお散歩
三崎亜記　手のひらの幻獣